Ge De Ba He Cai Xiang
哥德巴赫猜想

徐迟 著

人民文学出版社

教育部编八年级（上）语文教科书
名著导读自主阅读指定书目

图书在版编目（CIP）数据

哥德巴赫猜想／徐迟著．—北京：人民文学出版社，2017
ISBN 978-7-02-012951-5

Ⅰ.①哥… Ⅱ.①徐… Ⅲ.①报告文学—作品集—中国—当代 Ⅳ.①I25

中国版本图书馆 CIP 数据核字（2017）第 130255 号

责任编辑　王　晓
责任印制　苏文强

出版发行　人民文学出版社
社　　址　北京市朝内大街 166 号
邮政编码　100705
网　　址　http://www.rw-cn.com

印　　刷　三河市西华印务有限公司
经　　销　全国新华书店等

字　　数　253 千字
开　　本　890 毫米×1290 毫米　1/32
印　　张　10.625　插页 3
印　　数　1—10000
版　　次　2005 年 5 月北京第 1 版
印　　次　2017 年 6 月第 1 次印刷

书　　号　978-7-02-012951-5
定　　价　36.00 元

如有印装质量问题，请与本社图书销售中心调换。电话：010-65233595

作者像

目　录

石油头 …………………………………………（1）
地质之光 ………………………………………（13）
哥德巴赫猜想 …………………………………（35）
在湍流的涡漩中 ………………………………（65）
生命之树常绿 …………………………………（79）
结晶 ……………………………………………（109）
来自高能粒子和广漠宇宙的信息 ……………（129）
马思聪 …………………………………………（151）
袁庚的二三事 …………………………………（163）
谈夸克 …………………………………………（185）
孟泰夜谈 ………………………………………（213）
祁连山下 ………………………………………（235）
火中的凤凰 ……………………………………（285）

附录：关于报告文学问题的讲话 …………（308）

石油头

赤金,地名,距离玉门的老君庙油田大约三十公里。从干油泉,就是老君庙油田露头的那儿渗出来的原油,顺石油河水,漂流而来,一直漂流到地势比较低凹的赤金。

不少赤金的人,靠捞油为生,捞得油污浑身,满脸都是。赤金人得到了一个诨号,叫"石油头"。

后来开发了玉门油矿。1946年就有一个赤金人进了玉门油矿。工人们叫他石油头。这名儿与他甚为恰当。他是从小儿就当油娃子的。在矿上,他赶个大车,给资本家的家里送原油(作燃料用)、送水。他是连钻井队、采油队的边儿也没有挨上的,可是石油头这个美名逐渐逐渐成为他的专用名字了。他那本名,反而没有人叫。

石油头住在西河坝的窑洞里。他身披一件老羊皮,上班穿着,下班盖着;晴天朝里,雨天朝外。他吃的是发了霉、掺了沙的小米饭。咽不下去的,又是吃了不饱的,而且刺得嘴唇牙肉都烂了。像所有的工人一样,只是在解放了以后,还没有两天……

"哎哟,这是怎么的?这……"

忽然看见了喷香的大米饭。"哎哟!"端到他面前来了。热乎乎的白馒头,他拿到了手上了。"哎哟!"二十几岁的人了,什么时候见过?"喔——",真的翻身了!从来也没有吃过这么好吃的白馒头、大米饭!"啧啧!"这么雪白雪白的,这么好吃的……真是解放了。"呜呜！"真个翻身了！

　　石油头也就不赶大车了。他当上了一名钻井工人。他的那个钻井队，开始时是并不怎么样的。但到1954年上半年，石油头已经当司钻。他就创造过一个当时的日进尺的最高记录。1955年，这个队评上了青年先进钻井队。1957年，石油头当上了大班司钻。1958年，他就当了队长。他先是用的美国30型钻机。后来，用了罗马尼亚钻机。当时他这个以钻机型号命名的勃乌（BU）五队，就是后来的那个全国闻名的国一二〇五队。"国"字的意思就是国产的钻机了。

　　石油头的那个钻机的刹把，石油头扶得真欢啊！他起钻、下钻，都猛；进尺快而事故少。石油头的干劲大。他还有个特点，他的点子特多。1956年吧，我国钻井材料有点紧张。钻头不够用，石油头他用旧钻头！哪儿有旧钻头？平时留意了，他心中都有数。他从废料堆里拣回来一只旧钻头，一打二百来米。他就这样用旧钻头抢了时间又节约了材料，为祖国创造了财富。石油头虽然不吭声、文化低些，可是他动脑筋呢，点子蛮多呢。

　　有一口钻井，开钻才几十米就碰上了一个厚达一百多米的鹅卵石层。别处的鹅卵石上面有麻子，还比较好打。这儿的鹅卵石不一样，硬。又碰上坩土很缺，所以泥浆的粘度低了。浮力小了，井下岩屑它带不出来。岩屑积多了，钻头更不容易下到底下去。十多个小时就这样损失掉了。原因大家都清楚，不外乎粘度问题。可是伙计们硬拼。石油头来了，他接过手来打了两个小时，也是打不下去。眉头一皱，计上心来。他在泥浆池里添上水泥，不少不多的十袋。恰到好处。泥浆稠些，沙子带上来了。小的河卵石也上来了，问题也解决了。当一名好司钻要出点子，要想办法。既要甩开膀子干，又要多动点脑筋。跟铁家伙光拼膂力，有时还拼不赢它呢。

石　油　头

石油头当上大班司钻以后，他只消上白班儿了，这是有规定的啰。他却搬来了井场上，住进了值班房。玉门的工人都住在市区一栋栋的宿舍里。他们乘坐交通车上下班。石油头偏偏住在井旁边。芨芨草编的席棚子，外面糊一层泥巴，石油头就在这里面住下了。不需要他上夜班，他偏偏不离开井场，日夜地操心。

1958年，石油头当上队长，比当司钻更加辛苦。工人们来上班，他琢磨他们。看到谁个似乎不高兴了，他就动脑筋。有啥不痛快事儿啦？他上去谈两句。不！没有啥！他抓抓头皮又说，"我看是有点什么了呢。""你看出来了？""可不是，我看出来了。"他善于观察、体验、分析、研究，很会做思想工作。他是工人的贴心人，很知道政治思想工作的重要性。不然 怎么叫"鱼水情"？

这年大跃进。他们在白杨河构造上。打一口井，出油了；再打一口井，又出油了。口口出油，这多好啊！就是打完了一口井要搬家，花不少的时间。要拆卸又要安装，载重卡车少说也要跑二十来趟。他们想了办法，把设备分三大部分搬，两天就搬完。比先前快得多了，还嫌太慢。能不能一次搬光，整体搬家？

那年石油头敢想敢干，异想天开，要求整体搬家。井距是比较近的，相距只三四百米。玉门局领导、石油部首长，也是工人的贴心人。他们提了议，领导一了解，就批准试搬。

于是巍巍的井架，整体迁移了。大家捏着一把汗。只见十台拖拉机在前边拉井架，两边两台拖拉机拉住了井架上面放下来的两边的大绷绳。只见井架往前挪动时，摇摇晃晃。大家都担心，精神很紧张，心头别别跳。这是第一次试验，只怕它倒下来。这是从来也没有过的事！搬是搬成功了，还有点儿不保险。

搬完了家，又开了钻，石油头还在动脑筋。于是在钻台上，在他扶着刹把起钻、下钻时，他灵机一动，有所前进，有所发现，发现他的那个井架，在担上了负荷之后，那高大的架势啊，就比较地稳

— 5 —

当了。一下子开了窍,他从这里往前想,有所发明,有所创造了。只要这井架能上下形成一个紧凑的整体,只要它上身下身之间有一根脊梁、脊椎骨,还要那井架上边的重量尽量地减轻,而底下的分量适当地加重起来,那么它迁移时,准不会再有太大的摇晃,就可以减少,甚至于消除了倒坍的危险。

于是在打完了这口井,再次搬家时,他把大钩从天车上放了下来,一直放到钻台的转盘口。在大钩上,他给挂上了两个钢丝绳套。绳套从转盘里的方补心中穿过,到钻台下面穿进一根提升钻接,像用一根销子销住了。行!行了!

整体搬家又开始了。石油头上了钻台,站在上面。他开动钻机,把大钩往上轻轻一提。大钩居上,销子居下。一拉紧,从天车到转盘口的大钩,十根钢丝绳紧紧绷住,上下一体,像脊椎,直挺挺的,腰杆子挺硬。重量集中到钻台井口的大钩上。约有五六吨重的压力,石油头把它往下压。

这就是不倒翁的道理。两边的拉绳取消了。十二台拖拉机牵引着钻机整体,轰隆隆地搬完了家。没有多少摇晃了,就是有点什么摇晃,井架也倒不下来。

好点子!好机智!这个办法行啊,石油头!这次飞跃真比前一次飞跃更加伟大啊!

这就是石油头的勃乌五队在白杨河构造上的首创精神!大干、苦干、拼命干里头的巧干,巧板眼啊!以后在大庆油田上,井架整体搬家,就用这个办法。就是最有技巧的巧匠,也比不上石油头摆弄井架的巧思,那么样的巧妙!

原先打一口井要个把月,整体搬家成了功,一个月可以打两口井,速度大大提高了。原先,石油头的战斗口号是争取一个月打上一千米,一年打上一万米的进尺。编成顺口溜:"月上千,年上万,玉门关上立标杆!"这个口号现在改为"月上双千,年上两万,白杨河上拼命干！"

　　玉门还有个勃乌四队，当时它是标杆队，而且是玉门矿务局的重点队。五队不服气，和这个四队展开了对手赛。你打出一个新指标，我也打出一个新指标。你一班打一百米，我一班至少打出一百一。看看，是你多快好省还是我多快好省？两个队都这么想：你要能创新纪录，我就敲锣打鼓，给你祝贺。然后，放下锣鼓把你撵。两个队正好摆在相邻的两条排钻线上。钻台上的司钻可以彼此相望。五队又打完了一根钻杆，四队赶紧追赶。不等四队搬上新的井位，五队要抢上前去。他们在跑一个两万米的，马拉松式的长距离赛跑。紧追不舍，忽前忽后的，煞是好看。你超过他了，然后他又超过了你；你搬井位了，他也搬了；你抢上他前，他又抢上你去。7月里，勃乌五队打了三口井。三开三完，进尺三千多米！五队渐渐超到四队的前面去了。

　　"嚄！石油头真行！"

　　这回，部首长和局领导可重视这个石油头了。当时，玉门的勃乌五队正式向新疆克拉玛依油田上的著名的尖刀队挑了战。玉门和克拉玛依，进行了对手赛。他们的共同口号是："月上五千，年上五万，中国石油大发展！"

　　8月，甘肃玉门的石油头那个队一个月打了五口井。月进尺真的超过了五千米！可是新疆克拉玛依的尖刀队一点不落后。天山脚下，祁连山前，两个英雄井队，并驾齐驱，齐头并进。

　　石油头一声吼："月上万，年上十万，不到十万非好汉！"

　　这个指标一吼出来，连玉门人都有点儿将信将疑了。能行吗？有的人就讪笑了。石油头吹牛皮了吧。有人画了鼓劲的招贴画，也有人画了带点儿讽刺的漫画。这个指标当年来不及达到。不消多久，到了1965年，以新疆的永不卷刃的尖刀队为前身的国一二〇二队和以石油头的勃乌五队为前身的国一二〇五队，在大庆油田上都达到了十万米以上的年进尺！超过了苏联的功勋队！超过了美国的王牌队！

过后又不久,他们的年进尺达到十二万米！此是后话,按下不表了。

1959年,石油头那个队从白杨河调回到老君庙油田。钻头又紧张了。这年,石油头有八口井没领过一个新钻头。都是拣的旧钻头用。旧钻头用的时间短得多,无非起下钻头、换钻头的次数多一些。他们用干劲来补上。但是旧钻头上的三个牙轮都是锈死了的。要在缝缝里头点上些柴油,再要用小榔头敲打敲打。牙轮活动了就能用。这可太慢啦！然而石油头点子多,他开了油锅。油煎钻头的办法,可快啦！但他再想想,又觉得不妥。怕废柴油起了火就把钻头烧糊。他又改用滚烫的开水来煮。清汤煮钻头,办法太美啦！钻头一煮,牙轮上的泥巴、油污、铁锈都掉了。榔头轻轻一敲就活动了。用这些旧钻头打井,抢了时间,节约了材料,又为国家创造了巨大的财富,还锻炼了人！

石油头他们使用旧钻头,完全跟他们使用新钻头一样猛。该用多少压力钻进,还用这多少压力。牙轮掉不掉,全看司钻。司钻不肯钻研,思想不集中,技术不过硬,牙轮是会掉的。新钻头也不见得不掉牙轮。一掉就是事故。所以要掌握地层情况、钻进时间,还要掌握压力、泵量。不用点心思可不行。至于速度,一律开四档！高速钻进！石油头用旧钻头打那八口井,就是一个牙轮也没有掉下井去。

11月,石油头到了北京,参加了全国群英大会。他看到了北京街头的汽车背了个大气包；听到了大庆发现大油田的大喜讯。他得到了《毛泽东选集》便回玉门；下了决心要把石油工业的落后帽子甩进太平洋！

石油头回到了玉门,他的钻井队正在打石油河的桥边那口井。

用的是新方法。他听了汇报,不很赞成这个新方法。这口井下有三个油层。他担心打到第三层时,泥浆比重大了,第一层就要漏;比重小了,压不住第三层时,井就要喷。老方法是打完第一层就下套管,保险以后不会漏,用的钢材多。新方法是用大钻头打完第一层,用水泥封好,不下套管可以节省钢材,换小钻头再从中打下去打第三层。

"这恐怕搞不成啊,老薛。"石油头和大班司钻商量,"井下有直有弯的,井壁有大有小的,小钻头不一定正好从中穿过。""可是有点儿危险,要特别过细。"大班司钻很同意。就是在他还没有回来时,新方法已经用上了。石油头搔了搔头皮。有传达任务,他还不能上班。正好那天石油头去白杨河构造了,传达北京那个群英会的精神。忽报消息不好!正如他那样担心的,小钻头刚打开第三层油层,井就喷了。泥浆比重一加大,上边一层就漏,比重一减小,第三层就大喷。下喷、上漏;上吐、下泻。油气越冒越高,一下子冲到了井塔之顶。

石油头驾摩托车飞奔回来,立刻投入战斗。他早准备好了最坏的情况下的管线材料。

只见井底下冒出一只只气老虎,猛虎出了笼,张牙舞爪,乱奔乱咬。井底下又有一条条油龙,腾云而起,驾起了五里浓雾。井底下的一大群黄羊,被虎追逐而出,被横暴撕裂。井台上回游的水族鱼虾,来不及散开逃窜,全部被恶龙捕杀、吞噬。戈壁滩上,一片紧张。气虎油龙,纵身飞跃。旋风发了狂,井架弯弯腰。一阵阵泥浪,满天的油潮。局领导选拔了尖刀班。石油头组织了突击队。一个个英雄报了名,一个个豪杰站出来。石油头带领尖刀班。大班司钻带领突击队。这时水泥车一字排开,做好了压井准备。部首长亲临前线,站到了水泥车头上,指挥战斗。尖刀班、突击队,从两个方向,猛扑钻台。一个伏虎,一个降龙。带上管线,压上井口。

管线很快接好,水泥车吼声大起。

众口一声,发出呐喊:你们赶快下来!老薛快下来!石油头,快下来!快快快!可是原油已经流满钻台,凝固起来,他们陷入原油的厚厚的油层里。人出不来啊,脚拔不出。一个又一个,将他们拉将出来,鞋子都拔掉了。等到拉下钻台,个个成了石油头,石油雕塑,认不出谁是谁了。到最后把那个真正的石油头从齐腰深的原油台上拉下来,井也不喷了。气虎油龙乏了。它们被制服了。

这是多么艰险的一场战斗!打扫战场时他们才发现,那胳膊粗的吊环已经被刺得只有小指头那么细了。方钻杆弯了。井架上的钢铁扭曲像油条。井喷凶猛!

又挪了井位。他们搬了家,准备开钻。忽然飞来了紧急调令:中共中央批准在大庆油田大会战!石油头奉令带领他的队伍赶到大庆。在大庆,望见了一望无际的大草原,足踏上辽阔广大的大油田,"哎哟!"只在解放之初流过泪以后再没有流过眼泪的这个大汉,高兴得流下了滚烫的热泪。怪不得他!所以他带来了几件宝贝东西!从来他舍不得拿出来用的:一根方钻杆,一个吊钳,一个卡瓦。这回带了来用上去了。

他用它们打了几口井,并没有人注意这几件东西,直到我们第一机械工业部的工人工程师出身的部长来到他井上。部长一看见,非常惊讶:"你从哪里弄来这么好的方钻杆?"

早先在玉门,早在勃乌钻机换去他最初使用过的美国30型钻机时,他就留下了这根号称"扭不断的方钻杆"以及灵巧好使的吊钳、卡瓦各一副。他留下它们,舍不得用,收拾得好好的。这回大庆会战,才舍得用了。当下他看到机会难得,就向一机部长要求,要再好些的方钻杆。部长慨然允诺。后来果然得到了。石油头真有心眼儿,真会动脑筋!

过不多时,在大庆油田上,石油头失踪不见了。因为人们再也不叫他石油头了。石油头完成了历史任务。大庆油田会战指挥部命名他为"王铁人"。王铁人的事迹现在大家知道了,他是大庆的五虎上将第一名。当年在玉门,就叫石油头。要知道,王铁人并非突然从大庆油田上冒出来的,并不是不经过一个过程突然地飞快地成长的。早在河西走廊,祁连山下,他就已经是中国工人阶级的模范,那时候人们叫他石油头!

更应当知道,王铁人不但是一员虎将,而且足智多谋。古代的诸葛亮这人有谋而无勇;王铁人智勇双全。如所周知,在战术、战役上,他勇冠三军;而在战略上,在大是大非上,他有智有谋,有科学预见更讲策略,讲技术更识路线。还没有找到大油田时,他就想了。他说,就不相信石油光埋在外国的地下。何等正确的推论!他看到解放军放哨站岗,他就想了。是他最早想到了岗位责任制。何等严密的组织才能!井打歪了,他就想了。他首先想出了钻井扶直器来。何等的科学性!冬天在水泡子的冰上打井,他就想了。他把钢筋冻进厚厚的冰层。了不起的技术思想!他多思。他不但想到生产上的事,他还想了,而且大办了井队上的工人福利。他没有文化,他可是想了又想,他翻山越岭似的艰苦学习毛泽东思想。所以当他干着社会主义啊,他也想了。他想着共产主义!

1977 年 5 月于江汉工程局

(原载《上海文艺》1978 年第 2 期)

地质之光

一

1947年的年底，李四光接到国际地质学会寄给他的通知，邀请他出席即将于1948年夏天，在英国伦敦举行的第十八届大会，照例要他在大会上宣读论文，发表他这些年的科学成果。

这一届大会是因为第二次世界大战的原因而推迟了七年之久的。上距1937年在苏联莫斯科召开的第十七届大会将近十一年。在这么长的时间内，地质科学在许多方面都有了很大的进展。其中喷薄欲出的是李四光创建的一门科学：地质力学。

这一理论科学，始萌于20年代，成长发展于30年代和40年代。经过了将近三十年刻苦的钻研和艰辛的工作：区域性的和全球性的，野外调查的和实验室里的，生产实践的和基础理论的极其浩瀚和繁重的工作，李四光创建了的这门科学，是介乎地质学和力学之间的边缘科学。

第一次，一个中国人，开辟了一门活生生的、有生命力的自然科学。历年，他在国内和国外的许多重要的论文，不能不引起国际地质学界越来越大的兴趣和重视。但在国内，只有很少的人知道。

知道的人虽少，具有真知灼见的人却是知道的。而且曾这样热忱地关怀过他！敬爱的人，前几年在重庆就接见过他，曾劝告过他再到国外去进行考察，可以继续他那些研究，免得在国内徒然受到迫害。

抗日胜利，他从重庆回到了上海。他不愿意去地质研究所所在地的南京这个国民党控制着的黑暗城市。他往来于沪杭之间。他想要出国,而环顾世界,似乎也没有一个去处,没有一个可让他的理论得到进一步发展的适当环境。因此,当他在杭州接到了通知书,他觉得还是一个比较合适的机会来了。他有点高兴了。但是也颇有一些遗憾。

人民解放战争正打得激烈。战争使他和他所敬重的人远远地隔开了。就在那天深夜,他和夫人许淑彬关上了房门,紧闭窗户,还放下了窗帘,从短波无线电收音机里,小声地,听着了陕北电台的新闻广播。每天只有这个时候,他才觉得又和远离的人们亲近起来。恰好正是那一天,他们听到了春雷一样的声音,宣布人民革命战争已经达到了一个转折点!他如饥似渴地倾听着,这最雄浑的檄文,最壮美的音响,直到这篇雄文的结语:**曙光就在前面,我们应当努力!** 他激动得几乎认为心绞痛病又要发作,然而不是,他真是太欢喜了。

他关上收音机,推开窗户,又打开了门,任凛冽的寒风吹进房间来。好像在跑野外时的极度劳累以后,他站上山顶,登高远望,已查明了构造线,看清楚了大地位移,感到无比的畅快。黑暗的国民党统治区,动乱的中国,顿时充满了无限的希望,闪耀着未来的光明。

早在本世纪的黎明,李四光只有 14 岁,从湖北黄冈家乡到汉口。两次投考,都以第一名考上;派送日本留学,学造船。那时候,他就参加孙中山先生领导的旧民主革命。后来辛亥革命失败了。他并没有幻灭,只是发愤专心于科学技术的研究。他本来是造船的专家,后来决心改了行,成为地质学家,是有着深刻的原因的。他祈愿着有朝一日,得见政治清明之世。他就可以真正贡献自己的一生心血了。他深信那样的日子一定会来临,果真那样的日子快来临了。

在30年代，他也曾经和志同道合的学生结伴来到野外，足迹曾踏遍闽西、赣南、湘南、粤北，几次横断南岭中部。当然这是比不上十年内战的革命斗争，根本不能比。但是野外勘测，餐风饮露，地质工作也是艰苦卓绝的。如其中的湘桂一路，有一次由武冈、城步，越过界岭，直达龙胜的一段。若干区域几乎无路可走了。时值严冬，人烟稀少。毒蛇猛兽横行，饮食困难。而他们查看各种地质构造线，观测所及，严肃认真，绝无丝毫马虎苟且之处。当时他最有希望的学生和好友朱森，穿过80里南山之后，得了重病；又加上国民党匪帮制造舆论，朱森被气得胃出血，不肯"为五斗米折腰"，不治而死，终于献身于地质事业。他号哭失声，思念无穷，做过一首悼念的诗："崎岖五岭路，嗟君从我游。峰峦隐复见，环绕湘水头。风云忽变色，瘴疠蒙金瓯。森兮复何在？石迹耿千秋。"在旧社会里，一些爱国的老一辈的地质工作者是怎样的孤独、寂寞、惨淡，而又何等地勇敢、坚强、有志气啊！

自从另一个好友杨铨遭蒋贼枪杀，李四光懂得了血海深仇。从此和那个独夫民贼势不两立了。抗日战争时期，因他是同盟会老人，又因他的古生物"蜓"科（纺锤虫）的研究解决了世界许多国家的中石炭纪地层问题，而享有崇高的国际声誉，蒋贼几次想拉拢他。他一回也没有给予理睬，避之若蛇蝎。一次蒋贼到广西，大摆宴席，也邀请他，将他的席位安排在自己旁边。就是这天早晨，李四光听到音讯，他断然拒绝，跳上一辆运送矿砂的大卡车，跑到宾阳城东南，黎塘古辣一带，历尽艰辛，自去查看广西台地上的山字型构造和新华夏系的褶皱如何形成了一个次要弧的原因去了。

这样，在解放战争期间，国统区里是没有他的立足之地的。人身安全都成了问题。无声手枪已经在昆明夺去了李公朴和闻一多的生命。后来在北平的清华园中，不为救济粉折腰，朱自清贫病而死。不但许淑彬，还有许多老友，都在为李四光担心。他却不动声色，还在浙江大学的试验室里再次做他的模拟试验，从变形泥巴中找寻着构造形式的规律。

接到国际地质学会的通知后，考虑了两天，李四光对他的妻子说：我们一同去国外吧。要尽快地动身。英国虽然也很讨嫌，伦敦还是有些学术研究的条件可以利用的。欧洲的资料现在真多。可惜他们竟然什么也没有提出来。去那里可以对世界地质作全面考察；更广泛地认识世界构造体系也有可能。人民将要迅速地赢得这场战争了。我又真有点不想出去，快要胜利了。然而我们还得出去。开完那个会再看情况：一旦需要，就飞奔回来。祖国快要开展大规模的经济建设了。我已接近60岁了，还能赶上它呢。多么好啊！中国革命，胜利在望！

二

1948年的夏季，李四光夫妇是在伦敦郊外的租屋中度过的。一面准备参加国际地质会议，写出论文和它的节要，一面治病。

在他们住所的周围，风景优美，地点幽静，有成片的绿色森林。起伏的小丘陵，柔软的草地，有时他觉得这地方和庐山差不多。这是因为牯岭街有些建筑物有着英国建筑的特点。对这个老牌帝国主义，李四光并没有好感，但对于英国山水、风物以及一些友好的朋友还有些感情。如所周知，他对于英国地质的构造体系是了若指掌的。他曾经运用了从单一区域的扭动形式来查明应变形迹的方法，阐明了英格兰的隐伏煤田。结果同地面观测和磁测记录符合得很好。

此外他有一些英国的友好同行。前此十五年他在英国讲学时，前此十年在出版英文《中国地质学》时，他们也帮过不少忙。他在出版前言中致谢过。一经战乱，恍如隔世。久别重逢，也是愉快的。他在英国大学里讲中国领土地质,劈头就讲西藏高原。他有意要讲点儿中国的西藏给英国绅士淑女听听。一些外国的御用学者在中国做了不少地质考察,他不宣扬这些人,就被某些外国评论家认为是他的一个缺点。可是,宣扬他们干什么?他讲学中又不谈中国矿产的分布,也被评论为一个显著的缺点。可是,中国的资源为何要告诉外国人?有些英国的学者却反而因此对他尊重和钦佩起来。

1933年在美国华盛顿举行的第十六届国际地质会议上,他发表了《东亚构造格架》一文。他讲明了中国的地质构造与地球自转的明确的不变的关系。当时日本已对我国发动侵略。完全是地质学的论文,其中却隐伏着凛然不可侵犯的中华民族精神。

1937年在莫斯科举行的第十七届会议上,他发表的《中国震旦纪冰川》一文,讲到中国元古代冰川问题。当时日本帝国主义正向我国大举入侵。

这前两届的报告在国际会刊上的发表,灭了帝国主义的威风,大长了中国人民的志气。李四光早就看清楚了,帝国主义要开拓殖民地,需要地质学家当急先锋。外国地质学家在中国横行霸道,专搞经济和文化侵略:掠夺我国的资源;把持中国学术机关,使之成为外国学术机构的附庸。如果中国学者有了发明创造,他们不是攫为己有,就是肆意地诽谤和扼杀。这一切,李四光是深有体会的。不过,这一届大会的情况已经有所不同了。

第十八届大会是8月底,在伦敦皇家亚尔培大厦的庄严的管风琴音乐声中开幕的。李四光已从郊区迁入市区,住在一家旅馆里。每天都去开会,夜晚也有活动。济济一堂,战后欧洲还没有这样热闹过。当时中国的革命战争震撼全球。人民军队席卷美蒋残匪。几乎每一天都要解放几座城市。其时法西斯轴心国家已经战败投降。德国代表,本来是声誉很高的地质学者,往日也是骄横不可一世的,现在灰溜溜地坐在会场角隅,再也不敢神气了。日本地质家目光无神地注视着地板。人们却以极大的敬意看着李四光。凡是胸无偏见的真正有成就的科学家,毕竟是有正义感的。他们未必理解中国人民的解放运动,但都感觉到中国人民气势磅礴,中国正在发生翻天覆地的变化。因此当中国这一位著名学者宣读他的论文时,比平日还要拥挤的会场上发出热烈欢迎的掌声,他们是向正从炮火中站起来的中国人民鼓掌。

这一届会议上,他发表了《新华夏海的诞生》一文。大会演讲厅的设备很好。一边演讲,可以一边放映幻灯片。他手持着一支细长的木棒,指点江山。这时,银幕上映出了一幅新华夏构造体系的简图。他说:"请看一看,这是从太平洋中隆起的,像一串珍珠似的圆弧形的九州群岛。日本群岛,也是珠串形的琉球群岛,以及从台湾到菲律宾直至加里曼丹岛那样的大圆弧形。它们构成了新华夏体系的第一隆起带。

"在它们之西,依次的是鄂霍次克海、日本海、黄海、东海、南海,它们是新华夏系的第一沉降带。

"再往西去,便是第二隆起带。朱格朱尔山脉;锡霍特山脉;斜贯朝鲜半岛的紧密褶皱带;中国东南丘陵的武夷山脉。

"再往西去,又出现了一条第二沉降带,包括黑龙江下游流域、松辽平原、华北平原、江汉平原,它穿过南岭,直到北部湾。

"再往西去,大兴安岭、太行山脉、贵州高原东部的褶皱山脉,是第三隆起带。

"再往西去,三个盆地:呼伦贝尔——巴音和硕盆地、陕北——鄂尔多斯盆地、四川盆地,构成第三沉降带。"

他说明,并指点着这三对互相间隔着的山川:隆起带和沉降带。似乎毫无规律可寻的大地构造显示出严密的规律,自成了完整的体系。一幅又一幅的幻灯片上的图景闪过去。他讲了新华夏系,讲了山字型构造和宏伟的东西褶皱带。这些构造体系,最终必然涉及到地质力学,惊动了整个会场。

许多关键的问题上,欧美派的传统地质学受到了像地震一样的强烈冲击。同样,苏联的正统派地质学,也被震撼了。听众之中,有的是赞许之声。欢喜的脸色,闪耀在另一些惊愕甚至发怒的脸色之中。传统派和正统派的力量不仅在天主教中,而且在自然科学中都是强大而且是特别顽固的。而李四光的地质力学却对整个世界上一二百年来的地质学的传统思想和工作方法起到了真正的革命的作用。当时地质力学还处于朴素辩证法阶段。可是它洋溢着革命的精神。国际地质界完全感到了它的无限生命力。他在热烈的掌声中结束了他的宣读。

李四光的论文,文句精练,逻辑严密。抗战时期,他还给《广西日报》写过若干篇不署名的社论呢。他尤擅长的是天衣无缝的妙语双关。他叙述和论证了这个新华夏海的起源。他的用语丝毫没有越出地质科学的范围。但每一个听众似乎都听到了字里行间另一种火辣辣的深意:新华夏海的起源,即新华夏构造体系的诞生,隐伏着何等强烈的感情,他就是在预告新中国的诞生。

三

国际地质会议闭幕之后,他们没有立即回国。他们在英伦三岛上又住了一年。国内正在进行大决战,三大战役是一个胜利接一个的。北平的解放,紧接着是北平的和谈。谈判无成,渡江之战。三天后就解放了南京。一连串的胜利,直到解放上海,如何地振奋了这个国外游子之心。他的心早就飞回祖国去了。但他还没有起程。

出席世界和平大会的中国代表团中,几位老同志老朋友托人从布拉格带过一封信给他。这封信由郭沫若领头签名,请他早日返国。接信之后,他就奔走起来,争取尽快回国了。但他还是走不动身。主要是他正进行着的几个专题研究拖住了他。其次他有点病,在博恩默思的海边疗养。还有就是从英国到远东的客轮船票很不好买。大战后的情况是船少了,要一年前预订船票。后来总算他们订好了船票,也要年底才能上船。这又提供了时间,让他继续养病,并把科研方面的事情办完。

这样拖延时日,没有想到历史发展突然加速,似乎是地球轴的自转加速了。9月21日中国人民政治协商会议刚开了幕,一瞬之间,已到了30日宣告闭幕。1949年10月1日就举行了中华人民共和国的开国大典。30万人参加了。

伟大领袖和导师毛主席从天安门城楼上发出了震撼世界的声音。李四光深深地因为自己不能目击盛会和开国大典而遗憾。

10月2日,格林尼治时间的零点,英国广播公司播送的世界新闻节目中,头条就是从北京发来的路透社电讯,报道了新中国的诞生。其时,夜深人静,李四光在博恩默思的一座旅馆里。他收听到开国的消息,再也按捺不住了。便和淑彬商量,要另想办法,换一条船,货轮更好,早早赶回祖国。果真他如愿以偿了,却是另一种想不到的方式。

当黎明来临,他还睡着时,被一阵电话铃声惊醒,从伦敦打来了一个长途电话,他穿着睡衣接听。对方一个女性的声音问讯他。

"是我,"他说。又问:"你是哪一位?"

"凌叔华。"

"你好!什么事?"

早年在国内的一位女作家凌叔华把一桩紧急的事情告诉了他。昨夜她丈夫得知了国民党外交部给它的大使郑天锡的一份电报,密令郑天锡立即找到李四光,要他向全世界发表一个公开声明,否认中华人民共和国,并拒绝接受人民政协给他的全国委员的任命。

李四光并不知道他已当选为新政协全国委员的事。他惊讶了。敬爱的人一闪间出现在他的脑海。他被深深地触动了。

"你的名字已出现在全国政协委员名单中。台湾命令它的驻英使馆,如果你不肯发表公开声明,可以采取必要措施,将你们扣留在国外,不放你们回国。"

李四光特别冷静地感谢对方的好意,同时浮起了轻蔑的笑容。

凌叔华又接着说:

"昨晚我们商量了。一清早就给你打电话。你得赶快离开你的旅馆。他们知道你的地方。他们是会不择手段的。最好你到瑞士去。到了瑞士我们就放心了。你单独先走。到瑞士再让淑彬去和你会合。然后你们回国去。"电话里传来了最恳切的音调:"你答应我们快走吧。"

事情来得突然。叔华是可信的。李四光当下表示同意。他本已下了决心用最快的速度回国了。并不是因为国民党的阴谋,这只是使他气愤。也不是因为那恳切的声音,虽然这使他高兴。

许淑彬已从电话听筒的细声中听到这全部对话了。无须多说,时间很紧迫。郑天锡随时可能出现在他们面前。也许他已经坐在火车上,前来博恩默思了。简单地交换了意见,他们就决定下来了。他穿衣服时,淑彬给整理行装。他不肯带上皮箱,只取了一只地质背囊和一只公文皮包,装上几件衣服和主要的论文手稿,还不忘记带上地质锤和罗盘,又把放大镜系在腰间。淑彬取出他们的全部旅行支票。他却又坐在桌子前,略一沉吟,写了一封信,交给了淑彬。

再不能耽误时间了。他必须立刻出走。她不愿意他离开,但目前还必须催他快走。走到门口,相对凝视,他说:

"他来了的话,你就说,我前天就出门去了。到土耳其去作野外调查了。过了两天以后,再把这封信邮给他。"

事情的突然发生,起到了促进他们回国的良好作用。他一转身,匆匆走出大门。四面一看,一切都和平时一样。他急步走到火车站。上了火车,只一大站,就到了南安普敦。从南安普敦,他上了一条货轮,只一个夜晚,就渡过了英吉利海峡,到了瑟堡。在瑟堡,上了火车,经过冈、巴黎、南锡……他到了瑞士,选择了靠近法国边境的巴塞尔住下,打了电报给许淑彬,让她前来会合。

四

当淑彬由他们在伯明翰大学留学的女儿陪同,来到巴塞尔的那个旅店时,旅店主人说李四光一清早就跑地质去了。到中午还没回来,旅店主人招呼她们吃午饭。到晚间还没回来,旅店主人招呼她们吃晚饭。夜深了还没回来,旅店主人就招呼她们先睡下。她们已经睡着了以后,李四光回来了,背来了好几个口袋的石头标本。他高兴地发现她们已经来到了巴塞尔。他们又会合在一起了,说不出来的欢快。

那一天,在李四光出走以后约两个小时,国民党的驻英大使馆派来了一个秘书。郑天锡自己没有来。秘书听说李四光到土耳其去了,冷笑一声,还以为金钱可以诱惑任何人的,他掏出了一张五千元美金的支票来,打躬作揖递给许淑彬,受到她的严辞拒绝。她厉声呵叱他,"这干什么!"秘书发窘了,便拿出台湾来电的一个抄件,请她转给她丈夫。抄件上果然要李四光发表个声明,但删去了后面一段的"如若不从,应即设法将其扣留"等等的话。她更是厌恶地推掉了。"等他从土耳其回来,"她说,"你给他自己吧。"秘书没有法子,悻悻然走了。

两天以后，许淑彬寄出了李四光留下的给郑天锡的信，李四光在这封信中庄严声明：中华人民共和国是我多少年来，日思夜盼的理想的国家。中央人民政府政务院是我竭诚拥护的政府。我能当选为中国人民政治协商会议全国委员会的委员，我认为是莫大的光荣。我已经起程返国就职。他并向郑天锡临别赠言，劝他还是脱离了这个祸国殃民的国民党政府，从此重新做人，早日回到光明祖国的温暖怀抱……

过了几天，凌叔华跑来看望了她。在李四光出走的时候，还有一部分不便带走的东西，她交给凌叔华保存了，其中包括巨幅的图件。凌说她以后设法带回给他们。后来她果然给他们带到了。

这一意外遭遇使他们迅速走上了归途。但现在已经是在开国以后，也就没有必要匆促地赶路了。今后他们也不会再出国旅游了。女儿回英国去了，他们就在瑞士和意大利观光游览，不！不如说，他们在阿尔卑斯山脉作了野外查勘。他们从瑞士的冰碛湖和冰碛丘陵踏勘到阿尔卑斯山南坡的利古里亚海岸。这样不知不觉又进入了1950年了。在国外又过了春节。终于，他们在热那亚登上了一条驶往香港去的法国货轮。李四光早年学过造船，有航海知识，和货轮打交道很有经验。他碰上了一个好船长。又结交了船上的几个宁波人的老海员，很熟悉印度洋的基底情况，更使他高兴不过。

他们终于起程回国了。当货轮装货完毕，起锚出航，他们站在甲板上眺望南欧的透亮的天空，白皑皑的山间滑雪场和蔚蓝色的滨海浴场。这部分的欧洲是花花世界。第二次大战以后欧洲正处于精神崩溃的状态。它在地质上也是相当破碎的，半岛、岛屿、岬角、港湾相间。土耳其的海岸更支离破碎得十分剧烈，苏伊士运河狭窄而闷郁。红海海岸北部，包括西奈半岛西部，连带着非洲大裂谷，显然是依棋盘格式构造的。似乎可以假定，由于南北向的挤压,这部分的地壳先是被剪切,然后又被胀裂了。南红海和亚丁湾是一个实例。东非破裂带的现象使他激动了。他想起了殖民主义对非洲的挤压。

船到孟买,停留时间较长。他得以观察印度半岛。他想起了1945年秋天,当他在重庆卧病时,一天早晨忽然接到印度的萨尼教授来信,饱和着友谊的温暖,对于有希望的科学事业,又含有富于启发性的暗示。它在不小的程度上,曾给他正为现实生活而烦恼的心灵恢复了生机。新的希望闪耀在被折磨得几乎绝望的眼前。现在他来到了印度了。记忆犹新,萨尼博士却已不在人间。有此回溯,并身临其地考察了地质,他想好了,要写出一篇文章来,展示印度作为一个次大陆,如何在整个的地质时期,曾坚强地承受了从古海域兴起的强烈的构造风暴的袭击。

他在印度洋上航行并着手写作。心情坦荡,思潮汹涌。搞地质的人总是开朗豪爽,因为他们经常感受着大自然的宏伟。货轮有时傍着海岸在灯塔的照耀下行驶。有时在大洋中间,四顾茫茫,依靠罗盘、经纬仪和满天的星座,来定方向。货轮虽显得又小又弱,旋卷的风暴可以把它腾空抛起,又一下子将它掷下深渊,然而它总能昂首而起,出没在蓝色的波涛中,飞出雪白浪花的尖顶。他多少个小时地凝望着海洋的变化,听着海水的微语,构思他的文章。他多么爱海洋!他也爱山脉、岩石、凹陷、湖泊,但最爱那强有力量地运动不息的神秘而富饶的海洋。

悼念着亡友,憧憬着新中国,就在那条货轮上,展望未来,他写下了一篇辉煌的学术论文,题目叫《受了歪曲的亚洲大陆》。另又写了一篇节要。这纯粹是一篇地质力学的论文,但热情洋溢,特别在节要的结尾处,他借用了地质的语言,宣告了祝福伟大祖国诞生的强烈感情。

所谓受了歪曲的亚洲大陆,他写道,难道指的只是自然界的各种应力——压力、张力、扭力造成亚洲大陆的各种形变,仅仅指此而言的呢？还是为了指责欧美地质人员,因为他们用狭隘的眼光来解释亚洲的造山运动,从而使亚洲枉受了许多的歪曲和冤屈呢？作者在文中,含蓄地回答:这是问题的两方面,都得照顾,也自然而然地会照顾的。

文章描述了亚洲的、中国大陆的、印度半岛的若干有关的构造问题。它节要描述了中国大陆上的山字型弧形、新华夏系等等体系。李四光放眼全球,指出欧亚大陆,自古生代以来,就在往南推动。亚洲东部则向着印度方向推动。那些向太平洋突出的边缘弧形,却又可以证明,坚强的亚洲大陆,正对着太平洋的底盘施加压力。

假如地球自转的速率增加了,到了一定的程度,欧亚就要向赤道方向推动。全世界的大陆也将同时发生向西滑动的趋向。由于各大陆粘在基底上的松紧不一,这一块还紧粘着,那一块却滑动了。滑动较大的一块的西边不免发生了向西或西南突出的弧形。东南亚、伊朗、印度洋西部和东南欧西面临海的边缘都有这一类的弧形山脉。南北美洲西岸也有科迪勒拉山系和安第斯山脉。道理是一样的。对自转的地球而言,美洲也是向西滑动。但它的滑动速度落后于自转速度,它落伍了。看起来,大西洋是比东非的大破裂带更大的一个裂口。

他纵论了地质时代中的世界地质发展形势。他严厉地批判了传统地质学。这篇严密的地质科学论文结尾处,李四光写着:

"这样,我们的结论是,随着地球旋转加快,亚洲站住了,东非西欧破裂了,美洲落伍了!"

惊人的科学预见！它和成群的海鸥一起,尾随着这艘货轮,飞翔起来了。

五

这艘货轮靠上了香港的油麻地码头。一个朋友把他们接送到石澳的一所隐僻的别墅去住下来。专程从北京前来迎接他们的政务院的人员最后和他们联系上了。经过缜密的安排,从深圳,他们进入祖国之怀,完成了从伦敦到广州9760海里的行程。

1950年5月6日,李四光到了北京。这年他60岁。新的生活开始了。

他们住在北京饭店四楼。推开西窗,便是金光灿灿的天安门城楼。延绵的燕山褶皱带作了首都的苍翠的屏障。南窗之外,可以望见正阳门和崇文门的城楼和古老城墙上升起的天坛圆顶。北京太可爱了!开国之初,生机蓬勃。虽然百废待兴,已经是万紫千红的局面。各种印象,新鲜而又庄严,使他目不暇接,摄魂夺魄。许多老友闻讯赶来,叙旧话新。

第二天的下午4时。他真正没有想到,他简直认为这不可能,周恩来总理亲自来看望他们了。总理满面笑容,英姿勃勃,目光炯炯地大踏步走进房间来,紧紧地握住了他的手。一股暖流遍布了他的全身,他还不相信这是真的。但是总理抓住他的手不放。总理又环顾室内,和许多在座的老同志点头招呼,谈笑风生:

你到底回来了,这里竟还有人说你不会回来了。我说你是一定会回来的。你一定是遇到了什么困难。果然,那些情况我都已经知道了。你看,是我,提名要你当全国政协委员的,不想这给你添了许多麻烦。好啊,你不是回来了吗?

说到这里,他才放开了紧握不放的李四光的手掌。在座的一些同志便一个个告辞,退出了房间,知道他们要倾心长谈了。

总理问道,我记得你有心绞痛不是?在国外发过吗?肺结核!

治好了吗？不要紧嘛，我们现在有了我们自己的、最好的医院了。你索性去住院检查一次。这一件事是要给你安排一下的。检查结果和治疗方案我是要过目的。淑彬的病也要彻底治好。

总理问寒问暖，悉心关怀。他们谈话中不时爆发出大声的笑，使邻室的人听了也受感染。李四光这一生中还从来没有过一次这样舒畅和快乐的谈话。他们回忆了重庆时代。他们曾有过两次秘密的会见。他们谈到李约瑟，他是最佩服李四光的。在李约瑟后来写的五百万言巨著卷三的扉页上，写有献给李四光的献辞。他们谈到了丘吉尔、萧伯纳和约里奥·居里，许多欧洲人士，无所不谈。甚至还回忆到早年留学日本的情况。总理的记忆力惊人，竟还留有他当年的印象，毫厘不爽。总理记得李四光早年是在日本学过造船工业的。总理说到前不久，地质学家积极地要求召开地质工作会议。我没有批准这件事，因为你还没有回来。我说要等你回来了再开。现在你已经回来了，就可以请你参加筹备并且主持这个会了。地质工作必须先行，走在其他工业的头里。不过地质人员也还有一个自我改造的问题。也还有一个整顿队伍的问题。也还有一个大发展的问题，旧中国留给我们的地质人员太少了。能不能就来成立一个地质部呢？看来还成立不起来，人手太少。可不可以先成立一个地质工作指导委员会，请你先当一段时间的主任，往后再任命你担当地质部部长。你同意吗？你看好不好？你有什么意见请告诉我。我可是给你留下了好几个位置。将来我们还要成立原子能委员会呢。你要给我找矿。你会给我们找到油和铀的……

谈话逐渐地严肃起来了。转到了地质力学方面。总理仔细地听取了他的理论要点。东西纬向复杂构造带、南北经向构造带，同新华夏构造体系、河西系、西藏大高原，如何地相互影响和结合。基础理论科学应当如何地应用于生产技术上？矿产资源怎样勘探

— 29 —

和开发？等等。

　　总理听完了他的描述以后，也就讲起来了。讲到了恩格斯的《反杜林论》，还背诵了《自然辩证法》里面关于莱伊尔是第一个把理性带进了地质学的一段语录。讲了恩格斯在他这一段注解里批评了莱伊尔的静态的缺陷。总理认为地质力学是第一次把运动、把应力、把力学带进了动态的地质学。但也婉转地评论李四光不懂得地球旋转运动和否定之否定的辩证法的规律在许多自然现象发展过程中的重要性。要求他要把朴素的辩证法和自发的革命性提高到自觉的有意识的辩证唯物主义和历史唯物主义的高度。他具体地建议李四光精读恩格斯那两本著作和列宁的《哲学笔记》以及关于唯物主义和马赫主义那部书中的第五章。并说，毛主席不久将有重要哲学著作发表。

　　这一席话，说得听者动容，低首心折。敬爱的周总理神采奕奕地辞去，驰车回中南海去了。李四光送他上车，又目送他的车在长安街头的闪烁灯火中远去，直到看不见了为止。

　　他对许淑彬说：万万没有想到，总理还来看望我们。更没有想到，总理懂得地质，很精通！哎，他分析得多么深刻、透彻！怎么他会懂地质的呢？又怎么懂得这么多？你想，我们是这许多年的摸索，摸索着接近我们的目的。可是总理一眼就看清楚了地质力学的终极目的了，这是怎么的呢？

六

　　1951年12月30日，中国地质学会举行成立三十周年的大会。理事长李四光做了《中国地质工作者在科学战线上作了一些什么》的报告。那天天气很冷，漫天大雪。但会场上热气腾腾。李四光总结了我国地质界的三十年经验和教训。他尖锐地批判了外国帝国主义的地质学者和中国买办式的知识分子，最后庄严地指出：

地质学本来是西北欧和北美发展出来的一门科学。可是，西欧、北美是两块屡受张力作用而支离破碎的区域。那是不能够作为构造地质的基本事实的。

在我们伟大的祖国，这个困难并不存在。亚洲大陆的地质构造，从来是统一的。主要的部分，完整、清楚。

那么，是用我们自己这里发现的事实为基础来探求地质构造的规律，比较地更靠得住呢？还是用西欧、北美那种破烂局面，来作基础靠得住呢？

我们要在自己的基础上，用我们自己的方法，解决我们自己的问题。

李四光在那个飞雪的冬天里，在那天的会上，明确地提出了中国地质学要走自己的道路的思想。这是伟大领袖和导师毛主席的思想。

李四光这一年多以来，勤恳地学习了马列主义和毛泽东思想。多次和周总理会见，亲受总理的启发教育。虽然他没有进过华北革命大学，这北京就是一座革命大学。三十多年地质方面的切身经验，受到过西北欧北美地质家的欺骗和欺侮，使他不能不得出这样的结论。现在伟大的经济建设工作即将开始，而地质工作必须走在前面。任务非常具体地提到日程上。多种要求十分紧迫地提到他面前来。

飞雪过去，春天来临。雪融冰消的1953年的一天，毛主席在中南海的一座客厅里接见了李四光。接见时，周总理在座。海水溢浪，映上晴窗。

谈话中间，毛主席关切地问到他，我国天然石油的远景怎么样？

李四光早在1932年就注意了这个问题。在1933年的《东亚构造格架》一文中,他已作出回答。因此,他用乐观的,十分肯定的语气答复毛主席的垂询。

那是怎样的一个回答!多好的一个回答啊!李四光说,整个新华夏体系就是一个巨大宏伟的"多"字型构造体系。它是在一定的范围内,两个对面的部分发生对扭的结果。新华夏系有三条隆起带和三条沉降带互相间隔着。它们从北北东的方向,走向南南西。隆起带的群岛和山脉,以及沉降带里的浅海海域、平原盆地,全都排列得整整齐齐,像在天空中飞行而过的大雁,排列成一系列的"多"字形状。在其山脉和群岛上,蕴藏着多种矿藏。在其浅海、平原、盆地——这就说到石油的题目上来了——蕴藏着极其丰富的天然石油和天然气。

李四光向毛主席汇报,在我国,第三沉降带的呼伦贝尔——巴音和硕盆地、陕北——鄂尔多斯盆地、四川盆地;第二沉降带的松辽平原、包括渤海湾在内的华北大平原、江汉平原和北部湾;尤其是第一沉降带的黄海、东海和南海,都有"有经济价值的沉积物"。这句话,因为过去是在外国讲的,所以故意说得含糊些。其实,它们就是说的天然石油和天然气,说的生油区。而"多"字型构造的对扭性质,使它们有条件成为雁行排列的良好储油构造。

李四光这样回答了毛主席提出的问题:

仅就新华夏体系而言,仅就石油而言,且不说其他的构造体系和其他的资源,新华夏体系的沉降带,既生油,又储油。这就可以说明我国天然石油远景辉煌。我们地下的石油储量确是很大的。希望很大!

听到这里,周总理笑着说:我们的地质部长很乐观。我很拥护你。

毛主席也笑了。他用柔和的眼睛看着他说,我们拥护你。这时,中南海上,轻尘不飞,勤政殿前,孅萝不动。毛主席作了关于地质和石油的一系列指示,李四光听了心潮澎湃。

毛主席和周总理当然知道,这些话是就我国石油的远景而言的。他们要知道的就是远景问题。远景问题明确了,可以下决心,定计划,集中优势兵力来打大的歼灭战。

真的,李四光用他的学识、他的智慧,为我国描绘了多么美丽的石油、煤炭、金属、非金属、稀有、分散元素等矿产资源的远景啊!

1952年,地质部成立了。根据苏联专家的意见,石油普查队伍集中到西北的甘肃、新疆和青海。而且,还没有很好普查,苏联专家就总结出来了一个"中国贫油"论,和帝国主义国家的地质学家唱一个腔调。

1954年,地质部在李部长主持下重新组织队伍,要在全国范围内展开战略性的石油普查勘探。主要力量,则部署在新华夏系第二沉降带的松辽平原和华北平原上。1955年,普查队伍出动。一队队的侦察兵走上前沿阵地。地球物理勘探队伍也上了阵。寻找油区的地震队在松辽平原和华北平原上放炮。他们在艰苦情况下展开了大量工作。到1958年6月26日,《人民日报》上发表了新华社记者的通讯:《松辽平原有石油!》报道大庆长垣构造初步发现了厚达几十米的油砂层。

1960年,中央批准石油部在大庆会战。地质部立即把在松辽平原上已经完成了侦察兵任务的队伍转移到渤海湾和黄河下游的冲积平原上去了。在60年代里,华北大平原上捷报频传。以后大港油田、胜利油田,其它油田相继建成。地质部又转移到其它的平原,其它的盆地和浅海海域上继续侦察。

1969年,在他的办公室里举行的一次会议上,80高龄的李四光说:当初毛主席曾经指示我们,地质部是地下情况侦察部。在整个工业战线上,地质部的任务是侦察。在石油战线上,主力军是石油部。石油部的贡献很大。我们当时对石油远景是有一个设想的。我们从事了侦察工作。我们在松辽侦察到大庆长垣以后,我们交出松辽,就转移阵地,到了华北和其它地区。以后华北出油,渤海出油,我们又转移到其它的油区。其它的油区都出了油。我们冲破了苏联地质家那种形而上学的中国贫油的谬论。我们是开路的先锋。今天,我国天然石油和天然气的远景已完全肯定了。咱们的工人有力量。石油工人已经,并将进一步给我们证明,新华夏构造体系的石油储量确实很大。宋朝的大科学家沈括,在《梦溪笔谈》中写着,中国的石油将"大兴于世界"。虽然他说的其实只是要肤施油墨来代替黄山松墨而已,但他说了这个很好的预言。经过八百多年,我们给他证明了。今天的科学预言,我们的共产主义事业就不用这么长的时间了吧。说到这里,白发苍苍的李四光眨眨眼睛,笑了一笑,轻轻拨动他桌上一个地球仪,一下子使小小寰球急速地旋转了起来。

1977 年 8 月于南草厂

(原载《人民文学》1977 年第 10 期)

哥德巴赫猜想

……为革命钻研技术,分明是又红又专,被他们攻击为"白专道路"。

——1978年两报一刊元旦社论
《光明的中国》

一

命 $P_x(1,2)$ 为适合下列条件的素数 p 的个数：
$$x - p = p_1 \text{ 或 } x - p = p_2 p_3$$

其中 p_1, p_2, p_3 都是素数。〔这是不好懂的,读不懂时,可以跳过这几行。〕

用 x 表一充分大的偶数。

命
$$C_x = \prod_{\substack{p \mid x \\ p > 2}} \frac{p-1}{p-2} \prod_{p > 2} \left(1 - \frac{1}{(p-1)^2}\right).$$

对于任意给定的偶数 h 及充分大的 x,用 $x_h(1,2)$ 表示满足下面条件的素数：p 的个数：
$$p \leqslant x, p + h = p_1 \text{ 或 } h + p = p_2 p_3,$$

其中 p_1, p_2, p_3 都是素数。

本文的目的在于证明并改进作者在文献〔10〕内所提及的全部结果,现在详述如下。

二

以上引自一篇解析数论的论文。这一段引自它的"(一)引言",提出了这道题。它后面是"(二)几个引理",充满了各种公式和计算。最后是"(三)结果",证明了一条定理。这篇论文,极不好懂。即使是著名数学家,如果不是专门研究这一个数学的分支的,也不一定能读懂。但是这篇论文已经得到了国际数学界的公认,誉满天下。它证明的那条定理,现在世界各国一致地把它命名为"陈氏定理",因为它的作者姓陈,名景润。他现在是中国科学院数学研究所的研究员。

陈景润是福建人,生于1933年。当他降生到这个现实人间时,他的家庭和社会生活并没有对他呈现出玫瑰花朵一般的艳丽色彩。他父亲是邮政局职员,老是跑来跑去的。当年如果参加了国民党,就可以飞黄腾达。但是他父亲不肯参加。有的同事说他真是不识时务。他母亲是一个善良的操劳过甚的妇女,一共生了12个孩子,只活了6个,其中陈景润排行老三。上有哥哥和姐姐;下有弟弟和妹妹。孩子生得多了,就不是双亲所疼爱的儿女了。他们越来越成为父母的累赘——多余的孩子,多余的人。从生下的那一天起,他就像一个被宣布为不受欢迎的人似的,来到了这人世间。

他甚至没有享受过多少童年的快乐。母亲劳苦终日,顾不上爱他。当他记事的时候,酷烈的战争爆发。日本鬼子打进福建省。他还这么小,就提心吊胆过生活。父亲到三元县的三明市,一个邮政分局当局长。小小邮局,设在山区一座古寺庙里。这地方曾经是一个革命根据地。但那时候,茂郁山林已成为悲惨世界。所有男子汉都被国民党匪军疯狂屠杀,无一幸存者。连老年的男人也一个都不剩了。剩下的只有妇女。她们的生活特别凄凉。花纱布价钱又太贵了;穿不起衣服,大姑娘都还裸着上体。福州被敌人占领后,逃难进山来的人多起来。这里飞机不来轰炸,山区渐渐有点儿兴旺。却又迁来了一个集中营。深夜里,常有鞭声惨痛地回荡;不时还有杀害烈士的枪声。第二天,那些戴着镣铐出来劳动的人,神色就更阴森了。

陈景润的幼小心灵受到了极大的创伤。他时常被惊慌和迷惘所征服。在家里并没有得到乐趣,在小学里他总是受人欺侮。他觉得自己是一只丑小鸭。不,是人,他还是觉得自己也是一个人。只是他瘦削、弱小。光是这副窝囊样子就不能讨人喜欢。习惯于挨打,从来不讨饶。这更使对方狠狠揍他。而他则更坚韧而有耐力了。他过分敏感,过早地感觉到了旧社会那些人吃人的现象。他被造成了一个内向的人,内向的性格。他独独爱上了数学。演算数学习题占去了他大部分的时间。

当他升入初中的时候,江苏学院从远方的沦陷区搬迁到这个山区来了。那学院里的教授和讲师也到本地初中里来兼点课,多少也能给他们流亡在异地的生活改善一些。这些老师很有学问。有个语文老师水平最高,大家都崇拜他。但陈景润不喜欢语文。他喜欢两个外地的数理老师。外地老师倒也喜欢他。这些老师经常吹什么科学救国一类的话。他不相信科学能救国。但是救国却不可以没有科学,尤其不可以没有数学。而且数学是什么事儿也少不了它的。人们对他歧视,拳打脚踢,只能使他更加爱上数学。枯燥无味的代数方程式却使他充满了幸福,成为惟一的乐趣。

13岁那年,他母亲去世了。是死于肺结核的。从此,儿想亲娘在梦中,而父亲又结了婚,后娘对他就不如亲娘了。抗战胜利了,他们回到福州。陈景润进了三一中学。毕业后又到英华书院去念高中。那里有个数学老师,曾经是国立清华大学的航空系主任。

三

老师知识渊博,又诲人不倦。他在数学课上,给同学们讲了许多有趣的数学知识。不爱数学的同学都能被他吸引住,爱数学的同学就更不用说了。

数学分两大部分：纯数学和应用数学。纯数学处理数的关系与空间形式。在处理数的关系这部分里，讨论整数性质的一个重要分支，名叫"数论"。17世纪法国大数学家费马是西方数论的创始人。但是中国古代老早已对数论做出了特殊贡献。《周髀》是最古老的古典数学著作。较早的还有一部《孙子算经》。其中有一条余数定理是中国首创。据说大军事家韩信曾经用它来点兵。后来被传到了西方，名为孙子定理，是数论中的一条著名定理。直到明代以前，中国在数论方面是对人类有过较大的贡献的。13世纪下半纪更是中国古代数学的高潮了。南宋大数学家秦九韶著有《数书九章》。他的联立一次方程式的解法比瑞士大数学家欧拉的解法早出了五百多年。元代大数学家朱世杰，著有《四元玉鉴》。他的多元高次方程的解法，比法国大数学家毕朱，也早出了四百多年。明清以后，我们落后了。然而中国人对于数学好像是特具禀赋的。中国应当出大数学家。中国是数学的故乡。

有一次，老师给这些高中生讲了数论之中一道著名的难题。他说，当初，俄罗斯的彼得大帝建设彼得堡，聘请了一大批欧洲的大科学家。其中，有瑞士大数学家欧拉；有德国的一位中学教师，名叫哥德巴赫，也是数学家。

1742年，哥德巴赫发现，每一个大偶数都可以写成两个素数的和。他对许多偶数进行了检验，都说明这是确实的。但是这需要给予证明。因为尚未经过证明，只能称之为猜想。他自己却不能够证明它，就写信请教那赫赫有名的大数学家欧拉，请他来帮忙做出证明。一直到死，欧拉也不能证明它。从此这成了一道难题，吸引了成千上万数学家的注意。两百多年来，多少数学家企图给这个猜想作出证明，都没有成功。

说到这里，教室里成了开了锅的水。那些像初放的花朵一样的青年学生叽叽喳喳地议论起来了。

老师又说，自然科学的皇后是数学。数学的皇冠是数论。哥德巴赫猜想，则是皇冠上的明珠。

同学们都惊讶地瞪大了眼睛。

老师说，你们都知道偶数和奇数，也都知道素数和合数。我们小学三年级就教这些了。这不是最容易的吗？不，这道难题是最难的呢。这道题很难很难。要有谁能够做了出来，不得了，那可不得了啊！

青年人又吵起来了。这有什么不得了。我们来做。我们做得出来。他们夸下了海口。

老师也笑了。他说："真的，昨天晚上我还做了一个梦呢。我梦见你们中间的有一位同学，他不得了，他证明了哥德巴赫猜想。"

高中生们哄的一声大笑了。

但是陈景润没有笑。他也被老师的话震动了，但是他不能笑。如果他笑了，还会有同学用白眼瞪他的。自从升入高中以后，他越发孤独了。同学们嫌他古怪，嫌他脏，嫌他多病的样子，都不理睬他。他们用蔑视的和讥讽的眼神瞅着他。他成了一个踽踽独行，形单影只，自言自语，孤苦伶仃的畸零人。长空里，一只孤雁。

第二天，又上课了。几个相当用功的学生兴冲冲地给老师送上了几个答题的卷子。他们说，他们已经做出来了，能够证明那个德国人的猜想了。可以多方面地证明它呢。没有什么了不起的。哈！哈！

"你们算了！"老师笑着说，"算了！算了！"

"我们算了，算了。我们算出来了！"

"你们算啦！好啦好啦，我是说，你们算了吧，白费这个力气做什么？你们这些卷子我是看也不会看的，用不着看的。那么容易吗？你们是想骑着自行车到月球上去。"

教室里又爆发出一阵哄堂大笑。那些没有交卷的同学都笑话那几个交了卷的。他们自己也笑了起来,都笑得跺脚,笑破肚子了。惟独陈景润没有笑。他紧结着眉头。他被排除在这一切欢乐之外。

第二年,老师又回清华去了。他早该忘记这两堂数学课了。他怎能知道他被多么深刻地铭刻在学生陈景润的记忆中。老师因为同学多,容易忘记,学生却常常记着自己青年时代的老师。

四

福州解放!那年他高中三年级。因为交不起学费,1950年上半年,他没有上学,在家自学了一学期。高中没有毕业,但以同等学历报考,他考进了厦门大学。那年,大学里只有数学物理系。读大学二年级时,才有了一个数学组。但只有四个学生。到三年级时,有数学系了,系里还是这四个人。因为成绩特别优异,国家又急需培养人才,四个人提前毕了业。而且,立即分配了工作,得到的优待,羡慕煞人。1953年秋季,陈景润被分配到了北京!在第×中学当数学老师。这该是多么的幸福了啊!

然而,不然!在厦门大学的时候,他的日子是好过的。同组同系就只有四个大学生,倒有四个教授和一个助教指导学习。他是多么饥渴而且贪馋地吸饮于百花丛中,以酿制芬芳馥郁的数学蜜糖啊!学习的成效非常之高。他在抽象的领域里驰骋得多么自由自在!大家有共同的 dx 和 dy 等等之类的数学语言。心心相印,息息相通。三年中间,没有人歧视他,也不受骂挨打了。他很少和人来往,过的是黄金岁月;全身心沉浸在数学的海洋里面。真想不到,那么快,他就毕业了。一想到他将要当老师,在讲台上站立,被几十对锐利而机灵,有时难免要恶作剧的眼睛盯视,他禁不住吓得打战!

他的猜想立刻就得到了证明。他是完全不适合于当老师的。他那么瘦小和病弱。他的学生却都是高大而且健壮的。他最不善于说话,说多几句就嗓子发痛了。他多么羡慕那些循循善诱的好老师。下了课回到房间里,他叫自己笨蛋。辱骂自己比别人的还厉害得多。他一向不会照顾自己,又不注意营养。积忧成疾,发烧到摄氏三十八度。送进医院一检查,他患有肺结核和腹膜结核症。

这一年内,他住医院六次,做了三次手术。当然他没有能够好好地教书。但他并没有放弃了他的专业。中国科学院不久前出版了华罗庚的名著《堆垒素数论》。它一摆上书店的书架,陈景润就买到了。他一头扎进去了。非常深刻的著作,非常之艰难!可是他钻研了它。住进医院,他还偷偷地避开了医生和护士的耳目,研究它。他那时也认为,这样下去,学校没有理由欢迎他。

他想他也许会失业?又有什么办法呢?好在他节衣缩食,一只牙刷也不买。他从来不随便花一分钱,他积蓄了几乎他的全部收入。他横下心来,失业就回家,还继续搞他的数学研究。积蓄这几个钱是他搞数学的保证。这保证他失了业也还能研究数学的几个钱,就是他的生命:他的生命就是数学。至于积蓄一旦用光了,以后呢?他不知道那时又该怎么办?这是难题;这是尚未得到解答的猜想。而这个猜想后来也证明是猜对了的。他的病好不了,中学里后来无法续聘他了。

厦门大学校长来到了北京,在教育部开会。那所中学的一位领导遇见了他,谈起来,很不满意,提出了一大堆的意见:你们怎么培养了这样的高材生?

王亚南,厦门大学校长,就是马克思的《资本论》的翻译者。听到意见之后,非常吃惊。他一直认为陈景润是他们学校里最好的学生。他不同意他所听到的意见。但他认为这是分配学生的工作时,分配不得当。他同意让陈景润回到厦门大学。

听说他可以回厦门大学数学系了,说也奇怪,陈景润的病也就好转了。而王亚南却安排他在厦大图书馆当管理员。又不让管理图书,只让他专心致意地研究数学。王亚南不愧为政治经济学的批判家,他懂得价值论,懂得人的价值。陈景润也没有辜负了老校长的培养。他果然精深地钻研了华罗庚的《堆垒素数论》和大厚本儿的《数论导引》。陈景润都把它们吃透了。他的这种经历却也并不是没有先例的。

当初,我国老一辈的大数学家、大教育家熊庆来,我国现代数学的引进者,在北京的清华大学执教。30年代之初,有一个在初中毕业以后就失了学,失了学就完全自学的青年数学家,寄出了一篇代数方程解法的文章,给了熊庆来。熊庆来一看,就看出了这篇文章中的勃发英姿和奇光异彩。他立刻把它的作者,姓华名罗庚的,请进了清华园来。他安排华罗庚在清华数学系当文书,一面自学,一面听课。尔后,派遣华罗庚出国,留学英国剑桥。学成回国,已担任在昆明的西南联合大学校长的熊庆来又聘请他当联大教授。华罗庚后来再次出国,在美国普林斯顿和依利诺的大学教书。中华人民共和国成立以后,华罗庚马上回国来了,他主持了中国科学院数学研究所的工作。

陈景润在厦门大学图书馆中也很快写出了数论方面的专题文章,文章寄给了中国科学院数学研究所。华罗庚一看文章,就看出了文章中的勃发英姿和奇光异彩,也提出了建议,把陈景润选调到数学研究所来当实习研究员。正是:熊庆来慧眼认罗庚,华罗庚睿目识景润。

1956年年底,陈景润再次从南方海滨来到了首都北京。

1957年夏天,数学大师熊庆来也从国外重返清华。

这时少长咸集,群贤毕至。当时著名的数学家有熊庆来、华罗庚、张宗燧、闵嗣鹤、吴文俊等等许多明星灿灿;还有新起的一代俊彦、陆启铿、万哲先、王元、越民义、吴方等等,如朝霞烂漫;还有后起之秀,陆汝钤、杨乐、张广厚等等已入北京大学求学。在解析数论、代数数论、函数论、泛函分析、几何拓扑学等等的学科之中,已是人才济济,又加上了一个陈景润。人人握灵蛇之珠,家家抱荆山之玉。风靡云蒸,阵容齐整。条件具备了,华罗庚作出了战略性的部署。侧重于应用数学,但也向那皇冠上的明珠,哥德巴赫猜想挺进!

五

要想懂得哥德巴赫猜想是怎么一回事,只需把早先在小学三年级里就学到过的数学再来温习一下。那些 12345,个十百千万的数字,叫做正整数。那些可以被 2 整除的数,叫做偶数。剩下的那些数,叫做奇数。还有一种数,如 2,3,5,7,11,13 等等,只能被 1 和它本数,而不能被别的整数整除的,叫做素数。除了 1 和它本数以外,还能被别的整数整除的,这种数如 4,6,8,10,12 等等就叫做合数。一个整数,如能被一个素数所整除,这个素数就叫做这个整数的素因子。如 6,就有 2 和 3 两个素因子。如 30,就有 2,3 和 5 三个素因子。好了,这暂时也就够用了。

1742 年,哥德巴赫写信给欧拉时,提出了:每个不小于 6 的偶数都是两个素数之和。例如,6 = 3 + 3。又如,24 = 11 + 13 等等。有人对一个一个的偶数都进行了这样的验算,一直验算到了三亿三千万之数,都表明这是对的。但是更大的数目,更大更大的数目呢?猜想起来也该是对的。猜想应当证明。要证明它却很难很难。

整个 18 世纪没有人能证明它。

整个 19 世纪也没有能证明它。

到了20世纪的20年代,问题才开始有了点儿进展。

很早以前,人们就想证明,每一个大偶数是二个"素因子不太多的"数之和。他们想这样子来设置包围圈,想由此来逐步、逐步证明哥德巴赫这个命题一个素数加一个素数(1+1)是正确的。

1920年,挪威数学家布朗,用一种古老的筛法(这是研究数论的一种方法)证明了:每一个大偶数是两个"素因子都不超九个的"数之和。布朗证明了:九个素因子之积加九个素因子之积(9+9),是正确的。这是用了筛法取得的成果。但这样的包围圈还很大,要逐步缩小之。果然,包围圈逐步地缩小了。

1924年,数学家拉德马哈尔证明了(7+7);1932年,数学家爱斯斯尔曼证明了(6+6);1938年,数学家布赫斯塔勃证明了(5+5);1940年,他又证明了(4+4)。1956年,数学家维诺格拉多夫证明了(3+3)。1958年,我国数学家王元又证明了(2+3)。包围圈越来越小,越接近于(1+1)了。但是,以上所有证明都有一个弱点,就是其中的两个数没有一个是可以肯定为素数的。

早在1948年,匈牙利数学家兰恩易另外设置了一个包围圈。开辟了另一战场,想来证明:每个大偶数都是一个素数和一个"素因子都不超过六个的"数之和。他果然证明了(1+6)。

但是,以后又是十年没有进展。

1962年,我国数学家、山东大学讲师潘承洞证明了(1+5),前进了一步;同年,王元、潘承洞又证明了(1+4)。1965年,布赫斯塔勃、维诺格拉多夫和数学家庞皮艾黎都证明了(1+3)。

1966年5月,像一颗璀璨的明星升上了数学的天空,陈景润在中国科学院的刊物《科学通报》第十七期上宣布他已经证明了(1+2)。

自从陈景润被选调到数学研究所以来,他的才智的蓓蕾一朵朵地烂漫开放了。在园内整点问题,球内整点问题,华林问题,三维除数问题等等之上,他都改进了中外数学家的结果。单是这一些成果,他那贡献就已经很大了。

　　但当他已具备了充分依据,他就以惊人的顽强毅力,来向哥德巴赫猜想挺进了。他废寝忘食,昼夜不舍,潜心思考,探测精蕴,进行了大量的运算。一心一意地搞数学,搞得他发呆了。有一次,自己撞在树上,还问是谁撞了他?他把全部心智和理性统统奉献给这道难题的解题上了,他为此而付出了很高的代价。他的两眼深深凹陷了。他的面颊带上了肺结核的红晕。喉头炎严重,他咳嗽不停。腹胀、腹痛,难以忍受。有时已人事不知了,却还记挂着数字和符号。他跋涉在数学的崎岖山路,吃力地迈动步伐。在抽象思维的高原,他向陡峭的巉岩升登,降下又升登!善意的误会飞入了他的眼帘。无知的嘲讽钻进了他的耳道。他不屑一顾;他未予理睬。他没有时间来分辩;他宁可含垢忍辱。餐霜饮雪,走上去一步就是一步!他气喘不已,汗如雨下。时常感到他支持不下去了。但他还是攀登。用四肢,用指爪。真是艰苦卓绝!多少次上去了摔下来。就是铁鞋,也早该踏破了。人们嘲笑他穿的是通风透气不会得脚气病的一双鞋子。不知多少次发生了可怕的滑坠!几乎粉身碎骨。他无法统计他失败了多少次。他毫不气馁。他总结失败的教训,把失败接起来,焊上去,做登山用的尼龙绳子和金属梯子。吃一堑,长一智。失败一次,前进一步。失败是成功之母,成功由失败堆垒而成。他越过了雪线,到达雪峰和现代冰川,更感缺氧的严重了。多少次坚冰封山,多少次雪崩掩埋!他就像那些征服珠穆朗玛峰的英雄登山运动员,爬啊,爬啊,爬啊!恶毒的诽谤,恶意的污蔑像变天的乌云和九级狂风。而热情的支持为他拨开云雾,明朗的阳光又温暖了他。他向着目标,不屈不挠,继续前进,继续攀登。战胜了第一台阶的难以登上的峻峭;出现在难上加难的第二台阶绝壁之前。他只知攀登,在千仞深渊之上;他只管攀登,在无限风光之间。一张又一张运算的稿纸,像漫天大雪似的飞舞,铺满了大地。数字、符号、引理、公式、逻辑、推理,积在楼板上,有三尺深。忽然化为膝下群山,雪莲万千。他终于登上了攀登顶峰的必由之路,登上了(1+2)的台阶。

他证明了这个命题,写出了厚达二百多页的长篇论文。

闵嗣鹤教授给他细心地阅读了论文原稿。检查了又检查,核对了又核对。肯定了,他的证明是正确的,靠得住的。他给陈景润说,去年人家证明(1+3)是用了大型的、高速的电子计算机。而你证明(1+2)却完全靠你自己运算。难怪论文写得长了。太长了,建议他加以简化。

本文第一段最后一句说到的"文献[10]"就是这时他以简报形式,在《科学通报》上宣布的,但只提到了结果,尚未公布他的证明。他当时正修改他的长篇论文。就是在这个当口,突然陈景润被卷入了政治革命的万丈波澜。滚滚而来的巨浪冲击了一切剥削阶级的思想意识。史无前例的无产阶级文化大革命,像一颗颗的精神原子弹氢弹的成功试验一样,在神州大地上连续爆炸了。

六

人类历史上从来没有过这样的群众运动。整个人类的四分之一,不分男女老少,一齐动员起来,把工、农、兵、劳动群众和知识分子,还有圣徒和魔鬼,一古脑儿卷了进去。……

这是进步与倒退,真理与谬论,光明和黑暗的搏斗,无产阶级巨人与资产阶级怪兽的搏斗!中国发生了内战。到处是有组织的激动,有领导的对战,有秩序的混乱。无产阶级的革命就是经常自己批判自己。一次一次的胜利;一次一次的反复。把仿佛已经完成的事情,一次一次地重新来过,把这些事情再做一遍,每一次都有了新的提高。它搜索自己的弱点、缺点和错误,毫不留情。像马克思说过的要让敌人更加强壮起来,自己则再三往后退却,直到无路可退了,才在罗陀斯岛上跳跃;粉碎了敌人,再在玫瑰园里庆功。只见一个一个的场景,闪来闪去,风驰电掣,惊天动地。一台一台的戏剧,排演出来,喜怒哀乐,淋漓尽致;悲欢离合,动人心魄。一个一个的人物,登上场了。有的折戟沉沙,死有余辜;四大家族,红楼一梦;有的昙花一现,萎谢得好快啊。乃有青松翠柏,虽死犹生,重于泰山,浩气长存!有的是英雄豪杰,人杰地灵,干将莫邪,千锤百炼,拂钟无声,削铁如泥。一页一页的历史写出来了,大是大非,终于有了无私的公论。肯定——否定——否定之否定。化妆不经久要剥落;被诬的终究要昭雪。种子播下去,就有收割的一天。播什么,收什么。

天文地理要审查;物理化学要审查。生物要审查;数学也要审查。陈景润在无产阶级文化大革命中受到了最严峻的考验。老一辈的数学家受到了冲击,连中年和年轻的也跑不了。庄严的科学院被骚扰了;热腾腾的实验室冷清清了。日夜的辩论;剧烈的争吵。行动胜于语言;拳头代替舌头。无产阶级文化大革命像一个筛子。什么都要在这筛子上过滤一下。它用的也是筛法。该筛掉的最后都要筛掉;不该筛掉的怎么也筛不掉。

有人曾经强调了科学工作者要安心工作,钻研学问,迷于专业。陈景润又被认为是这种所谓资产阶级科研路线的"安钻迷"典型。确实他成天钻研学问,不太问政治。是的,但也参加了历次的政治运动。共产党好,国民党坏,这个朴素的道理他非常之分明。数学家的逻辑的严密像钢铁一样坚硬;他的立场站得稳。他没有犯过什么错误。在政治历史上,陈景润一身清白。他白得像一只仙鹤。鹤羽上,污点沾不上去。而鹤顶鲜红;两眼也是鲜红的,这大约是他熬夜熬出来的。他曾下厂劳动,也曾用数学来为生产服务。尽管他是从事于数论这一基础理论科学的,但不关心政治,最后政治要来关心他。并且,要狠狠地批评他了。批评得轻了,不足以触动他。只有触动了他,才能使他今后注意路线关心政治。批评不怕过分,矫枉必须过正。但是,能不能一推就把他推过敌我界线?能不能将他推进"专政队"里去?尽量摆脱外界的干扰,以专心搞科研又有何罪?

善意的误会,是容易纠正的。无知的嘲讽,也可以谅解的。批判一个数学家,多少总应该知道一些数学的特点。否则,说出了糊涂话来自己还不知道。陈景润被批判了。他被帽子工厂看中了:修正主义苗子、安钻迷、白专道路典型、白痴、寄生虫、剥削者。就有这样的糊涂话:这个人,研究(1+2)的问题。他搞的是一套人们莫名其妙的数学。让哥德巴赫猜想见鬼去吧!(1+2)有什么了不起!1+2不等于3吗?此人混进数学研究所,领了国家的工资,吃了人民的小米,研究什么1+2=3,什么玩艺儿?!伪科学!

说这话的人才像白痴呢。

并不懂得数学的人说出这样的话,那是可以理解的。可是说这些话的人中间,有的明明是懂得数学,而且是知道哥德巴赫猜想这道世界名题的。那么,这就是恶意的诽谤了。权力使人昏迷了;派性叫人发狂了。

理解一个人是很难的。理解一个数学家也不容易。至于理解一个恶意的诽谤者就很容易,并不困难。只是陈景润发病了,他病重了。陈景润听着那些厌恶与侮辱他的,唾沫横飞的,听不清楚的言语。他茫然直视,他两眼发黑,看不到什么了。他像发寒热一样颤抖。一阵阵刺痛的怀疑在他脑中旋转。血痕印上他惨白的面颊。一块青一块黑,一种猝发的疾病临到他的身上。他休克,他眩晕,一个倒栽葱,从上空摔到地上。"资产阶级认为最革命的事件,实际上却是最反革命的事件。果实落到了资产阶级脚下,但它不

是从生命树上落下来,而是从知善恶树上落下来的。"(马克思:《雾月十八日》——二)

七

台风的中心是安静的。

过了一段时间,不知是多少天多少月?"专政队"的生活反倒平静无事了。而旋卷在台风里面的人却焦灼着、奔忙着、谋划着、叫嚷着、战斗着、不吃不睡,狂热地保护自己的派性,疯狂地攻击对方的派性。他们忙着打派仗,竟没有时间来顾及他们的那些"专政"对象了。这时有一个老红军,主动出来担当了看守他们的任务。实际是一个热情的支持者,他保护了科学家们,还允许他们偷偷地看书。

待到工人宣传队进驻科学院各所以后,陈景润被释放了,可以回到他自己的小房间里去住了。不但可以读书,也可以运算了。但是总有一些人不肯放过他。每天,他们来敲敲门,来查查户口,弄得他心惊肉跳,不得安身。有一次,带来了克丝钳子,存心不让他看书,把他房间里的电灯铰了下来,拿走了。还不够,把开关拉线也剪断了。

于是黑暗降临他的心房。

但是他还得在黑暗中活下去啊,他买了一只煤油灯。又生怕煤油灯光外露,就在窗子上糊了报纸。他挣扎着生活,简直不成样子。对搞工作的,扣他们工资;搞打砸抢的,反而有补贴。过了这样久心惊肉跳的生活,动辄得咎,他的神经极度衰弱了。工作不能做,书又不敢读。工宣队来问:为什么要搞 $1+1=2$ 以及 $1+2=3$ 呢?他哭笑不得,张皇失措了。他语无伦次,不知道怎样对师傅们解释才能解释清楚。工人同志觉得这个人奇怪。但是他还是给他们解释清楚了。这(1+1)(1+2)只是一个通俗化的说法,并不是日常所说的1+1和1+2。好像我们说一个人是纸老虎,并不就是老虎了。弄清楚了之后,工人师傅也生气地说:那些人为什么要胡说? 他们也热情地支持他,并保护他了。

"九一三"事件之后,大野心家已经演完了他的角色,下场遗臭万年去了。陈景润听到这个传达之后,吃惊得说不出话来。这时,情况渐渐地好转。可是他却越加成了惊弓之鸟。激烈的阶级斗争使他无所适从。惟一的心灵安慰就是数学。他只好到数论的大高原上去隐居起来。现在也允许他这样做了。图书馆的研究员出身的管理员也是他热情的支持者。事实证明,热情的支持者,人数众多。他们对他好,保护他。他被藏在一个小书库的深深的角落里看书。由于这些研究员的坚持,数学研究所继续订购世界各国的文献资料。这样几年,也没有中断过;这是有功劳的。他阅读,他演算,他思考。情绪逐步地振作起来。但是健康状况却越加严重了。他也不说;他也不顾。他又投身于工作。白天在图书馆的小书库一角,夜晚在煤油灯底下,他又在爬,爬,爬了,他要找寻一条一步也不错的最近的登山之途,又是最好走的路程。

敬爱的周总理,一直关心着科学院的工作,并且着手排除帮派的干扰。半个月之前,有一位周大姐被任命为数学研究所的政治部主任。由解析数论,代数数论等学科组成的五学科室恢复了上下班的制度。还任命了支部书记,是个工农出身的基层老干部,当过第二野战军政治部的政治干事。

到职以后,书记就到处找陈景润。周大姐已经把她所了解的情况告诉了他。但他找不到陈景润。他不在办公室里,办公室里还没有他的办公桌。他已经被人忘记掉了。可是他们会了面,会面在图书馆小书库的一个安静的角上。

刚过国庆,十月的阳光普照。书记还只穿一件衬衣,衰弱的陈景润已经穿上棉袄。

"李书记,谢谢你。"陈景润说,他见人就谢。"很高兴,"他说了一连串的很高兴。他一见面就感到李书记可亲。"很高兴,李书记。我很高兴,李书记,很高兴。"

李书记问他:"下班以后,下午五点半好不好？我到你屋去看看你。"

陈景润想了一想就答应了,"好,那好,那我下午就在楼门口等你,要不你会找不到的。"

"不,你不要等我,"李书记说。"怎么会找不到呢？找得到的。这是用不着等的。"

但是陈景润固执地说,"我要等你,我在宿舍大楼门口等你。不然你找不到。你找不到我就不好了。"

果然下午他是在宿舍大楼门口等着了。他把李书记等到了,带着他上了三楼,请进了一个小房间。小小房间,只有六平方米大小。这房间还缺了一只角。原来下面二楼是个锅炉房。长方形的大烟囱从他的三楼房间中通过,切去了房间的六分之一。房间是刀把形的。显然它的主人刚刚打扫过清理过这间房了。但还是不整洁。窗子三桶,糊了报纸,糊得很严实。尽管秋天的阳光非常明丽,屋内光线暗淡得很。纱窗之上,是羊尾巴似的卷起来的窗纱。窗上缠着绳子,关不严。虫子可以飞出飞进。李书记没有想到他住处这样不好。他坐到床上,说:"你床上还挺干净!"

"新买了床单。刚买来的床单。"陈景润说,"你要来看我,我特地去买了床单。"指着光亮雪白的蓝格子花纹的床单。"谢谢你,李书记。我很高兴,很久很久了,没有人来看望……看望过我了。"他说,声音颤抖起来。这里面带着泪音。霎时间李书记感到他被这声音震撼起来。满腔怒火燃烧。这个党的工作者从来没有这样激动过。不像话,太不像话了！这房间里还没有桌子。六平方米的小屋,竟然空如旷野。一捆捆的稿纸从屋角两只麻袋中探头探脑地露出脸来。只有四叶暖气片的暖气上放着一只饭盒。一堆药瓶,两只暖瓶。连一只矮凳子也没有。怎么还有一只煤油灯?他发现了,原来房间里没有电灯。"怎么?"他问,"没有电灯?"

"不要灯。"他回答,"要灯不好。要灯麻烦。这栋大楼里,用电炉的人家很多。电线负荷太重,常常要检查线路,一家家的都要查到。但是他们从来不查我。我没有灯。也没有电线,要灯不好,要灯添麻烦了。"说着他凄然一笑。

"可是你要做工作。没有灯,你怎么做工作?说是你工作得很好。"

"哪里哪里。我就在煤油灯下工作;那,一样工作。"

"桌子呢?你怎么没有桌子?"

陈景润随手把新床单连同褥子一起翻了起来,露出了床板,指着说,"这不是?这样也就可以工作了。"

李书记皱起了眉头,咬牙切齿了。他心中想着:"唔,竟有这样的事!在中关村,在科学院呢。糟蹋人啊,糟蹋科学!被糟蹋成了这个状态。"一边这样想,一边又指着羊尾巴似的窗纱问道,"你不用蚊帐?不怕蚊虫咬?"

"晚上不开灯,蚊子不会进来。夏天我尽量不在房间里待着。现在蚊子少了。"

"给你灯,"李书记加重了语气说,"接上线,再给你桌子,书架,好不好?"

"不好不好,不要不要,那不好,我不要,不……不……"

李书记回到机关。他找到了比他自己早到了才一个星期的办公室老张主任。主任听他说话后,认为这一切不可能,"瞎说!怎么会没有灯呢?"李书记给他描绘了小房间的寂寞风光。那些身上长刺头上长角的人把科学院搅得这样!立刻找来了电工。电工马上去装灯。灯装上了,开关线也接上了。一拉,灯亮了。陈景润已经俯伏在一张桌子之上,写起来了。

光明回到陈景润的心房。

八

〔他写着,写着〕……………………………………………

由(22)式及上式,当 x 很大时,有

$$M_1 \leqslant (8+24\varepsilon)Cx(\log x)^{-1} \sum_{\substack{x^{\frac{1}{10}} < p_1 \leqslant x^{\frac{1}{3}} < p_2 \leqslant (\frac{x}{p_1})^{\frac{1}{2}} \\ n \leqslant \frac{x}{p_1 p_2}}} \left[\frac{\Lambda(n)}{\log \frac{x}{p_1 p_2}}\right] \Phi\left(\frac{x}{p_1 p_2 n}\right).$$

由引理1,本引理得证。

引理8,设 x 是大偶数,则有

$$\Omega \leqslant \frac{3.9404 x C_x}{(\log x)^2}.$$

〔引理8的一句话,读作"设 x 是一个大偶数,则有奥米茄小于或等于3点9404xC_x,除以括弧中的罗格 x 的平方!"请注意,这一公式是解决哥德巴赫猜想的(1+2)证明的主要关键。〕

证。当 x 很大时,由引理5到引理7,我们有

$$\Omega \leqslant \left\{\frac{8(1+5\varepsilon)xC_x}{\log x}\right\} \left\{\sum_{x^{\frac{1}{10}} < p_1 \leqslant x^{\frac{1}{3}} < p_2 \leqslant (\frac{x}{p_1})^{\frac{1}{2}}} \frac{1}{p_1 p_2 \log \frac{x}{p_1 p_2}}\right\}, \quad (23)$$

又有:

$$\sum_{x^{\frac{1}{10}} < p_1 \leqslant x^{\frac{1}{3}} < p_2 \leqslant (\frac{x}{p_1})^{\frac{1}{2}}} \frac{1}{p_1 p_2 \log \frac{x}{p_1 p_2}}$$

$$\leqslant (1+\varepsilon) \sum_{x^{\frac{1}{10}} < p_1 \leqslant x^{\frac{1}{3}}} \int_{x^2}^{(\frac{x}{p_1})^{\frac{1}{2}}} \frac{\mathrm{d}t}{p_1 t (\log t) \log \frac{x}{p_1 t}}$$

……

何等动人的篇页！这些是人类思维的花朵。这些是空谷幽兰、高寒杜鹃、老林中的人参、冰山上的雪莲、绝顶上的灵芝、抽象思维的牡丹。这些数学的公式也是一种世界语言。学会这种语言就懂得它了。这里面贯穿着最严密的逻辑和自然辩证法。它可以解释太阳系、银河系、河外系和宇宙的秘密,原子、电子、粒子、层子的奥妙。但是能升登到这样高深的数学领域去的人不多。

且让我们这样稍稍窥视一下彼岸彼土。那里似有美丽多姿的白鹤在飞翔舞蹈。你看那玉羽雪白,雪白得不沾一点尘土;而鹤顶鲜红,而且鹤眼也是鲜红的。它踯躅徘徊,一飞千里。还有乐园鸟飞翔,有鸾凤和鸣,姣妙、娟丽,变态无穷。在深邃的数学领域里,既散魂又荡目,迷不知其所之。

闵嗣鹤教授却能够品味它,欣赏它,观察它的崇高和瑰丽。他当时说过,"陈景润的工作,最近好极了。他已经把哥德巴赫猜想的那篇论文写出来了。我已经看到了,写得极好。"

"你的论文写出了,"一位军代表问陈景润,"为什么不拿出来?"陈景润回答他:"正做正做,没有做完。"军代表说:"希望你早日完成。"

室里的领导老田对李书记说,"可以动员动员他,让他拿出来。但也不急。他不拿出来,自然有他的道理的。"

李书记问了问他,陈景润说:"有人还在骂我,说我不交论文是因为现在没有稿费了。说是恢复了稿费我就会交了。"李书记追了他一句:"谁这样说你?"他回答:"你不要问了。谢谢你,你可别去问啊！问了我更麻烦了。没有稿费,谢天谢地。我不要稿费。我压根儿也没有想到它。那个稿子我还在做。我确实没有做完。"

九

"我确实还没有做完。我的论文是做完了,又是没有做完的。自从我到数学研究所以来,在严师、名家和组织的培养、教育、熏陶下,我是一个劲儿钻研。怎么还能干别的事?不这样怎么对得起党?在世界数学的数论方面三十多道难题中,我攻下了六七道难题,推进了它们的解决。这是我的必不可少的锻炼和必不可少的准备。然后我才能向哥德巴赫猜想挺进。为此,我已经耗尽了我的心血。

"1965年,我初步达到了(1+2)。但是我的解答太复杂了,写了两百多页的稿子。数学论文的要求是(一)正确性,(二)简洁性。譬如从北京城里走到颐和园那样,可有许多条路,要选择一条最准确无错误,又最短最好的道路。我那个长篇论文是没有错误,但走了远路,绕了点儿道,长达两百多页,也还没有发表。国外没有承认它,也没有否认它,因为它没有发表。从那年到今天已经过去了七年。

"这个事是比较困难的,也是难于被人理解的。从学习外语来说,我是在中学里就学了英语,在大学里学的俄语;在所里又自学了德语和法语。我勉强可以阅读而且写写了。又自学了日语、意大利语和西班牙语,到了勉强可以阅读外国资料和文献的程度。因而在借鉴国外的经验和成就时,可以从原文阅读,用不到等人翻译出来了再读。这是必不可少的一个条件。我必须检阅外国资料的尽可能的全部总和,消化前人智慧的尽可能不缺的全部的果实。而后我才能在这样的基础上解答(1+2)这样的命题。

"我的成果又必须表现在这样的一篇论文中,虽然是专业性质的论文,文字是比较简单的;尽管是相对严密的,又必须是绝对严密的。若干地方就是属于哲学领域的了。所以我考虑了又考虑,计算了又计算,核对了又核对,改了又改,改个没完。我不记得我究竟改了多少遍?科学的态度应当是最严格的,必须是最严格的。

"我知道我的病早已严重起来。我是病入膏肓了。细菌在吞噬我的肺腑内脏。我的心力已到了衰竭的地步。我的身体确实是支持不了啦!惟独我的脑细胞是异常的活跃,所以我的工作停不下来。我不能停止。……"

十

1973年2月,春节来临。

早一天,数学研究所的周大姐说,佳节前后,要特别关心一下病号。她说:"那些老八路的作风,那些过去部队里形成的作风,我们千万不能丢掉了。尤其像陈景润那样的同志,要关心他,他很顽强。他病得起不来了,但又没有起不来的时候。在任何情况下挣扎起来,他坚持工作。他为什么?他为谁?为他自己吗?为他自己,早就不干了。不是,他是为人民,为党工作。我们要去慰问他。也要慰问单位里所有的病人。"

其实,外表看来魁梧、说话声音洪亮的周大姐自己也是一个力疾从公、患有心脏病、应当受到慰问的人。

大年初一的早晨,周大姐和几个书记,包括李书记,一行数人,把头天买好了的苹果、梨子装进一些塑料网线袋子。若干袋子大家分头提了,然后举步出发,慰问病人。他们先到陈景润那里。他住得最近。

陈景润正从楼梯上走下来。大家招呼他。他很惊讶,来了这许多的领导同志。周大姐说:"过春节,我们看你来了,你的病好点了吧？"李书记也说："新年好，给你贺新年。"陈景润说："噢，今天是新年了啊？谢谢你们，谢谢你们。新年好，你们好。"李书记说："到你屋里去坐坐吧。""不，不行，"陈景润说："你没有先给我打招呼，不能进去。"周大姐沉吟了一下，说，"好吧，我们就不去了。李书记，你给他送水果上楼吧。我们还上别家去，你回头再赶上我们好了。"李书记说："好。"周大姐和陈景润握手，并祝他早日恢复健康，然后转过身走了。李书记把水果袋递给陈景润说："春节了。这是组织上送给你的。希望你在新的一年里，多给党做点工作。""不要水果，不要水果。"陈景润推却了，"我很好，我没有病，没有什么……这点点病，呃……呃，谢谢你，我很高兴。"说着说着他收下了水果。李书记说："上你屋聊聊？"他又张手拦住，"不，不要进屋了，你没有给我打招呼。"

李书记说，"那好，我不上去了。你有什么事，随时告诉我。我也得去追上他们，到别家去看望看望。"于是握手作别，他返身走。刚走两步，后面又叫："李书记，李书记！"陈景润又追过来，把水果袋子给了李书记，并说，"给你家的小孩吃吧。我吃不了这多。我是不吃水果的。"李书记说，"这是组织上给你的，不过表示表示，一点点的心意罢了。要你好好保养身体，可以更好地工作。你收下吧，吃不下，你慢慢地吃吧。"

他默然收下了。他默默地送李书记到大楼门口。李书记扬手走了，赶上了周大姐他们的行列。陈景润望着李书记的背影，凝望着周大姐一行人的背影消失在中关村路林阴道旁的切面铺子后面了。突然间，他激动万分。他回上楼，见人就讲，并且没有人他也讲。"从来所领导没有把我当做病号对待，这是头一次；从来没有人带了东西来看望我的病，这是头一次。"他举起了塑料袋，端详它，说，"这是水果，我吃到了水果，这是头一次。"

他飞快地进了小屋。一下子把自己反锁在里面了。

他没有再出来。直到春节过去了。头一天上班,陈景润把一沓手稿交给了李书记,说:

"这是我的论文。我把它交给党。"

李书记看他,又轻声问他:"是否那个(1+2)?"

"是的,闵老师已经看过,不会有错误的。"陈景润说。

数学研究所立即组织了一次小型的学术报告会。十几位专家,听了陈景润的报告,一致给以高度评价。然后,数学研究所业务处将他的论文上报院部。

十一

显见,我们有

$$P_x(1,2) \geqslant P_x(x, x^{\frac{1}{10}})$$
$$- \left(\frac{1}{2}\right) \sum_{x^{\frac{1}{10}} < p \leqslant x^{\frac{1}{3}}} P_x(x, p, x^{\frac{1}{10}}) - \frac{\Omega}{2} - x^{0.91}\text{。} \quad (28)$$

由(28)式、引理8及引理9,即得到定理1

$$P_x(1,2) \geqslant \frac{0.67 x C_x}{(\log x)^2}$$

的证明。

完全类似的方法可得到定理2的证明。

以上就是陈景润的著名论文:《大偶数表为一个素数及一个不超过二个素数的乘积之和》的"(三)结果"。作为结果的定理就是那个"陈氏定理"。

四月中的一天,中国科学院在三里河工人俱乐部召开全院党员干部大会。武衡同志在会上作报告。他说到数学研究所一位中级的研究员作出了世界水平的重大成果。当时没说人名。李书记在座中,听到了,还不知说谁。旁边的人捅了他一下。"干什么?"

他问。那人说,"你听到没有?""怎么啦?"那人又说,"这活儿是陈景润做出来的啊!""噢?还这么重要?"那人说,"这是世界名题。真不简单!"

第二天,新华社记者来访。他见到了陈景润,谈了话,进他房间看了看。回去就写出一篇报道,立即在内部刊物上发表。其中,说到了陈景润的经历;他刻苦钻研的精神;重大的科研成果以及他现在还住在一间烟熏火烤的小房间里。生活条件很差!疾病严重!!生命垂危!!!

伟大领袖和导师毛主席看到了这篇报道,立即作出了指示。

当天深夜,武衡同志走进了陈景润的小房间。

他立即被送进医院,由首都医院内科主任和卫生部一位副部长给他做了全面的身体检查。他患有多种疾病。他们要他立即住院疗养,他不肯。于是,向他传达了毛主席的指示。

他一共住院一年半。

在住院期间,敬爱的周总理曾亲自安排了陈景润的全国人民代表席位。在第四届全国人民代表大会上,陈景润见到了周总理,并和总理在一个小组里开会。人代会期间,当他得知总理的病时,当场哭了起来,几夜睡不着觉。大会后,他仍回医院治疗。

当他出院的时候,医院的诊断书上写着:

"经住院治疗后,一般情况较好。精神改善;体温正常。体重增加十斤;饮食睡眠好转。腹痛腹胀消失;二肺未见活动性病灶。心电图正常;脑电图正常。肝肾功能正常;血沉及血象正常。"

早在他的论文发表时,西方记者迅即获悉,电讯传遍全球。国际上的反响非常强烈。英国数学家哈勃斯丹和西德数学家李希特的著作《筛法》正在印刷所付印。他们见到了陈景润的论文立即停止印刷,并在这部书里加添了一章,第十一章:"陈氏定理"。他们誉之为筛法的"光辉的顶点"。在国外的数学出版物上,诸如"杰出的成就"、"辉煌的定理",等等,不胜枚举。一个英国数学家给他的信里还说,"你移动了群山!"真是愚公一般的精神啊!

或问:这个陈氏定理有什么用处呢?它在哪些范围内有用呢?

大凡科学成就有这样两种:一种是经济价值明显,可以用多少万、多少亿人民币来精确地计算出价值来的,叫做"有价之宝";另一种成就是在宏观世界、微观世界、宇宙天体、基本粒子、经济建设、国防科学、自然科学、辩证唯物主义哲学等等等等之中有这种那种作用,其经济价值无从估计,无法估计,没有数字可能计算的,叫做"无价之宝",例如,这个陈氏定理就是。

现在,离开皇冠上的明珠,只有一步之遥了。

但这是最难的一步。且看明珠归于谁之手吧!

十二

陈景润曾经是一个传奇式的人物。关于他,传说纷纭,莫衷一是。有善意的误解,无知的嘲讽,恶意的诽谤,热情的支持,都可以使得这个人扭曲、变形、砸烂或扩张放大。理解人,不容易;理解这个数学家更难。他特殊敏感,过于早熟,极为神经质,思想高度集中。外来和自我的、肉体与精神的折磨和迫害使得他试图逃出于世界之外。他成功地逃避在纯数学之中,但还是藏匿不了。纯数学毕竟是非常现实的材料的反映。"这些材料以极度抽象的形式出现,这只能在表面上掩盖它起源于外部世界的事实。"(恩格斯)陈景润通过数学的道路,认识了客观世界的必然规律。他在诚实的数学探索中,逐步地接受了辩证唯物论的世界观。没有一定的世界观转变,没有科学院这样的集体和党的关怀,他不可能对哥德巴赫猜想做出这巨大贡献。被冷酷地逐出世界的人,被热烈的生命召唤了回来。帮派体系打击迫害,更显出党的恩惠温暖。冲击对于他好像是坏事；也是好事，他得到了锻炼而成长了。

　　病人恢复了健康。畸零人成了正常人。正直的人已成为政治的人。他进步显著，他坚定抗击了"四人帮"对他的威胁与利诱。无所不用其极地威胁他诬陷邓副主席，他不屈！许以高官厚禄，利诱他为人妖效忠，他不动！真正不简单！数学家的逻辑像钢铁一样坚硬！今后，可以信得过，他不会放松了自己世界观的继续改造。他生下来的时候，并没有玫瑰花，他反而取得成绩。而现在呢？应有所警惕了呢，当美丽的玫瑰花朵微笑时。

　　　　　　　（原载《人民文学》1978年第1期）

在湍流的涡漩中

1976年,10月初的一个夜晚,已经有了秋凉肃杀的意思。蟋蟀在一个什么角隅悲伤地啼哭!夜空倒是缀满了宝石般的繁星,但有阵薄薄的云雾把它们遮盖了起来,使它们忽隐忽现。一颗人造卫星沿着猎户星座的宝剑迅疾地飞了过去。进入一块云雾就看不见了。

在北京大学的美丽校园里,一股沉闷、忧郁的空气压得人透不过气。宝塔落到了未名湖里,它的影子颠倒了过来。好像这个大学也就是如此。什么都颠倒了。晚自习以后,往日那些健康而欢乐的歌声,这几年来都听不到了。灯火过早地从窗子里熄灭了。只有那个北招待所,那"梁效"的黑窝子照耀得如同白昼,人影幢幢。这些缘槐的蚂蚁!撼树的蚍蜉!这些跳梁的小丑!急于跳墙的狗子!似乎特别的紧张,在朗润园的湖水之畔其势汹汹。

燕南园寂静得如同死去了一样。少数的灯光,凝冻在空气里面。这园子显得格外的荒凉,只有几个黑影在教授们的住宅周围徘徊着。说得好听些,他们是在监护着学府的老领导;至于他们怀着什么凶杀的心肠,只有他们的主子下令后才知道。

北京大学革委会副主任周培源并没有睡觉。他睡不着。三姑娘出来看看他,叹口气,又回到她的房间里去了。王蒂澂,他的老伴儿也已经睡下了。她翻来覆去睡不着。周培源从客厅走回他的工作室,又从他的工作室走回他的客厅。客厅里只有一盏立灯照着他常坐的沙发。一份《均匀各向同性湍流的涡漩结构的统计理论》印稿放在沙发边的小桌上。他在激动气愤之余曾经拿出它来，想看一下，但他根本看不下去。

"夜啊，从来没有过这样的黯黑！"

他想着。坐在沙发里，看着壁炉上一幅文徵明的山水画，他想的却是湍流的涡漩图。在流体力学中，有一种湍流理论，是研究那种高速的、不规则状态的湍流的。在急湍的河流，河道拐弯处，或桥墩的后面，都是可以观察到湍流现象的。水管中的水，当流速加大到雷诺数超过一定数值时，它的流动就从有规则的层流变成了无规则的——湍流。在受控热核反应中出现的，各种不稳定现象和所谓"反常"现象，也与湍流运动密切相关。周培源就是一个湍流理论家。他坚持这方面的研究有四十年了，尽管世界上的许多湍流专家研究了一段时间之后常常感到寻找不规则高速运动的规律不好办，而改了行换了专题。

湍流是由许许多多的涡漩组成的。周培源从30年代末开始就在寻求能够反映湍流运动实际的正确理论。但到解放之后，在毛泽东思想哺育下才认识到要从湍流的漩涡结构入手去了解问题。经过文化大革命到70年代里，他和他的学生黄永念一起找到了组成最简单的湍流运动——均匀各向同性流——的湍流圆涡漩，并获得了与实践相符合的湍流衰变规律和湍流微尺度的扩散规律。他转过头来，他的气息也如湍流一样的激动起来。

研究湍流理论的物理学家发现他现在正处于政治斗争的湍流中。

他此刻想的，并不是物理世界，而是中国政治。

"夜，黑暗的夜，最黑暗的夜！"他悲愤地想着。"这怎么……怎么办呢？"他从沙发上站了起来，扶正了他的金丝边眼镜，不自觉地抚摸着他的银白的头发。"活了七十多个年头了，多少困难也可以说,闯过来了。我从没有遇到过这样的困难,这样的黑暗,简直是危机的顶点!"

他激动地站了起来,走到窗口。窗外那两个黑影似乎盯着他的窗子的微弱的灯光。他恨恨地看了他们一眼,"呸!"

这北京大学,"五四"运动的发祥地,无产阶级文化大革命的烽火台,变成了这样一个湍流的涡漩了!敬爱的周总理逝世不过两个星期,北大就掀起了一股黑色的湍流,逼着大家表态,也逼他表态。他顶住了,不吭一声。唐山地震以后不久,湍流又来了,要批判什么"三株毒草",并且再次逼他表态。一伙人,一天拥到他家里,赖着不走,胡说了一个下午,逼迫他。他们抽了不知多少包香烟,熏得那客厅的上半层烟雾缭绕,乌云密布,好像随时都可以发出闪电和雷霆一样。他还是顶住了没有表态。那伙人后来走了,临走说他们还要来。现在,梁效已经抛出了他们的什么"永远要按既定方针办",看来他们又快要来找他了。

他严峻地走回工作室,突然想起了什么似的走到书架前,找出了十卷本《鲁迅全集》第四卷,很快找到了鲁迅的《为了忘却的记念》,翻到了第374页,上面有这样的一段:

"原来如此!……

"在一个深夜里,我站在客栈的院子中,周围是堆着的破烂的什物;人们都睡觉了,连我的女人和孩子……我在悲愤中沉静下去了……

"……怒向刀丛觅小诗……

"……在中国……禁锢得比罐头还严密。……"

他轻轻地合上了这本书,又走回他的客厅。经过他的卧室时,蒂澂轻轻地唤了他:"培源,不要这样自苦了。你还是睡一睡吧!"

他没有理会她,生着气,又回到客厅里。

他忽然想到了毛主席,在1964年北京科学讨论会期间曾找了他和于光远前去谈话。他几乎完全记得毛主席的话,清晰地想见他说话时的神情。毛主席抽着烟,吐出了一口口的烟雾,说:"世界上没有绝对不变的东西。变,不变,又变,又不变,组成了宇宙。在煤燃烧时的运动形态是什么?"当时他回答说:"是化合物中原子外层电子改变运动轨道时放出来的热。"后来毛主席又接着说:"世界上一切都在变,物理学也在变,牛顿力学也在变。世界上从没有牛顿力学到有牛顿力学,以后又从牛顿力学到相对论。这本身就是辩证法。"

前些年,陈伯达曾狂妄到了极点,竟说要批判相对论。周培源当场批驳他:"不能批!你敢乱批?你批批看!"

周培源是研究过相对论的,爱因斯坦的学生,他苦苦地思索着:"变!是的,会变;不变不可能!"

毛主席的声音又在他的耳边升腾起来:"他们说我一点马克思主义也没有,而他们是百分之百的布尔什维克,可是这些百分之百的布尔什维克却使白区的党损失百分之百,苏区损失百分之九十。"

周培源浑身寒战起来,毛主席不在了!掏出手帕擦了擦他的眼睛。他的眼泪成串地流下来了。他又想到了毛主席的亲密战友,时时刻刻都在关怀着中国人民的、日夜工作的周总理。不,他不能这样!他忍住了。总理,总理,他轻轻地呼唤着。

他想到那一次他到汉中分校出差。周总理知道他受到围困后,就打电话给西北局,要西北局的同志注意他的安全!西北局的领导同志亲自打了电话给他。后来他还听说总理当时曾经要派直升飞机去接他回京!

周培源擦干了他的眼泪,冷静了下来。一幕一幕的电影闪过他的眼前。

1970年1月2日,当70年代冉冉来临时,周总理发出了一个指示:要科学院在广泛深入实际的基础上,把科学研究往高里提,搞点基础研究,把实践提到应有的理论程度,用毛泽东的光辉思想批判地继承和发扬自然科学理论。

周培源看到了这个指示,是多么的惊喜!他深深地思索,为什么周总理把他的炯炯双目注射到基础理论上来了?他想周总理是看到了并考虑了60年代的十年内,自然科学在我国和世界范围内发生了惊人的变化,突飞猛进,日新月异,一日千里啊!70年代,事实上,已面临一个生产力的大革命、生产关系的新发展的前夕。最近十年里,科学技术的发明与发现,比过去两千年的总和还要多。现有的自然科学理论与学说正接二连三地受到冲击;迫切需要建立更精确定量描述和更深刻地阐明客观自然规律和现实的正确理论和学说。

周总理的指示体现了毛主席的光辉思想,具有特别重大的意义!

然而在1972年全国教育会议开会时,臭名昭著的"两个估计"抛了出来。周培源和迟群进行了一场激烈的斗争。针对着当时比较混乱的思想,周培源在会上讲了话。他说到理科和工科的关系,明确地指出:"理和工都是依据同样的客观规律,肩负起认识世界和改造世界的任务。在这个意义上说,理和工是没有分别的,但理工各有自己的具体任务和特点,它们所处理的具体问题和解决问题的具体方法也不同,因此理科和工科,对人员的培养和要求,也应有所区别。'理工不分'的看法,实际上是取消理科,这是十分有害的!"

"理工不分"就是迟群的荒谬观点。周培源这最后的一句话就是针对当年飞扬跋扈的迟群说的。

之后,周总理在1972年7月一次接见美籍中国科学家参观团时对他说:"你们北大的基础理论水平现在低了,是怎么一回事?为什么水平低了?你回去把北大的理科办好,把基础理论的水平提高。这是我交给你的任务。有什么障碍要扫除;有什么钉子要拔掉!"总理说的钉子是实有其人的。当时在北大掌权的人自己就说过:"总理要拔掉的钉子就是我们。"可是,他,周培源并没有完成总理交给他的任务。他没有能把北大的钉子拔掉,因为更大的钉子还没有拔掉,他有什么办法能拔掉这些小钉子呢?这些钉子现在越来越猖狂了!

1973年7月,毛主席、周总理接见杨振宁博士。他陪着在座。毛主席坐在中间,总理在一边,杨振宁在一边,他坐在杨振宁旁边。他说了一句:

"祝主席万寿无疆!"

毛主席看了他一眼:"不能这么说。"然后,笑起来了,"周培源,你在文化大革命里被整得呜呼哀哉了吗?"

由于他耳朵有点聋,他一时没有听清楚。总理接着重述了一遍,并且立即站了起来,要周培源坐在毛主席的旁边,总理自己坐到了周培源的边上。这时毛主席对杨振宁说:

"周培源是你的老师吧?"

杨振宁在西南联大时,是周培源的学生。总理说:"现在青出于蓝胜于蓝了。"总理说这话时,深情地看了他一眼,那眼色是带着批评和热情的鼓励的啊!那天他们谈的是关于我国科学研究方面基础理论状况的。毛主席十分赞扬杨振宁博士所提的对我国基础理论科学被削弱了的意见。

在1972年春,应《人民日报》的约稿,周培源写了一篇《对综合大学理科教育革命的一些看法》。文章写成后,他在人民大会堂西藏厅里见到总理时,曾想请总理审阅一下。总理问他,文章有多长?他答,有五千多字。总理说他来不及看了,不看了,你就拿出去发表吧。文章落到文痞姚文元手里,百般阻挠。姚文痞说,发表这样的文章会干扰批林整风,批转此文在《光明日报》刊登。同时,又指使他们在上海的黑帮在他们控制着的《文汇报》上组织批判文章。张春桥下达黑指示说:"周培源有后台。不管他的后台多大,多硬,就是要批!"这就接二连三地"批"起来了。批的是他,他顶住了;矛头指向总理,他愤怒极了。他们竟敢反总理,他们太猖狂了!总理啊!总理!

他又一次擦掉了眼泪。英雄有泪不轻弹!

夜深了,人静了。他穿着一件米色的对襟的毛线衣,还觉得有点寒冷。他想去穿一件衣服。不,也许他应该脱下毛线衣,睡觉去了。

他忽然想到毛主席在反右斗争时说过的一段话:"物极必反。我们还要让他们猖狂一个时期,让他们走到顶点。他们越猖狂,对我们越有利……"他想了又想,轻轻叹了一声。他想,是的,是这样的。他懂得了,他应当懂得,这是历史的辩证法。可是这漫漫长夜啊!志士惜日短,愁人知夜长!夜又是这样的黯黑啊!

突然,门外有人在打门。

他觉得,好像什么事情将要发生似的,警惕地站了起来。整个中国正处在一个危机到达了顶点、随时可以爆发的时候。说实话,他预感到他可能要面临一场严峻的考验。这几天住宅周围不断有人巡逻着。他处在被监视受包围之中。而且,这叫门声很紧急。他的三女儿已经闻声出来,进了客厅。他夫人也已经披衣而起。顶点随时可以到达!

三姑娘把门打开。进来了一个人。

他是周培源的亲密战友,这些天来,他们见面也不说话,点点头就完事了。他好久都没有到他家来了。

"什么事?"

这个人满面是激动的神情。他四面看看,他紧紧抓住了周培源的手!他轻轻地说:

"把他们抓起来了!"

"什么?"王蒂澂已经来到他们的中间。

"刚才听到的消息:中央查明,他们要动手了。所以前天夜里,叶帅他们把江青逮捕了,把张春桥、姚文元、王洪文四个人都逮捕了!"

三姑娘惊叫了一声:"那太好了,太好了!"

周培源说:"真的吗?"

王蒂澂说:"小道消息!不可信。"

"现在有些大道消息才不可信呢!小道消息往往是真实的!"三姑娘反对她妈妈,"细节也许有出入。"

周培源说:"不知道,是否真是……那就太好了,如果是真的!"

门外响起了自行车的铃声。又进来了一个身穿解放军服装的青年战士。他快步走到周培源的面前:"周伯伯,报告一个好消息!"

"什么?"

"'四人帮',王张江姚叫做'四人帮',垮台了!他们四个人,毛主席管他们叫做'四人帮',已经抓起来了!千真万确!迟群也同时逮捕了!"

王蒂澂说:"那么这是真的了!"她热泪盈眶了。

"真好!"三姑娘像云雀一样叫了两声"真好!"再说不出话了。

"我飞也似的跑来了,这样的好消息,我一定要首先报告周伯伯。唔,看来,你们也已经知道了。这一下子可好了!我得走了。我马上要到中关村去。"

周培源沉吟了一下,对先来的那个人说:"你也和他一同走吧,我放心些。你们路上小心……"

两个人兴高采烈地出去了。

寂静又回来了。

周培源一家子坐到沙发上。

眼泪从周培源面颊上流下来。

"叶帅！"王蒂澂说，"叶帅！我高兴得受不住了！"

"他们救了我们党！"周培源说，"顶天柱啊！"

"他们斩了妖魔！解了我们的心头恨！"

"'四人帮'！"周培源恨恨地说，"原来是'四人帮'！最坏的东西就是他们四个！最最坏的就是那个妖精。"从来没有骂过人的大学校长平生第一次骂出声音来了："混蛋！"

王蒂澂站起身来，从碗橱中取来了三只酒杯，一瓶茅台，敏捷地斟了三杯酒。她说："我一向不许你喝酒，可是我今晚主动地请你喝一杯，来！干杯！"

周培源拿了酒杯，突然拉住他老伴的手，又示意他女儿，三人走到东墙前面，在毛主席相片，毛主席塑像，周总理相片和瓶花底下，说，"好！干杯！"

三个人默默地让毛主席、周总理看他们举杯，用发抖的手举到唇边，然后喝了下去。立刻一股暖流流遍他们的全身。

蟋蟀在窗外窃窃地笑了。群星在天空闪烁。美丽的北大校园恢复了勃勃生机似的，又展示了它的全世界最美丽的校园的如画一般的风景。

周培源模仿着他的老伴的腔调说："你这个老头儿算了吧！你搞不过人家。你是搞科学的，人家是搞……搞阴谋的！哈哈……"

王蒂澂嗔他一眼，也笑了。三个人都笑了，满面都是泪痕地笑起来了。

周培源说："我是搞科学的，也是搞政治的。科学就是实事求是，政治更应当是实事求是的！好了，夜深了，现在可以睡觉了，不过,可不能安心地睡觉啊!"

他打发他夫人和女儿去睡觉。按照他一向的习惯,到室外的庭院中间,做了一回柔软体操。他又看到一颗人造卫星从天空中飞过,使他意识到自己负有重大的任务。他回进屋里,又躺在沙发椅上看了看桌上的力学论文,然后闭目养神起来。他怎么能睡觉呢?

他迷迷糊糊地躺在沙发上。钉子到底拔掉了!他忽然间想到迟群在一次开会时大谈他的所谓"路线",指桑骂槐地把矛头指向周总理;忽然迟群变成陈伯达,胡诌什么:猴子在打字机上跳一百年,也可以跳出一部莎士比亚来。他一生气,醒了过来。一忽儿想到总理在他的信上作的批示,"要认真实践,不要像浮云一样,过了就忘了!"他要坚决贯彻总理的指示,扎扎实实地把北大的基础理论的教学工作搞上去,把实现"四个现代化"的宏伟理想变成现实。一忽儿又想到抗日战争时期的西南联大,他那"科学救国"的梦想;一忽儿又想到他两次单刀赴会,在加拿大开东西方科学家会议,这个会议后来又在莫斯科召开。在莫斯科会上,他发言驳斥苏联一个大院士抽着烟斗所讲的,人与人了解了就可以避免战争,还画了一条曲线,胡说什么从战争可能性的纵坐标上上升的一条曲线可以在了解程度的横坐标上降下来。(真正的伪科学!)他那次发言使得会场上的人大叫大嚷。那大院士忽然又变成了英国物理学家勃拉凯特,当年他陪同他参观北大的半导体研究室,使得这位外宾赞赏不已,认为很有水平。他又吃惊地醒了过来,痛心地想到受到干扰和破坏的北京大学,简直不成样子!

他睡到他的床上,似乎睡着了,但仍然不是很安静的,他只觉得他是在一道强大的革命湍流的一个巨大的革命涡漩中。

47岁的时候,周培源和他的两个女儿骑着自行车冒着严寒和风沙从清华园出发,和清华大学的师生员工们一起来到前门,去迎接解放军,参加了光辉灿烂的北京入城式。

　　74岁的时候,北京大学高举着伟大的毛泽东思想的红旗、中华人民共和国国旗、中国共产党党旗和具有光辉的"五四"运动革命传统的校旗,全校师生整齐列队,冒着雨浩浩荡荡地,从西长安街,走到了天安门广场。同时,清华大学全校师生员工也高举红旗,从东长安街浩浩荡荡地来到天安门广场,在金水桥前,毛主席的画像之前会师。北大队伍前列,走着银发闪闪,意气风发的无产阶级科学家、教育家、革命家周培源。这时从四面八方,浩浩荡荡的队伍都汇齐到广场上。中国人民解放军的总参谋部和总政治部的队伍前面,走着身经百战的老将军们。在中央各部委的队伍前面,走着老一辈的革命家,有的手持拐杖,有的虽然白发苍苍,依然健步如飞。首都钢铁工人、煤矿工人、铁路工人、国棉厂工人等等,雄赳赳,气昂昂地来了。从郊区来的农民队伍里前面走着的老太太,还是小脚呢,但是精神矍铄,气吞山河。整个天安门广场上,红旗如林。人山人海,载歌载舞。放不尽的鞭炮,唱不尽的欢乐的歌!北京市场上,所有的酒销售一空,千家万户,螃蟹成为美味佳肴。"打倒四人帮"的口号,声震五湖四海!"四个现代化"的足音,震动小小寰球!湍流在奔腾,涡漩在翻动!一个时代结束,一个时代开了端!

1978年2月于北新桥

(原载《人民日报》1978年3月20日)

生命之树常绿

蒲公英与鹦鹉店

蒲公英(学名：Taraxacum mongolicum，下略)开一朵金黄色的花；其实不是一朵而是很多朵；很多花朵形成一个花序。每一花朵下面隐藏一个果：很小的果；就像向日葵也是一个花序，一朵朵花，结的一个个果，就是一颗颗小葵花子儿。

而蒲公英的每一个小果上长有很密很长的冠毛。这些带着冠毛的，组合在一起的小果形成一个毛茸茸的圆球。它是那样地逗人喜爱！见到它的人没有不为之惊叹，为之着迷的。它构筑得比一座宫殿还要精巧。任何艺术大师也将自愧弗如的。

那样的富丽堂皇啊！当果子成熟后，冠毛带着它们随风起舞。那样的美妙而婀娜啊！它们飞飏而去，纷纷飞走了，消失不见了，只留下了一个花轴。人们常常惋惜：只要轻轻地向它吹一口气，这美丽的结构啊，就被毁了，就不再存在了。

但是它们几曾消失了呢？它们飞舞着，作为种子而飞翔，而后降落到大地之上，重新定居下来了，扬畅了，生长了，以几何级数的增长，开放了更多得多的花序，又结出更加多得多的美丽组合的果球。用不到惋惜的啊，更不需要伤感！倒不如赞扬它，咏吟它，歌唱它，欢呼它啊——大自然的素朴和华丽的统一！毁灭与生命的统一！

蔡希陶早年写过的短篇小说，题目就叫《蒲公英》，是写植物界的斗争的。

当初他还二十来岁,热爱大自然,憧憬未来。他喜欢文学,用明丽的文字梦想着激情的文学生涯。他侧身于陈望道的门下。他与张天翼齐名。他给王统照寄稿,在后来郑振铎主编的《文学》上发表文章。

那天,在陈望道家里,他被介绍给鲁迅。鲁迅凝神看他,问道:

"你——就是蔡希陶吗?"

鲁迅上下打量他,接着说:"我刚看了你的一篇小说,写得很有气派。我还以为它的作者一定是一个关东大汉。我没有想到,你只是这么一个小伙子。"

鲁迅笑了。笑后说,虽然是个小伙子,你有关东大汉的气派。

鲁迅曾给予蔡希陶的文学创作以美誉。蔡希陶很有希望成为一名文学家。不过他很穷,高中也读不起。写文章无法谋生。他得找一个生计,就是在北平静生生物调查所当练习员。

文学青年蔡希陶一下子就被植物学迷住了。这不奇怪。鲁迅是由地质学、植物学、医学学生转变为文学家、思想家、革命家的。又是考古学家又是诗人的郭沫若当了中国科学院院长。因为创作,绝对不是单纯地模仿,而是发明。一切发明,绝不是量的增添,必是质的飞跃:就是创造。文学与科学之间是有通道的,发表创作及发明创造,在这一点上终究是统一的。

北平静生生物调查所当时由胡先骕主持。蔡希陶见到了我国第二代植物学家胡先骕。

有一天,20岁的青年人蔡希陶反坐在靠背椅子上,两手扶着椅子的靠背,两眼凝聚在老师身上。胡先骕在讲着话,激情如喷泉迸发。

他说:他刚读完一个美国人威尔逊写的书,书名叫做《一个带着标本箱、照相机和火枪在中国的西部旅行的自然学家》。这个人,本世纪初在我国湖北、四川、贵州旅行,共计十一个年头,收集了六万五千号植物标本,大约有五千多种,搞回一千五百种植物果木到美国和英国去了。他在这本书里承认中国植物最丰富;中国花卉是世界最富丽的。他特别赞赏中国杜鹃花的品种之多,达到一百六十多种。他采集了八十多品种,其中六十多种被他引往美英等国,加以驯化。此人没有到过云南,并不知道我国云南杜鹃花还要多得多呢。这些美国、英国、法国、德国、日本和俄国人大摇大摆而来,拿走了我们多少植物标本,多少果木,叫我们痛心!痛心不已啊!所以我们创设了静生生物调查所,以抵制他们并发展我国植物学。

蔡希陶想,我们得有志气!得有这个志气!尽管经费少,人手少,学问浅陋,经验不足,可我们要把中国植物学的事业担当起来。

蔡希陶想得心潮澎湃,热血沸腾。

胡先骕说,世界植物中就中国最丰富。中国植物中,又是云南省最丰富。我们应当到云南省去。我国 16 世纪出过一个本草学大师李时珍。清末,吴其濬的《植物名实图考》开始了纯粹研究科学的精神。我们要从植物分类学入手,也要对植物形态、解剖和生理等方面进行研究。说到云南,我们也有了一些植物标本。但空白点太多了。譬如,大凉山,就是个空白点。那里是奴隶社会制度。黑彝奴隶主还要下山来,掳掠人,去给他们当奴隶娃子呢。没有人敢进去。难进得很!进不去,所以是空白点。但越是空白点,越需要人进去……

话未说完,蔡希陶头一抬,手紧握椅子靠背,一下把椅子抽掉了。站在胡老师面前,他用坚定的声音请战:

"我去!"

1932 年,静生生物调查团的蔡希陶从四川宜宾出发,沿金沙江,徒步走进云南省。宜宾码头上的脚夫邱炳云替他挑行李。蔡希陶就教他:采集木本要有花果,采集草本要有根须。邱炳云很快学会了采集和制作标本。他们经过盐津,到达昭通。整理资料,寄回所里。向大凉山挺进的准备工作就绪了。他们在天鸡街和黑彝奴隶主举行了商谈。杀了一条牛,大家喝一碗牛血,结了盟,就进入空白点! 丰富的植物宝库! 他们采集了大量的标本。又回昭通,整理资料。寄回所里,又受命南下。他们从高寒山区,下到亚热带、热带的中越边境的屏边。

那是瘴疠之地。蔡希陶曾走进一座傣族村寨。整个村寨的人倒在竹楼上,发高烧昏迷不醒。他带有奎宁丸,给病人一个个喂了药。两小时后,全村苏醒了过来。倾其所有,把药丸留给村民了,他才离开。无私的人,高尚的品德! 那时是旧社会,却已有了新社会里才会有的风格。

野外调查,一共三年。共采集了一万多号标本回昆明,蔡希陶不觉已成为一个和大自然结下了生死不解之缘的亲属。他吃野菜就能生活,山洞树林可以为家。他不仅和植物打交道,和动物、飞禽也取得了默契,而血肉相联了。

最艰苦的日子,随抗日战争而来。静生生物调查所迁到昆明,紧靠着北平研究院云南省农林研究所。这一下可糟了,经费无着,工资也发不出,国民党政府、云南省政府哪有心思来理睬植物学? 蔡希陶只得在街上开设一片鹦鹉店。

这个商店出卖鲜花、盆景、种子以及鹦鹉、云雀、鸽子等禽鸟和小动物如兔子、暹罗猫和小狼狗等。营业收入,还多少可以资助研究所的少数员工,到后来只剩下八个人,苟延残喘。他们活下命来,竟然还能坚持他们的科研工作。说来奇怪,也不奇怪,动植物到蔡希陶手上都变得聪明又美丽。不但奇花异卉吸引中外顾客,鹦鹉还帮助了营业:

"客来啦,递烟端茶啊!"

所以生意是不坏的。蔡希陶培育了许多香花,繁殖和训练了许多小动物。(他后来还曾把昆明动物园里一条死了母虎的奄奄待毙的乳虎,搂在怀里,一匙一匙地用牛奶喂它,喂活了又送回动物园。)他不但善于骑马,尤善相马。由于闻名遐迩,附近农民买马都来找他当顾问。他养的鸽子、暹罗猫婉娩可爱;花朵到他手下特别艳丽。最出色的是他那条狼狗。他在墙外叫一声"丁哥儿!"扑地一声,这条狗跳过了墙来。有一次,他让邱炳云将他双手反绑了,给他嘴里塞进一条毛巾。他倒在地上。一会儿,丁哥儿从门外瞥见他主人倒在地上,猛跳进来,一口先把毛巾轻轻地扯了出来;又转到他背后用它的牙齿把绳子咬断。没有伤他的手,蔡希陶站了起来说:

"看起来,这条狼狗已经训练好了!"

凡属大自然的一切,他都喜欢。蔡希陶进大凉山并没有被奴隶主抓起来当奴隶。他变成了大自然的亲儿子了。儿子往往不懂得父母;人间居多不认识大自然。然而蔡希陶,现在他的肉、血和头脑,都已属于自然界。他开始能够认识和比较正确运用自然规律了。

云南杜鹃花与弗吉尼亚大金元

世界最美丽的花朵恐怕是杜鹃花科的杜鹃花。

中国三大名花,第一位也数它。

中国是杜鹃花的原生地。全国没有一个省不闪着它的灿烂光华。人们有时称它映山红,但映山红只不过是全世界八百多种杜鹃花中一种。我国生产六百五十多种杜鹃花,其中云南占去了四百二十多种。云南杜鹃花,占世界该属种类一半以上,居中国该属种类的三分之二。

每当春天来临,牧场、田边、山腰、湖畔、高山、草甸,到处盛开了美丽的杜鹃花,万紫千红,一直开到夏秋之间。只见大自然抖开了丝绸,甩开了锦缎,大幅大幅地铺在中国大地上。它们覆盖起一座一座山峰,使整座整座山峰都如穿上了剪裁合身的最时兴的艳丽的衬衫和裙子。

看杜鹃花的花海里翻腾着杜鹃花的波涛!在它们上面,千千万万只蝴蝶,扑翅飞翔,美丽得使阳光炫耀。蜜蜂成群,在透明的芳香中散播嗡嗡的音波。生物世界,包括美丽的飞禽,美丽的昆虫,美丽的少女,无不被这植物世界里的最美丽的杜鹃花激起了嫉妒之情。

大树杜鹃高达 25 米,满树都是伞形花序,蔷薇色中带紫色。夺目杜鹃颤动着红绒色的绒花。樱花杜鹃胜似樱花。紫玉盘杜鹃一丛丛的,基底部分深红发紫,顶部皎洁无瑕。红线杜鹃、黄绿杜鹃、兰果杜鹃、火红杜鹃、黑红杜鹃、微笑杜鹃、露珠杜鹃、迷人杜鹃,成片成林,漫山遍野,盖地铺天。各种各样的色彩,各种各样的形态;有的清芬,有的芳洌,可以提炼芳香油;也有低首回眸,也有丹唇皓齿,眄视流盼。但杜鹃花的品格,主要是性格坚强。凡有它们生长的地方,就没有其它的花木插锥。从蔡希陶进入云南的头一天起,这云南杜鹃花就唤醒了蔡希陶的美学的灵魂。

同时,一种爱国主义的感情也就在他的脑间升起来了。稍长,他也就像胡先骕一样的给比他又年轻了一些的植物工作者讲起来了。

他给他们说,对美丽的祖国,外国觊觎者大有人在!美国人威尔逊就是一个。还有英国爱丁堡皇家植物园,还专门派来了一个采集家,名叫傅礼士的。曾七次进入云南!1905 年的一次,云南各族人民愤怒地起来驱逐他。他东窜西奔,亡命逃跑了十天。他同伙的一个法国神父中了傈僳族的一支毒箭,殒命了。这傅礼士丢失了标本箱,丢失了随从的人马,总算逃出一条命。可是他心还不死，还再来云南这植物宝库，直到他最后死在云南。他一共采走了三万一千多号植物标本。他自己是不采标本的。这些标本都是中国人采集，迄今还贴有中国采集人写的标签。他只是背着枪，打猎。惊险的地方都是中国人去的。他搞走了六千种植物，一半是我国新分布。其中最主要的是报春花和杜鹃花，特别是杜鹃花最多。他发现了309种杜鹃花的新种，都引入了爱丁堡植物园。该园中心区就是杜鹃花区。在模仿中国峰峦景色而垒起的山岩石缝之间，爱丁堡皇家植物园种上了从中国云南采集去的杜鹃花，成为整个皇家植物园最为夸耀的花卉，还恬不知耻地说什么这里是——杜鹃花世界中心。

蔡希陶嗤之以鼻！真胡说，也真霸道！

蔡希陶说，真正的世界杜鹃花中心何在？就在云南、四川、西藏三四省区接壤的广大山区。人迹罕至的地方，正是在我国锦绣河山之中，杜鹃花世界中心！芝麻大的外国植物园，怎么能和它相比？！

但蔡希陶多次深有感触地说，可惜我国的杜鹃花，还处在野生状态中。如何开发和利用我国的珍贵花卉、植物资源？需要我们很好地工作！努力地工作！！发愤地工作！！！他说到这里，总是那样的气愤激动，连眼眶都有点红了。

蔡希陶从来都是节衣缩食的。这些年出发采集标本，所领的经费和津贴，那么微薄，他还节约使用。省下千把块钱，在昆明郊外黑龙潭买了十来亩地，盖了点房子。所谓北平研究院云南省农林研究所也稍稍有了个样子，他们也就能自力更生，坚持植物分类学的基础工作了。

日子却越过越困难。抗战胜利，从内地像潮水退回海滨的千百万人复员回家后，鹦鹉商店只好关门了。他们在用于植物研究的土地上，种上了蔬菜。自吃之外，在街上开了蔬菜店。由于品种多,很受欢迎。不知怎的得罪了国民党地方势力,又受到干涉,不许开店了。若要开店,需得登记、立案、上税。各种敲诈勒索,那欲望的无底洞是不可能填满的。到了年底又没有钱发工资了。推了一车子胡萝卜上街叫卖,卖不脱回来还是两手空空。蔡希陶只好找朋友借钱,过了一个穷困之年。

那时,陈焕镛在广州。他是国内著名植物学家,时而派便车来昆明,开回去时总带几十盆茶花去广州。陈焕镛帮着卖掉,把钱汇过来。虽然无济于事,却也不无小补。

那时,蔡希陶很希望陈焕镛给他弄点烤烟的优良品种来。忽然有一天,陈焕镛给他寄来了一小纸袋种子,装在信封里。好哇,这是从美国弗吉尼亚州弄来的,谁知道他怎么弄到手的?这是特别名贵的烤烟"大金元"! 最好的种子了。

他们在腐殖质的好土壤中培养"大金元"。"大金元"很快发了芽。植物分类学家的蔡希陶,开始转变为植物栽培学植物资源学的专家了。他们播了秧,当年收了名贵的烟叶和很多的种子。第二年他们把"大金元"种子播了十来亩。每亩收了四百多斤烟叶。建立烤房来烤,烟叶呈金黄颜色。烟味醇和,芳香正好。忽然远近闻名,云贵川桂都来人参观,交款订货。第三年,扩大了耕种面积,还租了土地。这一年就好了。自从来了"大金元",他们不但送走了贫穷的生活,又开展了研究工作。第四年,更扩大生产。蔡希陶满怀着希望。可是,在一个月黑风紧的夜晚,忽然枪声四起,一帮凶恶的土匪冲进研究所。那地方也太僻静了。而国民党统治地区,不出多少粮食,不出半吨钢铁,却出土匪,多如牛毛。土匪进屋,他们逃上山坡。回来一看,已倾家荡产了。蔡希陶用"大金元"挣来的可以用于开展科研事业的经费被一抢而光。

幸而,云南很快解放了!

全国的香烟工业,云南省的首屈一指。而云南最著名的烤烟品种,是云烟一号。它的母种就是当年的"大金元"。还有红花大金元,也是蔡希陶在40年代之末引进以后进行长期栽培,经过连年株选而培育得到的优良品种。除了不准丈夫抽烟的可敬爱的妻子之外,凡烟草爱好者莫忘了那位最初的引进者。所谓喝水不忘掘井人,吃芭蕉别忘了芭蕉花。

蔡希陶笑嘻嘻地说,他们掠夺走了我们的杜鹃花,我们也引进了他们的"大金元"。

黑龙潭唐梅和西双版纳橡胶林

黑龙潭!汉代曾建祠。唐代筑的寺。老僧手植的梅花,其中一株一直活到20世纪70年代,它还要活下去,活到21世纪去呢。宋代,植柏树于大殿前后,迄今犹存。元代又植美丽的孔雀杉四株,现存其三。明代又植有山茶花一株,到清代又植有玉兰一株。

解放了!开国了!已经倒在地下,主根垂老,而支根蜿蜒横陈的唐梅,其生命力之强盛,历一千三四百年而不衰,乃睁开了它惺忪倦眼。她俏也不争春,只把春来报,给新中国的人民呈献了它的香雪海光!就在这个不过一百平方米的庭院中,明代山茶,开满红花。百朵彤云,烂如朝霞!清代玉兰,一树就是千百朵蓓蕾,像贞洁的心灵伸出手指召唤幸福。得到了蓝天彩云的祝福,皎皎的素心舒畅地开放了。而宋柏崔巍笔立,千年雄姿依然。孔雀杉,螺旋形的纹路,环绕上升,屹立人间,似乎也想揭示历史的发展规律。

这一个庭院啊!汉祠、唐梅、宋柏、元杉、明茶、清玉兰,象征中国历史和古代植物学的光辉。

中国科学院植物研究所云南工作站正好就设立在黑龙潭之上,唐梅之下,预言了中国现代植物学的辉煌远景!

1938年,蔡希陶买下的黑龙潭紧邻的这块地,他是有远见的,有抱负的。像鲁迅判断过的,是有气派的。他是胸有宏图的!

1955年的春天,有两位客人驰车来访。他们从黑龙潭边走上林阴的山坡,走进这个庭院来了。他们走到唐梅之前,仔细观看。人民的好总理!周恩来总理,凝视着这株古树上的花朵。潇洒的元帅,陈毅副总理,竟扑在这古树旁边的栏杆上,欣赏不已,目不转睛了。后来他们款步走进了就在紧邻的云南工作站。

十来个工作人员正在从前的烤烟房改建的标本制作室里忙碌着制作植物标本。邱炳云突然看到站在他们面前的竟然是敬爱的周总理和英名赫赫的元帅。欣喜之极,全体起立,禁不住地鼓起掌来了,热烈欢迎。

"打扰你们了,"总理含笑说道,"打扰你们的工作了!"于是和大家一个一个地握手,亲切地问候邱炳云,还看刘大妈缝制的植物标本。然后又问:"你们蔡所长呢?"

他不在。"他到西双版纳去了,去调查热带雨林去了。"周总理很感动,表示不能看见他是很遗憾的事。"唔,到原始森林里去了。"他说,用了赞赏他的口气。

雄健、爽朗、富于幽默感的陈毅同志,用他的四川口音说:"你们这些建筑物老掉牙啦!我给你们去找找郭老吧。告诉我们郭老哟:你们这儿挂的是中国科学院的招牌嘛!叫他给你们拨个款。给你们盖个大楼,要不要?"

总理欣然问道:"你们有什么困难?你们有什么要求?"

他们就说起来了。他们地方小了。工作站背后那座山,他们想要而要不来。去年没有分配大学生物系的毕业生来,等等。听了各种意见,总理走到外面,眺望阳光、朵朵白云和四周起伏的山峦。他说:"那应当是可以的啊!你们做个计划,马上做出来。就给我,我等着。"说着总理和陈毅副总理就去参观了温室里的热带亚热带植物。

当天下午五时,总理秘书前来通知说,总理已批准了他们的计划;省市委领导已接受他们的意见。要他们立刻准备木桩子。立刻就看地界。立刻就把木桩子,在晚霞之下,全部钉好。

不久拨款也收到了。几座现代化的建筑物便兴建起来了。但是蔡希陶在哪里呢?

开国以后,蔡希陶就接受了一个光荣而艰巨的任务:为国找寻植物资源,首先为国找寻橡胶树。我国迫切需要橡胶。但云南工作站仅有暖房中的几株盆栽的橡胶树。我国有没有橡胶树?我们能不能找到橡胶树的宜林地?

蔡希陶率领调查队,从昆明出发,步行到蒙自,转到个旧,直达国境线上的金平。从金平到中越边境的麻栗坡,向东到广西界上的剥隘;折回向西,冒着国境线上蒋匪残军袭击的危险,转到了现在的文山壮族苗族自治州和红河哈尼族彝族自治州,回到墨江。

一路餐风饮露,一点也不夸张。到了墨江,吃到了一顿放在簸箕里的饭菜,做了一夜马圈里的盖被窝的美梦,蔡希陶说,这比在北京饭店还舒服。

后来,他又从普洱、思茅进入现在的西双版纳傣族自治州。他们穿过勐旺、勐醒、勐远、勐腊,到勐养,到允景洪这自治州的首府,然后又沿着国境线,从大勐龙、勐海、澜沧、孟连、西盟、沧源、镇康,到了畹町和瑞丽江上的瑞丽。

所过的很多地方,有原始森林。这种森林,在植物学上,称作热带亚热带沟谷雨林。

蔡希陶采集到了很多标本,找到了很多资源。最初并没有找到橡胶树,最后,他们在瑞丽找到了两棵巴西产的三叶橡胶树。它们是巴西亚马孙河流域热带雨林所产四十多种橡胶树中最好的一种。原来这是第二次世界大战期间,日军占领此地时,建立过由马来亚引种的橡胶园。尚未割胶,战败撤退,放了一把大火将园子全部烧掉了。幸而留存下来的就只有这两棵孑遗者。

1953年,一座芽接于实生苗的橡胶林在允景洪热带作物研究所的植物园中开始种植。很快成长起来,繁茂起来以后,生产建设兵团就大规模地建设橡胶园了。现在铺盖在一座一座山峰的,倒不是杜鹃花了,而是整座整座山峰的浓荫密布的橡胶树,种得整整齐齐。人类的手比大自然界更懂得图案的规律性的美。风光美丽的西双版纳,吸引了成千上万的有志气有抱负的光荣的可爱的知识青年进入橡胶园。来自上海、北京和四川等各省市的知识青年(祖国向你们慰问!祖国向你们致敬!),来到了边疆。感谢他们的献身精神,中国已进入世界产橡胶的国家的前列之中。

大勐龙和小勐仑

1956年成立的云南省植物研究所,到1958年就迅猛发展起来了。

北京植物研究所吴征镒副所长调来了,任云南省植物研究所所长。这位吴征镒是著名的植物分类学和植物生态学的专家。一眼便能识别出一张投落在朝鲜战场上的树叶,是只有北美洲才能生长的树叶,有充足证据地鉴定了它,并证明美帝发动了细菌战罪行的吴征镒,是以植物分类学的卓越的学识,立了功的。

蔡希陶有了这位相得益彰的合作者,可以专心致志于植物资源学,而受命筹备云南省热带植物研究所去了。他现在不再是小伙子了。半百之年,身体渐渐发胖。戴上一副玳瑁框眼镜,而气派还比早年更大些了,他心中宏图堪称雄伟。

他们要在昆明黑龙潭建设一个大的植物园;他们还要在西双版纳建设一个大的热带植物园;还要在金沙江边丽江,玉龙雪山下,建设一个比瑞士更加美丽的高山植物园;还要在文山建设一个石灰岩地区的,修得比桂林更漂亮的大植物园:作为研究世界热带雨林以及为了向西藏作科学进军而研究高山植物和研究灰岩植物的一个个根据地。

吴征镒和蔡希陶一起到了西双版纳。骑上大马,胸前插了两支手枪的蔡希陶,就像双枪老太婆似的,出入于热带雨林。他们初步地在大勐龙选择了热带植物研究所所址和植物园址。

植物学家并不喜欢有人迹的地方。凡有人迹,有公路或寨子的地方,原始森林往往已经受到一定的破坏。他们喜欢的是密林深处,只有猛兽、猿猴出没(要知道,动物对于原始森林倒是并没有破坏性)。那种最幽僻的去处,只有用砍刀才能前进的地方,才是植物学家的伊甸乐园。

那里有三五十米以上的大乔木,其中还有突出于大乔木之上高达七八十米的望天树。其下,是二三十米左右的大灌木,那里面更富有厚茎的藤木,木质及草本的附生植物,有小灌木、高大草本,半灌木和矮草。不着陆的附生性的兰科植物,悬挂在空中,形成一层层的空中花园。所有这一切,构成了热带的原始的森林群落。

城市居民、农村中人、游牧者、航海航空家都无法想像植物分类学、栽培学、资源学、生态学家的生活。他们攀悬崖之藤萝,钻进丛林之中。禽兽窥伺于四周,还有少数长久以来受蒙蔽的兄弟民族,受尽了异族迫害,对任何一个进入者怀有敌忾,也会向他们射来那种用箭毒木的毒液浸透了的毒箭,这种毒箭"见血封喉",难以解救。

他们已经在大勐龙挥舞砍刀,开始建园了。蔡希陶却认为他们应当选择自然条件更好的地方。后来就成立了大勐龙生态群落研究站,而另把所址和园址来选,选定在小勐仑了。这情况和大庆油田当年从安达推进到萨尔图去一样。时间上也是同时的。

在他们重新选定的好地方,急湍奔流的勐醒河流入美丽的罗梭江。江水平静,江面开阔。沟谷雨林格外苍翠。蔡希陶找到了他最理想的研究所址和植物园址了。

蔡希陶眼前,出现了一个葫芦岛。全岛四面环水,只剩了一个狭小的葫芦颈。水面清澈如镜,映出了浓郁的森林。更有群山环抱,越发好看。

1960年2月,蔡希陶带着先遣队伍,共十八个人,乘坐了一条独木舟,横渡罗梭江,登上了葫芦岛。岸边有鳄鱼似的巨大的水蜥蜴,躺着晒太阳。

蔡希陶啊,他为什么要离开昆明这银桦闪闪的美丽城市,抛弃那舒适愉快的物质文明生活,跑到这种莽苍苍的原始森林来?他擦擦汗珠,点了点头。这岛上的温度最理想了。再也找不到植物长得更茂郁的地方了。蔡希陶啊,这些年他所已经采集到的几十万号植物标本,难道还不够他后半辈子从事科学研究,并对云南、中国和世界植物志做出辉煌的贡献?

可是他摇了摇头。对于植物标本,蔡希陶啊,他充分了解它们的重要性,但是植物标本终究是干枯的东西。生命之树常绿,他宁可到生命之树上去采集常绿的枝叶、鲜艳的花朵、累累的果实与深入大地的根须,来把它们制成干枯的标本,供给那植物科学系统研究之用。他胸有宏图,他是有气派的。他有他的理想。

他要给一个伟大的工程打好扎扎实实的基础。他是创业者,他是植物学的基础工程师。

没有砍刀,休说在葫芦岛上前进,一步也前进不了。没有砍刀,根本没有立足之地。于是他们挥舞大砍刀,披荆斩棘,劈藤砍树。

正当雪飘冰封的大庆油田上,石油工人打响大会战,蔡希陶在虎豹出没的丛林中,领先用砍刀开路前进。十八把大砍刀都砍成了闪闪的宝刀,砍得刀上一点锈痕都留不下来了。他们开出了安营扎寨的空地,架起三间茅屋,又开出了苗圃和菜园。后续部队陆续开到。

一南一北,两部创业史。一在西南国境,一在东北边疆。东北那边是头顶青天,勐仑这儿头顶浓荫。那里是脚踏草原,这儿脚踏丛莽。那里是大野空旷,这儿天地狭窄如在笼中,密林阻道。但是,都是毛泽东思想照耀,都是《实践论》《矛盾论》起家!大庆人用缆索拉起了巍巍井架;小勐仑的建设家用缆索拉出一棵棵大树的树根。

伐木队、采石队、砖瓦队、筑路队、业务组、设计组、苗圃园、水电队、桥梁队、造林队。没有千军万马也有千百人开上前沿阵地来了。罗梭江上生气蓬勃,小勐仑热气腾腾。

试验地、标本馆、药物区、人工群落试验区,世界植物园所没有的宏伟规划,一天天地显露在眼前。蔡希陶心中的壮丽图样将要付诸实现了。

傣族泼水节与回归沙漠带

1961年4月13日周总理的专机降落在思茅机场。一支浩荡的车队,沿着森林公路,驰向西双版纳傣族自治州的首府允景洪——黎明之城。

人民的好总理此来,将要会见缅甸总理,举行友好会谈。

自治州州委书记一行人,前来迎候。向总理作了有关事项的汇报,听取了总理指示。忽然,总理问道:"你们自治州可有一位科学家?"州委书记回答:"有,小勐仑那儿有一位蔡希陶。"总理欣喜地领首说道:"太好了,太好了!很想和他谈谈。可是,我却不能够去看他了。走不开,怎么办?能不能请他来谈谈?"于是,州委用电话通知了蔡希陶。

14日上午,缅甸总理已经到达了允景洪。两国总理,在一座橡胶树的试验林下举行了中缅会谈。12时,中缅总理会谈圆满结束。

午餐之后,没有休息,周总理让人用电话通知允景洪的热带作物研究所,说明他想看1953年我们首次在云南试种的橡胶林。他稍停即起身前去。人们拥到研究所门前的一座巨大的茂盛的油棕林下等候。

未几,总理驰车来到,轻快地走上了油棕林阴大道。他含笑招手,亲切地和蔼地说:"同志们好!同志们辛苦了!"油棕林庄严得如同一座宏伟的大礼堂,更显得总理温暖深情。他一个个地和欢迎人群拉手。然后他怡然举步,经过水池,进入了一片无边无际,齐整排列,浓荫森森的橡胶树大林。他停步抚摩橡胶树,一棵一棵地珍惜地、深情地、快慰地说:

"这是我们自己的橡胶树了!这是我们自己的橡胶林啊!"

一忽儿他瞥见了一座一人多高的腐朽了的蚂蚁包。他吃惊地问道:

"白蚂蚁吃不吃橡胶树?"

"不吃。"研究所的同志回答。

唔!总理应了一声。他对于这个未免绝对化了的回答似乎并不十分满意。

就在这时,从一百公里之外的小勐仑,赶到这里来的蔡希陶,被介绍给周总理。总理刚劲有力地和他握手,说起六年前他很遗憾,没有能在黑龙潭会见他等等。说了几句话,总理又问:"你是我们的植物栽培学家了,白蚂蚁吃不吃橡胶树?"

他们已就座在林下,铺着台布的茶几边。蔡希陶举起了他的两个指头,敲打敲打他的太阳穴。因为,这是回答敬爱的总理的问话啊!他回答:

"这要看具体的情况。在橡胶树壮健而茂盛的时候,白蚂蚁不吃橡胶树。在它衰老了的时期,白蚂蚁也会要吃它的。"

"对了。"总理赞许地说。他指着眼前的几个年轻同志说:"你们这样的青年人,身体好,病害就无法侵入。要是老朽了,病害也就会侵入的。"

一位女同志说:"请总理尝一尝我们自己的咖啡。"

总理谢了谢她,说:"好的。"他喝了一口咖啡。似乎感到它特别香,他兴致勃勃谈笑风生。

这时秘书提醒总理,下午那一项预定活动,时间差不多要到了。总理好像看穿了大家的心事似的提议:"我们一起留影吧!"他立起来指挥欢笑着的人群排好了队形,照了相。

然后总理上了车。车离开油棕林后,他拉上了车窗的窗帘。车飞驰到澜沧江边。他准时赶到。缅甸总理同时到达。当中国总理从车中跨下来时,人山人海都惊喜地看到,周总理成了头戴着水红色的头巾、身着傣族服装的总理。人山人海都热烈地欢呼了。原来,总理已在车上换了服装。这时,高升火箭,迎空飞起。在彩色的火花底下,龙舟竞渡。群情如此激动。中缅两国总理春风满面,融洽谈笑,共同观赏澜沧江上一派热带的好风光。

4月15日的黎明,允景洪万人空巷,黎明之城,倾城而出。凤凰树上,开满了色彩鲜丽的大花朵;凤凰树下,攒动着鲜丽色彩的傣族姑娘,皓齿玉臂,笑着舞着。到处是清脆笑声,到处是轻歌曼舞。在市中心的十字街头,群众拥挤而整齐,齐整而热狂地盼望着。一时欢声雷动,和谐而有节奏。他们看见缅甸总理来了,打着象脚鼓。中国总理,敲着芒锣而来。缅甸总理载歌载舞。中国总理也熟练地跳起了他刚学会的民族舞。

泼水节的高潮时刻来到!中国总理用一只银钵盛水泼向缅甸总理了。缅甸总理却用一脸盆的水泼向中国总理。一时之间,水花在允景洪飞溅。万道喷泉,向着晴空迸发。虹彩和笑声,在阳光中飞耀。两国总理将芬芳的水和花朵泼向幸福的民族,泼向幸福的人民,泼向幸福的森林,泼向幸福的大地。

总理回到宾馆,国宴即将开始。总理又问:蔡希陶呢?他来了没有?来了,来到了。蔡希陶浑身淋湿了,没有衣服换,借了一身衣服换上。他人胖,衣服可小得叫总理笑起来了:"快去换一换衣服吧。"为了等待蔡希陶换衣服,宴会因此推迟了几分钟。

国宴结束。总理回到他的朴素的寝室。他用左手挽着蔡希陶的右腕,又走进旁边更加朴素的会客室里,里面只有两张用本地藤皮编制的椅子。

"我们谈一谈。"总理说。

充满了幸福的蔡希陶看到总理在深思。

总理说,这次来到西双版纳,一路上看到了,大家都在开垦,干劲很大,要肯定这是很好的事。只是一些陡坡上的树木也给砍伐了。这会造成严重的水土流失,将会造成不堪设想的后果。

总理严肃地说,印度的恒河和埃及的尼罗河,是古代人类文化的发源地。当初土地肥沃,农业昌盛。但是不合理的开发,破坏了森林,后来都成了沙漠。我们敦煌一带,恐怕也是这样的一种结果。

总理的神色越加严峻了,他接着说:"西双版纳傣族自治州正是处在回归沙漠带上,北纬二十一度和二十三度之间,回归线的上下。"

蔡希陶吃了一惊。总理提出了这样一个严重的问题。作为一个植物科学工作者,他甚至没有想到"回归沙漠带"这样一个名称,更想不到这样一个问题。只听总理说:

"非洲、亚洲、美洲,一路看过来,这样的一条带上,有这么多沙漠和将来要过渡到沙漠去的热带干旱草原!惟独西双版纳还保留着这么好的热带雨林,这是为什么?"

蔡希陶想了想回答说:"这是,西双版纳,得天独厚。恐怕,这是,主要是,从太平洋,从印度洋吹来了两股季候风,恰恰汇集在这里了。因此,阳光充足,风调雨顺,常年累积的腐殖土,土壤肥沃。"他这样说,说得有点结巴。他本来就有点结巴。他心情激动时,更是如此。他的视野,突然之间大为宽阔了。他看看总理,总理没有说话。仔细地听着他,总理在等待着他把话说完。他禁不住讲起他心里的话来。蔡希陶说:

"热带雨林,现在占世界森林的一半。但是,人为的破坏正在加剧进行。外国人,有一个理查斯,认为这样下去,很可能世界热带雨林,包括亚马孙河、刚果河上未经触动的巨大雨林,都会因为不合理的开发,而就在我们这一代人的岁月里完全消失。这个外国人断定,这覆盖在地球表面的森林群落是注定了要被人类毁灭的。用他说的原话是:几百万年形成的森林,将毁于这一百年内。"

总理说:"这个人太悲观了。至于我们,我们就说西双版纳吧。这里是富饶美丽之乡。如果破坏了森林,将来也会变成沙漠。我们共产党人就成了历史的罪人。后代就会责骂我们。你在西双版纳做植物工作。你们一定要研究这个问题,要解决好合理开垦,保护好自然资源,改造好大自然界。要做人民的功臣,可不要做历史的罪人。"

问题还有另外的一个方面,总理这样指示:"要把西双版纳森林里的野生之材,变为家生之材;要把无用之材,变为有用之材。还有,我们还要引进外国之材,变为中国之材。这方面的问题也很多很复杂,很重要。你去过国外没有?"

蔡希陶回答:"没有去过。"

总理说:"你们可以组织一些访问团,我可以批准你们出去参观学习。"

谈话结束了。蔡希陶起身告辞。到此,总理也完成了他在西双版纳的工作。中国总理送走了缅甸总理。黎明之城又一次倾城而出。当一切就绪,他登上了车,挥手向欢送的人群告别。人民的好总理离开了美丽如画的西双版纳。

我们有这样的好总理!这是中国人民的幸福!蔡希陶也驰车回小勐仑。他默默地想着总理的话。当时他还并不能够意识到,一旦人民失去了这样好的好总理,将要如何地悲怆痛苦!他当时只是想着如何贯彻好总理的指示。

抗癌美登木和脑血管痉挛

几个年头过去了。

蔡希陶经受住了严峻的考验。每当他感到有些迷惑不解的时候,他想到了总理的严肃指示,便产生了强大的力量。

热带雨林中有一种弓弦一样的藤科树藤。这种树藤爬上树的茎干,密网似的将它包裹起来,然后长成大蟒一样,紧紧地缠住它,直到把它绞死。这种藤便赢得了"森林绞杀者"的恶名。

林彪、"四人帮"就是社会主义革命和建设的绞杀者。

但是,"森林绞杀者"虽然也绞杀了一些栋梁之材,却无损于森林的茂郁。八九亿人民组成的无产阶级专政的强大国家机器,最后也排除了社会革命的"绞杀者"的险恶阴谋,把他们送上了历史的审判台。

云南省热带植物研究所也在巩固发展。重大的科学研究成果,连接不断地取得了一百多项。喜讯频繁,捷报纷传。

早在1933年,蔡希陶就发现了油瓜。当时只能把标本采下来,夹进标本夹。现在这种高脂肪高蛋白的野生油料植物已引种成功,除在云南、两广部分地区推广种植外,国外罗马尼亚从研究所引去的油瓜也生长良好。

某种植物可提炼出石油工业的井下需用的压裂剂。有了它,可以促进石油工业大发展。还有肉豆蔻科的贺得木,有石油防冻之用。这些都已在全省推广种植,在油田上应用了。

我国每年要花多少亿外汇来进口的药物原料大多数都在雨林中找到了,而且推广种植了它们。

蔡希陶去孟连县时,一次在一个傣族医师家中偶然见到了一块血红色的木块,便警觉地问他从哪里得到的。于是,就在孟连的山林中,找到两千八百株大树,找到了从唐朝以来,一直靠进口的一种重要内外科药物"血竭"资源的龙血树,推倒了中外学者过去断定的"中国没有血竭植物"的结论。现今,我们已在推广、种植这种植物了。

从进入大凉山,到寻找橡胶树宜林地,到建立热带植物所,开辟热带植物园,蔡希陶不但坚持了科研与生产任务相结合,而且坚持了科学试验、生产实践要在不同时期与当时的政治任务紧密地结合的原则。

1972年8月,国务院办公室曾经发出通知,要找寻一种美登木。吴征镒得到通知,就作出一个判断,认为西双版纳会有这种树木。他就是根据植物分类学的严密科学作出这个判断的。

为什么植物分类学家要用古罗马的文字,拉丁文,甚至中国科学家也还要用这些外国文字来区别植物学的门、纲、目、科、属、种?这好比我们家家户户都有户口簿一样,全世界的植物都分门别类,作了详细的记载。比我们的户口簿还要详细,甚至更加严密。云南有植物志,中国有植物志,全世界有植物志。我们在这里举找寻美登木为例,足够于说明了。什么地方什么条件下可以找到什么样的美登木?植物学家了若指掌。

蔡希陶接受并布置了这个任务,立即行动起来。七天之后,他的年轻学生裴盛基和李延辉(他们都已经被培养成长起来了)就在曼培的森林中找到美登木。他们找到的时候,禁不住在森林底下,鼓掌欢呼!

接着他们派出了普查大队,根据植物分布的规律,在二十三个县普查,在八个县的十六个公社共百余处都找到了美登木,满载而归。一过秤,就得到了九万多斤原料。

他们立刻开展了对美登木生物化学的分析研究,并与上海药物研究所协作,对国产云南美登木进行了抗肿瘤和毒性的试验以及对它的有效成分的提取分离等研究。

中国人民解放军驻思茅地区某医院得到这个消息之后九天,便调集了医生护士,开展工作,进行临床试验。初战告捷,旗开得胜。但是,生化研究工作还要加紧进行。

叶副主席在北京接见了蔡希陶和李朝明、裴盛基三人,听取他们的美登木科研工作的汇报。

叶剑英副主席对他们说:第一,感谢你们亲自送美登木到北京来,感谢你们研究所的同志研究了它。第二,回去好好发展,需要作一个计划,认真抓一下这个工作。把设备搞起来,多多生产生药、口服片剂和针剂。第三,要大量培植美登木,跟种橡胶树一样地开辟美登木种植园,等等。

别有用心的"四人帮"爪牙朱某某和那里的帮派体系,丧心病狂地干扰和破坏云南美登木的研究和繁殖发展。他们砍伐美登木的林子,放火烧掉了热带植物园中生长得郁郁苍苍的许多试验林。他们怀着不可告人的目的,干了一系列令人发指的罪恶的行为,严重损害了蔡希陶的健康。

从北京回来之后不久的一天,蔡希陶一早起来,打了一把雨伞,提上暖瓶,拿了一个碗去大食堂打早饭。忽然头晕了。他被扶进伙房休息。后来头不晕了,他打饭回家。路上,他又头晕了,恰好张育英经过,就扶了他回家进屋。等他觉得好些了,吃饭了,张育英才走开。一会儿,他晕倒在地。正好许再富同志有事找他,发现他倒下了,赶紧扶他上床,并请来了医生。医生检查后说是脑血栓的症状!许再富立即向车启云书记汇报。书记决定:医生护士再不许离开病人了,他自己马上就去。他立即向州委汇报;又向省委汇报。然后,来到病人床边,病人仍在昏迷状态中,轻声地呼唤着:

"周总理……美登木!"

州委得到电话后,立即问北京来的医疗队现在何处?他们在三百公里之外的农村公社中。于是立刻通知那里马上派车把心脏内科和脑外科的两位北京的医生连夜接来小勐仑。

云南省委负责同志接到紧急电话后,马上和省科委负责人、和昆明军区卫生部长联系。立刻通知了两个野战军医院组织医疗组赶到小勐仑去。同时省委又请军区协助,做好准备,一俟老科学家病情稍有好转时,便派直升飞机前去,接他回昆明治疗。

抢救小组赶到,病人还未苏醒,深夜,北京来的两位大夫到达。会诊断定蔡希陶是得了脑血管痉挛病。

州委书记赶来,勐仑县委书记也来了。植物所的同志都排起了队来,要求看他,被医生劝阻了。附近的曼俄寨的傣族农民,蔡希陶曾在那里蹲点,曾亲自下田帮助他们插秧,帮助他们建立水力泵的发电站,也纷纷来探望,含着眼泪守着,不肯离开。空军部队派出了直升飞机。

第五天,蔡希陶初步脱离险境,直升飞机即将起飞。下午,二十公里内外的社员群众都来到植物所。他们都称蔡希陶为"老波涛"(傣语:老大爷)。他们说:"老波涛要走了,我们要送老波涛走。"在降落场地四周,围起了一千多人。他们默默地站着,看蔡希陶被送上了飞机。飞机起飞了，人们才默默地离去。

1975年的夏天，病愈后的蔡希陶回到小勐仑。他支着一根藤杖，重新出现在热带植物研究所的园林中。他说："你们总不让我工作。不，我要工作。"他又工作了两年。

1977年8月，他在瑞丽的森林中，第二次发生脑血管痉挛症。他第二次被用飞机送回昆明，病愈以后，他又回到了他的小勐仑热带植物研究所，并坚持工作。

1978年2月，他第三次病倒。抢救过来之后，他又说要工作。当人们劝说他的时候，他流着眼泪说："我是共产党员，我要为党工作，我要工作。"他果然像奇迹一样地迅速恢复了健康，并且在准备着参加即将举行的全国科学大会了。

自然演替和人工群落的统一

千万年来，原始森林是通过它自身的自然演替，不断地更新自己，而绵延到了现在的。对于这种自然演替的规律，植物学家是在研究了。这方面我们不需要赘述。

前面已提到过的美国植物学家理查斯，写过一本巨著：《热带雨林》。五六十万字的篇幅，只在结束语的最后一页上，稍稍提了一句："热带木材的未来发展方向将会倾向于人工群落的建造。"至于人工群落将会是怎么一回事？他再也没有多写一个字。他是无法写出来的，它必须首先写在大地之上。

热带植物研究所的人工群落研究室的冯耀宗同志，带领着参观者走进了一片橡胶林。这是人工群落试验区。这一片茂郁的橡胶林下，生长着著名的云南大叶茶叶树。这个蔡希陶的学生说："橡胶树在地下20厘米处有很细的吸收根。茶叶则在20厘米以下，到50厘米之间有着很细的吸收根。它们互不干扰。它们排列得很整齐呢。这两种树可以生长在一起,形成两个层次。"

走到另一片橡胶树林下来了,这里呈现着更加奇异的景色。透过树叶射下来金色的光点,如同原始森林中所见,却又不同于原始森林的过于混杂。冯耀宗说:

"这里是三个层次。上面是橡胶树,中间是罗芙木。高血压病人服用的降压灵就是从罗芙木提炼制成的。下面一层是千年健,它是治风湿的南药。它不喜欢阳光。越荫蔽的地方它长得越好。"

又走到了另一片橡胶林下,他说:

"这里也是三层。中间一层是金鸡纳。下面的一层是砂仁。橡胶树林下的杂草很厉害。而砂仁就吃杂草。砂仁是很有价值的药用植物,过去它也是进口的。据说进口的砂仁是正品,而我们国产的倒是伪品。经过我们研究,不存在正品或伪品的问题,我们的伪品已证明是正品。南宁药材会议上我们发了言,肯定了以后,我们既进口,也自己生产了。产量猛涨,勐腊县已成为南药先进县,主要是因为他们生产这种砂仁。砂仁是很好的南药,一种下就不用管它了,到时候去采就行了。"

在林下徘徊时,冯耀宗在沉思后又说,"蔡希陶所长有这种理想,他想用植物的种与种之间的关系来改造森林。一切企图保持森林的自然演替,作为是保护森林的方法,那是不行的。恢复森林的自然状态是不对的。森林要加以改造;森林是完全可以改造的。人工群落试验就是改造的方法之一。恩格斯在《自然辩证法》的准备材料手稿中,写着:文明是一个对抗的过程。在植物被现代文明破坏以后,土地贫瘠,森林荒芜,土壤再不能产生其最初的产品,气候恶化。在《自然辩证法》中,伟大的经典作家多次提到这个问题。周总理也专门和我们蔡所长探讨过这个问题。恩格斯引用过植物学家弗腊斯的话,很赞赏这种思想,希望我们栽培的树木作为不引人注目的植物从亚洲腹地扩展开来,长成为日益高大而伸展的树枝,而在其最末端的嫩枝上按时结出美丽的果实,"冯耀宗说,"我们已按着这个理想,在探索了。"

美丽的人工群落试验区,代表着这个理想,非常光辉的理想!

原始公社是依靠石器作用于大自然以为生的;奴隶社会是依靠青铜器作用于大自然以为生的;而依靠铁器之作用于大自然以为生的,则是封建社会;至于资本主义社会,它是依靠大工业机器和原子武器作用于大自然,借以为生的,但是它破坏了大自然,它会要毁灭人类!因为,在资本主义社会里:

"科学成为生产财产的手段,成为致富的手段。科学作为应用于生产的科学同直接劳动的分离……发展成为同劳动相分离的独立的力量……"(马克思:《经济学手稿》第二十个笔记本)

只有社会主义社会,才不仅是依靠日益发展的高度文明,依靠与劳动紧密地相结合的现代科学技术的,手和脑没有相互分离的,以劳动的手指挥电脑,作用于大自然以为生,不仅保护大自然,且按照进步人类的意志,彻底地、完美地改造人类社会,战天斗地改造和发展大自然界的。

年轻的植物学家讲了何等新鲜明智的哲学思想!

根据生物地理群落学即生态系统的概念,我们云南的植物学家的集体,对西双版纳的热带亚热带森林,进行了多年的定位研究,初步掌握了这个地区热带森林的动态平衡规律。在此基础上,运用和模拟自然规律,开展了实验生态系统的研究,建造了"多层多种的人工植物群落"。共产党员蔡希陶,还有他培养的中年和年轻的学生,经过将近二十年的刻苦研究,初步获得了采取人工群落结构方式,进行合理开垦、充分改造和利用热带雨林的一系列有价值的科学规律。人类文明作为对抗的过程将转化成为协和的交响大乐,迎接共产主义社会的到来,开始更高级的对立统一过程。

德国诗人歌德有两句话。上面一句是"生命之树常绿"。这话是真理。下面又有一句,"而理论总是灰色的"。下面这句话对资产阶级理论是说对了的,可是对于辩证唯物论和历史唯物论来说可就不对了。不但生命之树常绿,而且马列主义、毛泽东思想也是常绿的,因为马列主义、毛泽东思想能够正确地反映常绿的生命之树。有了马列主义、毛泽东思想之后,世界上的森林才有可能不至于变成干旱草原,再不会变成沙漠;才能保持原始森林和人工群落的常绿,保证人类生命之树常绿。西双版纳正在做的工作,将如蒲公英的带冠毛的小果一样远飞高扬,到东南亚,到刚果河和亚马孙河浓郁的热带雨林和世界上其它的森林中去。

1978年2月,昆明黑龙潭

(原载《人民文学》1978年第3期)

结 晶

一

　　正如用12个音律可以作出无数回肠荡气的交响乐，26个拉丁字母便可构成无数单词，组成丰富的语言，蛋白质是由20个"氨基酸"通过不同种类的排列而组成的。目前已发现了成千上万种之多的蛋白质。

　　蛋白质中最小的一种叫做"胰岛素"。这古怪的名词儿！它是我们每个人的躯体里面都有的。在人和动物的腹腔之内，小肠旁边，都有一个胰脏。早先，科学家从这胰脏的切片中，通过显微镜，观察到一种孤岛似的细胞群，分泌出一种荷尔蒙，即激素：这种胰脏中的胰岛细胞分泌的激素就叫胰岛素。它的主要功能是调节和控制血糖的代谢。人缺少了它，就会引起糖尿病。因为它又小而又典型，正是研究蛋白质的理想素材，一个突破口。1921年加拿大生物化学家彭丁和贝斯特从狗的胰脏里提取到了胰岛素，给糖尿病人带来了福音。他们得到了诺贝尔奖。1953年美国科学家杜·维纽把九个氨基酸接连了起来，合成能使子宫收缩的激素，催产素。他也得到了诺贝尔奖。1955年英国科学家山格尔，从牛的胰脏里提取到胰岛素后，又用化学的方法，将它拆开，发现它是由两条氨基酸的链所组成的，中间有两座桥似的硫硫键把它们接连。山格尔把每条链上的氨基酸一个一个切割开来了。简直是鬼斧神工！A链是21个氨基酸合成的，称为21肽；B链是30个氨基酸合成的，称为30肽。他弄清楚了这两条肽链上的氨基酸的排列顺序,阐明了胰岛素的化学结构。十年辛苦不寻常!他也得到了诺贝尔奖。

化学结构已弄清楚了,下一步就可以用人工方法来合成它,来制作人工胰岛素了。但因为这 A 链 B 链的初级结构,螺旋似的盘曲、折叠,好像揉成一团似的形成一个空间结构,科学家们认为,要合成它们是很不容易的。

1958 年,英国《自然》杂志曾指出:"人工合成胰岛素,还有待于遥远的将来。"

二

就是这个 1958 年,新中国沸腾起来了。秋天传来了特大丰产的喜讯。全国到处点燃起小高炉来,熊熊的火焰从黑龙江一直燃烧到海南岛。在科技战线上,也一样燃烧,一样沸腾了起来。

应当怎样攀登科学的高峰?应当发射怎样的科研"卫星"?上海生物化学研究所里,一些研究生命现象的科学家们,提出人工合成蛋白质——胰岛素——的倡议来了。

胰岛素的人工合成,属于多肽化学。多肽化学还刚在世界上发展起来,在我国几乎是一个空白点。在茂郁的科学的大树上,几乎每一张叶子都可以成为一门专门的领域,而吞噬掉认真探索它的科学家的毕生心血和终身岁月。自然科学家却在自己的专业之外,不过是一个半通,不客气地说,也是门外汉。有谁可以来承担我们这个尖端科研的选题呢?我们还没有一个多肽化学家。但是,当历史需要这样的人物时,这样的人物就出现了。

第一个人物是钮经义,当初是彩云下的昆明市的光辉学府——西南联合大学的老一辈的化学家杨石先的学生。毕业后当了六年助教,他出国留学到了美国。在得克萨斯大学里得到了博士学位,就想回国来;正值朝鲜战争,移民局不放他回去。他只好又到加州大学柏克莱分院继续研究他的蛋白质化学。留美八年已够条件申请美国的国籍了,不! 他是一心一意想回国的。每年一次,他申请回国。到 1956 年,如愿以偿,游子回到了祖国怀抱。5 月买棹归来,6 月到了北京。不多天,生物化学研究所的支部书记王芷涯走进了留学生招待所的他的房间里,带去了王应睐所长的问候和聘请书。7 月钮经义到了上海,穿上白外套就走进实验室。祖国投给他温暖的阳光,多年孤独的漂泊生涯结束了。结了婚,家里有了婴儿的啼声,他努力加餐,要为祖国争光。他正在做着肌红蛋白的结构与功能的研究,突然,人工合成胰岛素的选题闯到了他的面前来。

好一个选题! 竞赛的对手是美国和西德的生物化学家。这个选题并不属于他的专业,但他甚至来不及考虑,一下子被历史的巨浪推到了舞台的中心。他那蛋白质的学科是和多肽化学最接近的了。义不容辞,他一步迈了进去。他提出:若要向胰岛素问津,何妨先试做催产素合成的试验。

催产素是只有九个氨基酸的一条肽链,也有一对硫硫键,正好是合成胰岛素的一条跳板,一次练兵。立即成立了催产素合成小组,钮经义带头引进多肽化学的技术方法,建设这一门崭新的学科。在实验台前,柔和的黄维德伸出她曾被实验烧伤过的灵巧手指,跟着钮经义做起这九肽的合成来,还有年轻的闯将陈常庆、许根俊。

怎样合成催产素? 人们是可以从书本中学到的。不到 20 天,这九肽的合成物就出现在一支玻璃试管里。经生理研究所的专家测定,它确实引起了动物子宫的收缩,证明初战胜利! 1958 年 12 月 21 日,他们开始向胰岛素人工合成的选题进发,立刻把正在人民公社劳动锻炼的龚岳亭电召回来参加。他们要做出人工的胰岛素的两条链来。

第二个人物是邹承鲁,也是西南联合大学的毕业生。在英国剑桥大学,以一篇关于酶的论文取得博士学位后,邹承鲁回到了方生的新中国。他在生化所研究酶的动力学。酶这种催化剂,也是一种蛋白质,和胰岛素这个选题也就有了一定的因缘。他也被推上舞台的中心。

邹承鲁担任了一项"拆合"的任务,要把天然的胰岛素拆开成两条单独的链,然后再来把它们重组合。

能不能把肉眼根本看不见的天然胰岛素的两链拆开?世界上倒是有人做过,可以从书本中学到的。酶,锋利得像刀子,将它们拆开了。能不能将这拆开了的两链再来重组合?那首先合成催产素的杜·维纽也曾经拆开过,但他不能将它们合拢来。杜·维纽说,用他的纳氨法来实现天然胰岛素的重组合是不可能的。此后就绝少人敢做这个了。

天然物的拆开后重组合,如果成功了,是多么美丽的思想啊,将来人工的胰岛素 A 链和 B 链做了出来,要合成它们就有把握了。这也是一次彩排,一个预演。邹承鲁带动了杜雨苍、张友尚、鲁子贤、许根俊,拆开了天然物。然后,用了纳氨法,来做这个重组合。他们只用了两个多月的时间,合拢了它们。为什么他们竟然能够成功了呢?当时说不出理由来。是碰了运气吗?并不是的。但是这理由要后来才能说明的。反正,是成功了。

钮经义喜出望外,邹承鲁给他增添了信心。然而拆合组不自满,他们看到天然物一拆开就失去了它的生理活力。重组合后活力是恢复了,但只恢复百分之一点二。他们的工作还要改进。要使活力提高,还需做很多工作。当时国外也做了重组合,得到的活力却只有千分之几。在质的方面他们比国外的水平高得多。而且重组合成功于 1959 年 3 月 19 日,这日期在国际上也领了先。

三

  一个春天一个秋天过去了,第二个春天烂漫来临。
  1960年4月,在上海的锦江饭店举行了中国科学院生物学部会议。已经有过了一年半的探索,钮经义掌握了若干自然奥秘,可以向会议做一次学术报告了。
  他才开始讲到他们的人工合成B链的初步成就,便敏锐地感到座中听众有了异样的反应。他眼睛向下面看,发现前排那老一辈的科学家激动得微颤。汤佩松、童第周,都挂下了泪水来。不知道这是怎么一回事的人们听到他的讲述,自然无动于衷的。而对于在生物化学的领域里作了毕生探索的老科学家们,他们懂得这一些成就已经是怎样的了不起,难怪他们再也抑制不住地喜极而涕,钮经义心里被弄得热乎乎的,感奋极了。
  但是接下来却出现了一场闹剧。突然,有人是专程乘坐了飞机前来的,代表一座大学报喜!说他们已经合成了人工胰岛素。这个选题成了香饽饽似的,又有另一座大学公开地敲锣打鼓,报了同样的喜。这些年头里总是流行着报喜、献礼、祝捷、庆功,总是锣鼓喧天,人声鼎沸。对这种大轰大嗡,大伙真是喜闻乐见的。实际这两座大学都还没有沾着成功的边儿呢。而来者是报喜的,似乎没有必要对他们的成果作出严格的分析和必要的鉴定。没有鉴定便轻信了,肯定了,群情振奋了。奔走相告,仰天大笑了,大学生都已经完成了这个选题,高级研究所还做不出来。科学院落到后头去了。
  真实横遭冷嘲,虚假直受欢迎。浮夸成风,只是自欺欺人。要青年人破除迷信,却造成了对青年的迷信。让老科学家解放思想,却反而禁锢了他们的心灵,弄得他们莫名其妙,徒呼负负。研究所不灵啦！科学院怎么办？

形势紧迫，电闪雷鸣，院领导召集所领导、室主任召集研究员，他们彻夜的会议，反复地研究。各个研究所都得匆促上阵，被迫应战，一齐来围攻这个选题。大搞群众运动，大打人民战争啊！一定要把胰岛素攻下来。生理所、生化所在它们的大楼屋顶上开大会，药物所、实生所也下了动员令。有机化学研究所也被这一阵巨浪卷了进来。第三个人物上场。

有机所所长汪猷，顽强地坚持科学性，原来不愿意参加这个选题，认为这么做可能轻举妄动。现在他不能不有所举动了。再冷静的头脑也都狂热起来，到处热烘烘的，乱糟糟的。总指挥部由上海分院领导挂帅。参谋部里汪猷当上了参谋长。五个研究所里的几百位科学家投入战斗，日日夜夜都加班加点，豁出命去干。当用纳氨法做试验多少次都不成功时，估计缺少了一个因子，就大举出击，要聚而歼之，用各种试剂。这一种那一种，每一种都试一试，叫做"炒什锦"；排山倒海像在水利工地上，挖土方之多，如果垒成一立方的长堤，可以绕地球若干圈。现在他们把大量劳动投入了实验室，把大量的化学溶剂这么倒过来，那么倒过去的，有人说倒掉的溶剂可以倒满一只游泳池了。

科学是来不得半点儿虚假的。这些年里的时代精神，却是尊重劳动而轻视知识，抬高了干劲而踏倒了理性的。一些小青年当上了各级指挥员，也还是少不了瞎指挥的。许多有成就的老科学家和高级研究人员都亲自摇着反应瓶。好歹人工合成的所谓A链和B链都做出来了。

到了出成果的一天，正好上海展览馆里，华灯高照，灯火辉煌，举行着一个盛大宴会。胰岛素科学家们接到邀请，前去参加。全都去了，只有杜雨苍、张友尚没有赴宴。实验室突然没有人了，他们静悄悄地做这两条人工链的合成。如果成功了，立刻报喜去。

这边在筵席上的人也抱着这个希望,在等着锣鼓声音敲打前来。但是散席离座,哑然无声,成果没有做出来。合成第一个人工的蛋白质不是那么容易的。

他们却积累了大量实验记录。事后翻看全部实验本,其中隐藏着许多宝贵的经验,经过细心地思维和统计,是可以找到规律的。人工合成胰岛素的难点已经在大协作的方式和巨大的工作量中充分暴露,并显示出一些解决的端倪。这一点也要在后来认识到。

没有取得明显的突破,院领导下令收缩,进行总结,重新部署力量。大多数人回原岗位,留下了精选的骨干。

四

由热,到冷,这个冷却的时期是困难时间,熬过它是很不容易的。

有机所里,有人提出,要把这个胰岛素选题敲锣打鼓(又是敲锣打鼓,还要敲锣打鼓!)送回生化所去。但这时候,被巨浪卷进来的汪猷不肯。他再也不同意鸣金收兵了。这个严谨的科学家是一个固执的人,他看出这个选题具备一定的现实条件,坚持就能成功。

有一个人说什么:咱们国家还穷,花这些钱搞这个胰岛素不值得。自己参加了,搞了这么两三年了,好像闯了一个祸似的,不如改搞一些解决实际问题的选题。此人果然改了题目,离开了,困难把他筛选下去了。

有人说了俏皮话:要人工合成蛋白质做什么?老母鸡天天下蛋。此外还有冷嘲和热骂。什么穷人穿皮袄啊,意思是不要痴心妄想了。败家子!浪荡子!是热骂。钮经义听到这些话也恼火。

反正他不是浪子,他不回头。

每当深夜还在做实验,做得有些疲劳的时候,钮经义就要靠在高楼的窗前眺望夜上海的灯火,沉思默想。眼底里是黑魆魆的屋脊和一球球的树冠暗影,伸延扩展到很远很远。浩渺无边,似同一片大海。升起一些高楼,像船舰停泊在海上。月光照着,银色的细粒闪动。那是明明灭灭的百万家灯火。他微微感喟地看着这些光点,被它们的美打动了。

国家有过困难,工作的进展缓慢。生活上遇到了波折,风言风语令人沮丧。原来他是有自己的专业和课题的,把那些个肌红蛋白结构功能撂下来了,不免有些怅惘怀念。然而自从回国以来,他感到那种被需要被重用时的幸福。他也正在不断地逐步地占领着阵地。人的思潮不能没有微微的波动。呼吸着夜晚的海风,似乎感到他已从疲劳中恢复过来,一下子清爽了,那些杂念顿时无影无踪。胰岛素分子又浮上了他的脑海。

一个胰岛素分子,由 777 个原子组成。不同的氨基酸只是不同数量的碳、氢、氧、氮、硫原子的结合。自然界是多么有规律,它们的数量决定着它们的变化。化学世界里有着最明显的必然性,一切都是按照严格的数量与质量的关系,都是按照严格的自然规律办事情的。他苦于他还找不到某些必然的因素。但是,使他获得力量的,正是他对自然规律的虔诚信仰。他肩上负担着一个在学术上、精神上、管理上以及人与人之间的关系上较负责的担子。没有他充满信心的坚持科学精神的韧性,没有百折不回的精神,也许会有更多的人溜走。他有深挚的感情,对于关键问题的透彻了解,每走一步,都要留下脚印,尽可能少走弯路,最后才能踏实地取得成功,这个过程就是科学本身。

多么深挚的信仰啊!只要经过一定的步骤,只要这些步骤走对了,正确地体现了一系列的数量关系,人工合成必定成功。那莹光闪耀的胰岛素的结晶,那美丽的六角形的结晶,就会出现在显微镜下。这些步骤归结为合成的路线。但是这里没有经验可循,只能从已经观察到的事物上和从理智的思维中,才能寻到它。他苦苦思索着合成路线。

谁不曾跨进过科学的境域,做过这种黑暗中的探险,谁就不能亲身经历到这种惊奇于大自然的完整规律性的喜悦。物质世界是何等瑰丽和神奇!人们对它至今还是知道得太少了。然而这太少的知识已经使人惊讶万状,称奇叫绝。

星辰、日月、山川、众生,都有自身的结构,又互相构筑,宇宙的一切是这样幽深而严密,真正是精美绝伦。肉眼能见到和还不能见到的,思维能洞悉和还不能洞悉的都是客观世界里的自在之物。自然界的天然物都有它的必然规律,在等待着科学家前去发现、去认识它们,再来制作出人工之物,以证明它们确已被理智所认识,被逻辑的演绎所掌握,从康德所谓彼岸,到达了此岸。那时,就可以让它们和人类联欢,为人类服务,接受人类对它的改造,在这中间,人类也改造了自己而向更高级的形态上升。

钮经义已离开了窗子,回到他的实验台前。他又和他的助手,沉浸到溶剂中去了。一个个的夜晚,一个个的白昼。一个春天又过去了,一个秋天又来临了。

这回是兵分三路。汪猷带着徐杰诚、张伟君、陈玲玲坚持到了1963 年;北京大学化学系的邢其毅教授带着陆培德、季爱雪、李崇熙、施溥涛来到有机所,协同着做分给他们的人工 A 链的合成;生化所的钮经义和龚岳亭、黄维德、葛麟俊、陈常庆、汪克臻等,在做分给他们的人工 B 链的合成。邹承鲁那边,有杜雨苍、蒋荣庆等继续做天然胰岛素的重组合,改进和提高活力的得率,准备着做那人工 A 链和人工 B 链的最后的全合成。

日子已久,一支坚定、团结、能干、熟练,经过筛选、通过了困难时期考验的队伍已经长成。同时,出现了一支由林南琴、方继康等,能进行元素分析,数据测定,溶剂处理,参加各种技术操作的,由这群能手组成的队伍。对于科学,有着热爱的两支队伍合到一起,也像 A 链 B 链,合成了一个阵容整齐的集体。这个集体得到上海科委领导王仲良,生化所王应睐、曹天钦、王芷涯等,自始至终的支持。聂荣臻元帅到上海时,接见了他们,仔细观看他们带去的试管,请他们一定要把人工胰岛素的合成做成功!

五

到1964年,事情的进展渐渐快起来。这一实验工作何等艰苦!虽然不像《自然》杂志说过的"有待于遥远的将来",但也决不是轻而易举的事。已经进行五年多了,是怎样的五年啊!

坐在实验室中,各自的实验台前,摆弄着试管、烧杯、灯泡瓶、三角瓶、三颈瓶、分液漏斗、干燥管、小毛细管,各种试剂和各样仪器。他们像鹰一样犀利地盯着溶剂,像铜像大理石雕刻一样一动不动地沉思着,像猫一样地轻轻走动着。一切那么安静,只有查看资料时翻动纸页的窸窣之音,或写字的笔尖滑过纸上时的沙沙细声。除了时而开动通风设备,发出像坐飞机一样的轰隆音响,谁也不愿在实验中多说话。就是讨论什么问题,都细声轻语的,惟恐干扰了别人。一个平凡的春天在落英缤纷中过去了,又一个平凡的秋天在殷红的树叶上来临了。从早到晚,常常到夜深,天天如此,月月如此,几年都是这样平静地生活。也许太乏味了,他们却自有欢乐和苦恼,不过它们是发生于化学反应之中,不能从外在的表象中觉察到。没有他们的细心耐心是不可能过这种生活的。他们有这么大的坚韧的耐性,却非强制或仅仅是所谓责任感能使他们具有这种观察和探索的无穷乐趣的。

这个工作,不像地质学家的需要跋山涉水;这些实验,没有热带雨林里的旖旎风光。在他们的现场上,没有高大的吊车和电焊火花。他们的试管里,看不到航天器发射时的惊天动地的场景。一步化学反应完成了,装进磨口小瓶里去,送到分析小组去检验测定的,不过是若干毫克的粉末。测定了拿回来,再做下一步。

在著名的海克立斯的希腊雕刻上,有那么丰满有力的肌肉,可惜我们现在的科学家还没有能够达到智慧情操和健康躯体的统一。但这些穿白衣的人员有非凡的勇武与卓著的功勋,也反映在他们的海克立斯似的眼神中。在荷兰画派的伦勃朗的外科手术油画中,画出了医师们全神贯注的紧张气氛。这里的人一样全神贯注,却不能觉察出任何紧张表情。当然雕刻家也还是可以在大理石上琢凿出胰岛素科学家们的智慧的;画家们也可以在调色板上调制色彩,给他们的氨基酸敷上现代派绘画的烂漫光辉的。

在他们的试管中也有多幕多场的舞剧呢。也是可以看到白绫子的舞衣,粉色的纱裙,51个氨基酸,像娇嫩的芭蕾舞演员似的,她们穿上红菱鞋,披着柔软的头纱,戴着彩色的长手套,旋舞而来。单人舞、二人舞、四人舞、组舞和多人舞,舞形婆娑,跳出了各种高难度的翩跹舞姿。先是那30个舞蹈家,合成了长链。后是那21个舞蹈家,和前者跳起了两条长链舞,最后她们是旋转、扭曲、叠合,合成了一个罕见的美妙的舞蹈夔纹。交响乐队奏鸣着,为他们合奏着无标题的组曲。

六

30个氨基酸的B链的合成路线,几经变换。现在他们已分别做成了一个8肽和一个22肽,再把它们合起来,就得到30肽的B

链了。这一步由龚岳亭做。龚岳亭的思想活跃,手指灵巧。但这一步很不好做,不容易成功,做得不够纯。

在实验台上,在每一个氨基酸进入实验之前,先要用保护剂将它保护起来。在进入实验时,则又要将它用另外的试剂,脱去它其中一个被保护的部分,以便它和另一个氨基酸的,也脱去了保护的那一个部分,来缩合接连。这一切现在是能很好地做到的了。

为什么合成B链的末了一步,效果总是不好?经过了将近六年的摸索,他们已经摸透了这些氨基酸的性格特点和古怪脾气,相当地掌握了接连它们的关键和规律。但现在这一步又卡住了。原因何在?

人工合成的B链,本当和天然B链是一样的。天然B链却是没有任何保护的。他们经常讨论。龚岳亭和葛麟俊主张最后一个氨基酸不应当那样保护,钮经义在一刹那间明白,人工B链的最后一个氨基酸应当:

"赤脚"。

原来B链合成的主要困难是大肽皂化、溶解度和缩合率等问题。而这两个字代表了一连串的科学术语,或者可以说,这两个字就是一种科学语言的俗称。这一个关键性的解答,小组里过去议论到,国外的论文也有提及。不过,不到时候显不出它的意义。此时此地,一声"赤脚",恰到好处。正如庖丁解牛,击中了牛胰岛素的关节点,问题迎刃而解,得到圆满解决。B链终于成功了。

这是1964年8月的事。在分兵的三路之中,这一路已经取胜。他们加紧做B链,一共做出了六克之多,可以装满我们餐桌上的味精小瓶或胡椒末儿的那样一只小瓶了。这一只小瓶里的粉状的B链可是花了110步化学反应得来的。来之匪夷,失败过多少次,摸索了将近六个年头啊!

这时,A链的人工合成还没有成功。它的合成路线,9肽和12肽合成21肽,也遇到了困难。当时北大一方合成了9肽,有机所一方合成了12肽,再合成一步,即成A链,但所得A链的纯度极低。北大一方提出12肽的最后一个氨基酸问题,要求推倒重来。这时B链合成,龚岳亭和葛麟俊腾出手来,跑到有机所去参加协作。这时汪猷偏又出国去了。到他回来时,这A链也已成功,纯度大大改进了。他们一共做出了人工A链一百毫克。合成A链共走了65步,也是来之不容易的。

唐僧取经,也只过了九九八十一个难关。可以说,A链B链一共走了175步化学反应,胜过唐僧一倍有余。也胜过海克立斯的艰苦战斗多得多了。而事情却还没有完。

全合成还未完成,同志仍须努力。

七

这时,在拆合组的邹承鲁那里,已有很大进展。

天然胰岛素的重组合得到的活力,已从最初的一点二,提高到了百分之五十。人工B链成功后,用人工B链和天然A链做了半合成。因为半是人工半天然,所以叫半合成。人工A链成功后,又和天然B链做了半合成,所得到的活力都达到了百分之五十。科学的程序严密,一丝不苟。

1964年的春天,终于一切就绪,正式进行了人工A链和人工B链的牛胰岛素全合成。回顾走过来的道路是多么漫长而且曲折!决定由杜雨苍做全合成。有机所和北大各有一人一齐来操作。全合成做成了,得到的活力可稳定在百分之十点七。可是,得率不够理想,太低了。

人工合成牛胰岛素要拿到结晶才过得硬。结晶！要在活力达到百分之七十以上才能取得。

必须再做一次，取得结晶！

可是有机所和北大化学系合成的人工 A 链只有 100 毫克。已经用去了 20 毫克。要再拿出 20 毫克来？汪猷不肯。要他们改善了方法，有把握了才能给。否则取不到结晶还是白搭，没有把握他不给。

方法应当改善。首先要把人工链的纯度提高。张友尚提出了抽提取结晶的方法。杜雨苍经过模拟试验又发展了它，创造了两次抽提两次冻干的微量操作方法。结晶！这就是要求、奋斗的目标。结晶！这才是微观在握的明证！经过一次一次天然物的重组合，一次一次半合成的实验，他们已可以提高抽提物的比活力三十倍到五十倍。原来只含一点二的重组合活率，已经可以提高到百分之七十。他们取得了重组合的结晶和半合成的结晶，但这还不是全合成的结晶。

结晶！这就是和美国，和西德进行国际比赛中的金牌。铜牌可不行，银牌也不行。目标是金牌。金牌，在于全合成的结晶，而且在于赶在对手之前迅速取得全合成的结晶！

一个春天，又一个夏天，就在这奋斗中溜过去了。又一个秋天就在这苦斗中来临了。确信全合成的结晶有把握了，再次提出，再做一次。汪猷还在犹豫，还在考虑：给还是不给，这就是问题。终于他给了，又拿出了 20 毫克的人工 A 链来了。

1965 年 9 月 3 日，杜雨苍他们再次做全合成了。

在 1960 年大协作之后，杜雨苍他们翻看全部实验本时，他从失败的教训中找到了宝贵的东西。这里一个现象，那里一个联想；成百上千个现象引起成百上千个联想。经过计算，经过统计，他们获得了一个概念：用生物学观点看问题不同于用化学的观点，持化学观点就没有这个概念了;生物学的观点则是生物分子具有脆弱性,不能用强烈的化学反应条件来对待。国外用的强烈的条件,它只会破坏生物分子。国外还一直没有成功,原因就在这里了。

生物分子需要温和的条件。六年前,最初天然物重组合的成功,只是因为初次试验,比较谨慎,没有用强烈反应,用了温和反应。取得了成功的许多次实验之后,证明我们的缓慢氧化的方法最有效。

科学实验,好比是文艺创作。科学技术和文学艺术一样要眼到手到心到。杜雨苍在做全合成时,他从容不迫,放下去一点儿试剂就停下等待,等到他认为可以了,再放下一点儿试剂,又等待,缓慢地,并且是温和地、恰当地、细致地、灵巧地做下去。这天,他把全合成做完了。北大化学系、有机所和生化所三家的科学家,慎重地簇拥着他,把一支试管贮存在一只冰箱里,将冰箱锁上了。全合成的产品将在冰箱里安稳地放上14天。

1965年9月17日上午8时,三家科学家会合在一起,来到了冰箱前。锁打开了,门拉开来,杜雨苍探手拿出了这支试管。他举到眼前,逆光细看,微微转动试管。他看到了闪光的结晶!

结晶!在历时六年九个月之后,终于取到。立刻把它拿到显微镜室。镜下出现真和天然牛胰岛素的一模一样的人工牛胰岛素的六角形的晶体,莹光闪耀,鲜明美丽。

然后人们争先恐后地拥到了一间厅里去看小白鼠惊厥测验。144只小白鼠,分3次测验,每次48只。半数用天然物注射,半数用人工物注射。第一次大剂量,第二次中等剂量,第三次微量剂量。当测验人员熟练地分别用大剂量注射进小白鼠完毕,把它们放进各自的玻璃箱隔中间,都等着,等了20分钟。忽然小白鼠全部同时抽搐、惊厥、跳跃起来。

小白鼠跳了,人群也跳了。一片欢呼声:"跳了!跳了!"

三次不同剂量的测验证明,人工物和天然物的活力完全相同,达到了百分之八十以上。进一步的电泳、层析、酶解图谱和免疫性等性质的测定,说明人工物与天然物都相同。

在同一时期,竞赛对手的西德科学家昌氏和美国科学家卡卓杨尼斯也进行了羊胰岛素的合成。但他们得到产物的活力低得多了,都还没有得到比较像样的结晶。

由钮经义执笔,科学家们共同署名的简报和三个单位署名的《结晶胰岛素全合成》的全文分别发表在《科学通报》1965年11月号和1966年的3月号上。

得到牛胰岛素结晶的中国科学家小组也成了有纯度较高的智慧与品格的结晶!

八

1966年4月,国家鉴定结论:"可以认为已经通过人工合成获得了结晶牛胰岛素。"

科学新闻中很少有这样的得到国内和国际的重视的。头版头条,夜9点钟的电视节目等等,贺信贺电来自世界各地。

瑞典乌普萨拉大学生物化学研究所所长蒂斯尤利斯博士,诺贝尔奖金委员会主席,3月底专程前来参观了生化研究所。他说:"向你们祝贺。美国、瑞士在多肽合成、有机合成方面的有经验的科学家未能合成胰岛素,也不敢合成它。但你们在没有经验的情况下合成了它很使我惊讶。"他在归国途中听到我国第三次核武器爆炸的消息。据《瑞典日报》报道他的评论:"他说,人们可以从书本中学到制造原子弹,但人们不能从书本中学到制造胰岛素。"

结　　晶

　　人类第一次用人工方法合成了蛋白质，在合成具有生命的物质的长征中跨进了一大步。探索了生命的秘密，批判了唯心主义，在自然科学上和哲学上，这结晶具有重大的意义。

　　结晶！集体与个人的智慧与品格之统一的结晶，莹光闪耀！莫辜负了这样的结晶，这是新中国仅 15 年时间所取得的科学的结晶。这是中国科学院建院 30 周年里的一件结晶。要让中国的科学和中国的科学社会主义取得更大更闪光更荣耀的结晶！更要以四个现代化的劳动和思维的结晶，献给新中国，并献与新世纪的全人类！

1979 年 10 月 1 日于北京

（原载《人民文学》1979 年第 10 期）

来自高能粒子和广漠宇宙的信息

一

1978年,在科学的春天里,我曾说过,我的下一篇报告将是关于高能物理的文字。人世倥偬,我再没能到那里去。不觉十年过去了,高能物理的报告没有写出来。

因为相当抽象的科学问题实在不好写。高能物理这门科学真难懂。微观世界小得没法想像。似乎根本没有日常生活经验可资借鉴,它几乎是离我们直接经验特别遥远的一个概念世界。没有门儿,进不去。在门外盘桓。久之只好扬长而去。但心里老惦记着此事。

两三年之后,我弄到两本量子力学的《史话》。我已多多少少有了些信息,知道那坚实严密的微观世界之门,非得用量子力学这把金钥匙来打开不可。这金钥匙是1900年12月麦克思·普朗克在一个物理会议上,献给20世纪人类的。各国物理学家最初对它却都很冷淡,无人注意,以致它的创始者几乎要抛弃它了。

五年之后,瑞士伯尔尼专利局一个职员,却用这把金钥匙打开了深锁的重门,走进了微观世界里去,拿了一个光子出来。阿尔伯特·爱因斯坦只有26岁,那年,将他的狭义相对论献给了人类。

普朗克是德国柏林的一个研究理论物理的教授。当时他面对着热辐射这道难题,百思不得其解,苦心思虑,忽得巧思,于是信心十足,经过几个星期的狂热攻关,终于得到了一个在原子物理上具有爆炸性的辉煌的公式:

$$E = hv$$

它就叫做辐射公式或辐射定律："能量子等于 h 乘以频率"。说明是一块物质变热就是它吸收了能量，变冷就是它释放了能量。当这块物质释放热能和光，它释放的是无数个(有如飞鸟拍翅似的)有节奏的(又如枝头小鸟似的)雀跃着的微小粒子。E 就是这些微小粒子的能量子。普朗克将它们命名为量子(Quantum)。v 是它每秒钟上下跳动的多少次数，叫做频率。而 h 则是一个基本量，是一个极小极小的数，小到几乎没有法形容和想像。它竟是这样小的一个数目：

0.00000000000000000000000006624 尔格·秒$^{-1}$。简称 6×10^{-27} 尔格·秒$^{-1}$。实在不可思议。小到这个样子，它是作为一个不变的常数，来衡量一切原子、粒子的体积和能量的。第一次准确地测定原子的绝对大小的就是用这个普朗克定律得来的。

这却是新物理学之起点的壮丽标志。它是蔑视旧制度的中心象征。(霍夫曼语)

普朗克令人信服地指出，在物质的原子性的结构之外，还有另一种量子的原子性的结构。它由这个普遍适用的常数 h 支配着，这 h 是普朗克引进来的，故名普朗克常数。

附带说一说，在 20 年代里，这个常数曾由我国老一辈物理学家叶企荪通过测量而求得。在当时是最精确的结果。后来有人做了更精确的测量，求得零点二十六个零又六六二四，这个数才取代了已经用了十多年的叶企荪的数。

从此 20 世纪的物理学界，人才辈出，功勋卓著。捷报频传，光彩夺目。20 世纪物理界的不朽功勋中，发现量子的不朽功勋首先属于麦克思·普朗克。但好事多磨，几经风霜。直到事隔 17 个年头之后，他才获得诺贝尔物理学奖。

然而量子力学在本世纪前三分之一的一些年里，纵横驰骋于原子粒子领域,揭开了许多奥秘。1911年卢瑟福展出原子的行星模型。1922年玻尔找到了电子绕原子核运动的一组轨道,电子在上面跳来跳去,光子从中跃进跃出。1924年德布罗意跟光的粒子说对阵,提出电子波动说的假设,竟受到胸怀坦荡的爱因斯坦的坦率赞扬,后来大家都同意了波粒二重性。1925年乌伦贝克和古兹密特提出,绕核子旋转的电子,自身也在陀螺似的自旋。1927年海森堡提出了测不准原理:不可能同时测定一个粒子的空间里的位置和时间上的速度,测准了这个便测不准那个,测准了那个便测不准这个,从而奠定了量子力学的新基础。1932年安德逊发现了正电子;查德威克发现了中子;海森堡等提出原子核由质子和中子组成。

量子力学迅速成长,粒子物理大踏步前进。1934年小居里夫妇用中子击核,产生人为放射现象。这些量子物理学家成果累累。他们拿走了不少个诺贝尔物理学奖。

二

不是万里长城、金字塔,不是《楚辞》、《史记》、《伊利亚特》,不是那些宫廷教堂寺院,也不是那些拔地而起的巨大的水坝,钢铁联合企业和一百多层的摩天大楼,20世纪的不朽的纪念碑是物理学。上半世纪里,出现了这个量子论,奠定了质与能的基本单位;又出现了一个相对论,讲相对的空间与相对的时间,到下半个世纪里便进而发展成为一个高能物理学,几乎已穷尽了物质结构的全部层次,还出现了一个天体物理学、宇宙学,广漠地展开了诸天河系之间,深邃无比的一部太空兴衰史。

物理学的成就极大。它已经、正在、将要改变我们的整个世界的外貌和内里。我尽可能不设法避开问题的核心。但看来还只能把一些表面的光景和模糊的比喻来写下这些信息。必须坦白地告诉读者,我不是自以为懂得了物理学的人。我是不懂得它的,不懂就是不懂。一个外行说不了内行话。但物理学的巨大成就的信息却这样地激动了我的心,使我爱上它,使我入了迷,而上下求索,使我写出这些热烈赞美它们的拙劣诗篇。我渴望着人们能分享我的这种喜悦心情。所以我写这些文字,是不怕人讥笑的。

阿尔伯特·爱因斯坦无疑是我们时代最伟大的一位物理学家。他是物理学大军中的主帅,或者是——像有些物理学家曾雅谑地称呼他的——"教皇"。正像"量子"是普朗克给的命名,"光子"是由爱因斯坦命名的。我们没有见过光子,但无数的光子一直在进入到我们的眼睛,扑上视网膜来。有无数光子在昼夜为我们服务,岂止亿亿亿兆兆兆的光子。一只 25 瓦的电灯泡每秒发出六千亿亿个光子来。爱因斯坦就曾拟出了一条定律,正确地说明了一般称做光电效应的现象。正是这个光电理论的一连串有名方程式为爱因斯坦赢得了诺贝尔奖金。但他的伟大成就还多着呢!

爱因斯坦 1905 年提出了狭义相对论,1916 年又提出了广义相对论。他一开头干脆抛开"以太说",而后代之以"时空度规"。他抛弃了绝对的时间和绝对的空间的概念。他超越了牛顿的万有引力和惯性定律,作出了重力与惯性相等原则。而这是广义相对论基本原理。他认为必须把时间和距离看做可变的数量。他的相对论揭露了一项自然界的基本定律:一秒钟将近 30 万公里的光速,被确定为宇宙之中速度的最高极限。在光速运动中的时钟会完全停止工作。在百分之九十的光速运动中的一杆量尺的长度大约缩短一半。速度再增,减缩更快。他用一条简单不过的定律:

$$E = mc^2$$

说明能量(E)等于质量(m)乘以光速平方(c^2);质量随速度而增减。他证明质和能,原以为是截然不同的概念,却是同一之物的两个侧门。质和能可以互相转化。"能"可以凝结起来成为"质";而当物"质"放出它的质量之时,其能量之大可达到光速的平方倍。如今的人类因而已经能够使质变成能。后来1945年7月中在美国的阿拉莫斯做过一次试验,把相当大量的物质化成光、热、声和运动,即化质为能。后来的事是众所周知的。现在人类已掌握了毁灭自己,甚至可能毁灭地球的手段。人类已成为能决定自己命运的主宰了,或者向仙界似的生命幸福飞升,或者沦落成为苦难的地狱中的鬼魂。

三

罗马哲学家卢克来修用诗的形式歌颂物质的原子。他说过"如果原子可以打碎,世界也就完结了"。

像我们在上面一节的末尾所说,确实有此可能。罗马人说的是裂变。后来不仅能够把原子一分裂二,可制造原子弹也可建成反应堆、发电厂了。现在又进而拥有聚变手段,可将两个氢原子聚合,而且已制成氢弹可彻底毁灭人类,然却也可以通过热核反应的控制,让我们就在地球上自己制造起太阳,发出强大能量,以造福进步人类的完美社会。

这都是在量子力学与相对论的美妙结合后,得到的神奇的结果。1932年加州柏克莱大学制造了第一座回旋加速器。只有一部打字机大小,能命令带电粒子以空前的快速和高能来碰撞原子核靶子,把它打碎。敏锐的仪器则度量了飞出来的原子碎片。科学家开始窥见了物质的内在的构成。

科学家们很高兴看到宇宙,不论微观或宏观的,都是极有秩序的,极有规则的。宇宙似乎是完整的,一致的,均匀的,并且对称的。可以说相当图案化,非常美丽。而且它又很简单又很单纯。

解释自然现象,只消用质朴简单的方程式来表明,像前面我们引用过的能量子公式与能质一体的公式,再简单没有了。

1932年物理学家仅仅知道四种粒子:电子、质子、中子和光子,以为它们是基本粒子,以为再没有比它们小的粒子了。但1934年日本的汤川秀澍猜想到了介子,1947年它在宇宙线中被发现了。1955年又发现了反质子,1956年又发现了反中子。1947年李政道杨振宁提出了弱相互作用下宇称不守恒的猜想和一个验证的方法。由吴健雄做试验,验证确凿。30年代初泡利和费米预言的中微子,1956年证实了它们的存在。探索基本粒子奥秘的加速器在不断兴建扩大,建成为大科学的大机器,它们昼夜运转着做试验。

早在1954年,靠近法瑞边界上建成欧洲核子研究中心(CERN可读作舍恩)。它现已成为一个有名的国际协作项目,高能粒子的七大中心之一。它有400兆电子伏的超级同步原子加速器,直径2.2公里,在阿尔卑斯山的勃朗峰下,在日内瓦湖和日内瓦城市的背景前。

在美国芝加哥附近的费米国立加速器实验室(Fermilab简称费米实验室),建有一个加速器的巨大的环形管道,三条试验线路与这环形相切。在试验线路的终点有两座16层楼的双塔形的中央实验室。

在美国加州的斯坦福直线加速器(SLAC简称斯拉克),长长隧道里安装着加速电子的真空的管道,与旧金山通往圣荷赛的一条公路下面交叉通过。

在联邦德国的汉堡附近也有一个德国高能物理实验室(DESY简称德赛)。此外还有纽约长岛的勃洛克海汶国立加速器实验室等等,苏联杜布诺的实验室等等。其它较小的,不计其数。最新消息,北京正负电子对撞机工程中的直线加速器已首次将电子能量加速到千兆电子伏特,达到了国际同类加速器的高水平。

所有粒子物理学的奇迹都是在这些加速器中运动,并由各种探测器记录下来,再在实验室中创造出来的。舍恩、费米实验室,斯拉克和德赛的物理学家们都是值得我们尊敬的人,其中有摩雷·盖尔曼,一个天才物理学家。仔细研究了这些粒子,他深入了解了物质的内部结构——粒子的密码。依它们的物质性质加以分类,所有已发现的二百多种粒子被分成两大类——弱作用的轻粒子(Leptons)和强作用的强粒子(Hadrons)。

四

1987年夏天,我偶尔得到了一本《夸克:物质的构成》。从前言、序言读到正文和它的结束语,其思想是那样清新,文字是那样俊逸。甚至结尾处怀疑,物理学是否快发展到尽头了。如果真到了尽头,便将是新物理学的开始。我读了整个夏天,整个秋天,每到夜深人静,反复阅读深思。虽比较通俗,仍未全懂。但每逢懂了一点,便觉得它非常非常迷人。这本书只写到1983年为止。其中主要是以夸克为主人公。谁是夸克?可谁也没有见过。它无形无影,肉眼不可能看到;却又有踪有迹,留下照片上的一些光线。在汉堡的德赛实验室里,在TASSO探测器中,由各具17.5兆电子伏的高能的一粒正电子和一粒反电子迎头碰撞时,就有一张照片摄下了两个扇形溅射的各种径迹,这里面就有夸克的作用,便可以间接看到它们。

在《夸克》这本书的序文中,讲到了理论物理学和高能粒子试验的成果,现已几乎可以揭示出大宇宙小宇宙的各种细节。从最遥远距离的广漠宇宙,直到最微小的高能粒子,现今都已有头有绪,有了崭新的研究成果。而当代的天文学家也用上了巨大的天文望远镜,配备有大型电子计算机的射电望远镜,以及已经和即将发射上天的天文卫星的各种精密望远镜。他们能够极精密地测量出达到千分之二秒的精度;观测灵敏度现在达到23等星甚至可观测到28等星。而肉眼观测只能到6等星而已。他们也发现了前所未知,甚至未能猜想到的脉冲星、类星体以及可能的黑洞等等。从光谱的这一头已可以看见基本粒子之细微,从光谱的那一头更可以望见无边的天体之宏伟。微观之中,夸克最细最微最奇异最美丽。那么从宏观来说,什么是最为宏伟最壮丽的图像呢?

我已不能不去寻找天文学家、天体物理学家、宇宙学家请教,而结识了其中的若干位近地物理、空间物理、天体物理和宇宙学的专家们教授们和国际知名的人物等等。

在我会见其中一位宇宙学家时,我讲明了来意,如何读了高能物理的书,很想再读一点天文学的书等等,他接口就说:"你不知高能粒子宇宙学也是天文学?它们都是互相交叉的。"这话使我一惊。

不免问起他自己是怎么选择了宇宙学的经历与过程。他说他是沾了"文革"的光。清队时他给抓走关了起来。临行他抓起一本书带去。那时没有别的书看,只有一本小红书。当他被抓走时,他顺手带走的是朗道的一本高级教科书《场论》。于是,天天无事做,就看《场论》,反复地看,就入了港,泊上码头了。林彪一摔死,他获释出来。心中已明确,他要研究宇宙学。自70年代初至今已有十多年了。

宇宙学是经常受到排斥的一门科学。在很长的一段时间里,苏联禁止研究宇宙学。日丹诺夫曾宣布:爱因斯坦和他的追随者所提出有限无界的宇宙论,为神学提供了新论证。完全胡说!老早以前,哥白尼的"日心说"就受到了教廷的敌视,使他写好的论文36年都不敢拿出来,临终才将它出版问世。伽利略甚至受到过宗教裁判所的裁判。牛顿也不免于受到世俗的责难。被纳粹迫害的爱因斯坦还说过:"伟大心灵时常遭受到平庸的脑袋瓜儿的狂暴压迫。"

爱因斯坦的广义相对论提出了一个四维时空连续区的概念。他彻底地抛弃了欧几里得几何学。在地球的球面上,两点之间就没有直线。球面上的三角形的三角相加,何止一百八十度。他还有广义相对论的一个公设的论据:惯性质量与引力质量相等。

他还曾猜想,光在经过巨大物体的引力场时,将以曲线行经它。他提议在下一个日食时,将遮暗的太阳面附近的那些星光的光线拍摄下来,看看它们经过太阳时,是不是光线因被太阳吸引以至弯了过去。爱因斯坦计算出那偏斜度大约是 1.75 弧秒。四年之后,1919 年 5 月 29 日,日全食。几个观测队出发,前去世界几个特定地点进行观测。全世界物理学家都在急切等待结果。当观测队所拍的照片显了影,研究过以后,发现星光经太阳引力场中果然偏斜了。偏斜度平均为 1.64 弧秒。这是仪器精确度所能达到的最接近爱因斯坦预测的一个数字。举世为之轰动。广义相对论就使人不能不叹服了。

爱因斯坦作出的关于宇宙的一些考虑中,提出了他的宇宙模型。这个模型对物理界是一个很大的冲击。爱因斯坦通过这个模型作出了广义相对论的场方程式的第一个宇宙解,即宇宙是有限、无边、静态的。有限——意思是宇宙空间的体积是有限的。无边——意思是宇宙没有边界,它是一个弯曲的闭合体,它类似一个球面空间(或者椭圆空间),凡沿着球面运动的总是遇不到一个边的。爱因斯坦说:

"这个宇宙必然是有限的,实际上这个理论向我们提供了宇宙空间广度与宇宙平均密度之间的简单关系。"

根据威尔逊天文台天文学家爱德华·哈勃的多年观测研究和

计算，整个宇宙空间每一立方厘米的空间所含物质为 10^{-30} 克，即零点二十九个零又一之数，应用到场的方程式得一个宇宙曲率的确实数值，从而得出宇宙曲率半径为 350 亿光年。爱因斯坦的宇宙并不是无限大的，可是仍然大到足以包含数以亿计的天河系统，而每一个天河系统又包含以亿计算的像我们的太阳一般的恒星和不可计算的稀薄气体以及冷却的铁、石和宇宙尘。

五

现在我们可以给自己绘制出一幅图景，从最微小的物质结构中间，寻出粒子中确乎不可能再分得更加微小的基本粒子，来作为起点，然后从起点慢慢地展开、放大，直至扩展到最广漠最宏伟之宇宙，到确乎不可能更广漠再宏伟的伟大宇宙极限。让我们来做一次这样的观察旅行。

物质是可以分成分子，分子再分成原子的。原子还可以分成核子和电子。

原子是多么小呢？小到不过一厘米的一亿分之一。如把一亿个原子来排长队，这个长队就是一厘米长。想不到原子还是一个空空洞洞的空家伙。如果把一个苹果作为核子放在圆心上，则在直径一公里的外圆跑道上跑着圈儿的是一个更小的电子。作为核子的苹果占原子质量百分之九十九强。尚有百分之一不到是在那圆圈上跑着的电子。此外更无别的了。原子如是空虚！而到现在为止，电子却再也不可分了。怎么碰撞它也打不碎它，它依然如故。它很小，然而它是有能量也有质量的。核子可不然了。用在加速器里加速到能量很大很大的电子去碰撞核子，可以打碎核子，从中出来的是次一级的质子、中子和其它基本粒子。如再把中子来碰撞，碰撞出来的又是一个质子和一个负电子和一个反中微子。

中微子也像电子是再碰撞也不碎。而质子却是一个相当稳定的碰撞不破的强子。直到1969年斯拉克的直线加速器把电子加速到接近于光速的速度,能量高达20兆电子伏,用来打击质子。电子居然深入到质子的里面去了。它才探索到里面囚禁着三个夸克。然而电子却还被折射而出。夸克把它弹出来了。

由胶子凝聚的三个夸克是目前所知的最小的物质构件,堪称基本的粒子。夸克有三色:红、绿、蓝。夸克有六味,分成三代。第一代是上夸克(代号u)和下夸克(代号d)。第二代是奇异夸克(代号s)和魅夸克(代号c)。这魅夸克是丁肇中在1977年用加速的中子和加速的质子碰撞,得到J粒子(据说因J字和丁字相似而如此命名它的),而魅夸克即在其中了。第三代是美丽夸克(代号b,1978年发现)和真理夸克(代号t)。真理夸克预计1984年可发现,届时却仍未发现,恐怕要到更强大的加速器建成运转时才有可能请它出来和人类见面。不过,物理学家在质朴性上非常注意,第二代夸克的译名和第三代的命名和译名已改掉了,改为奇夸克、粲夸克、底夸克和顶夸克,代号均不变。

现在我们可以从夸克、电子μ子、τ子和三类中微子等最微最弱力量的粒子来举步出发,经过各种介子和强子重子超子再上升到原子和分子。正是分子组成了万物,以及我们这些圆颅方趾的人。正好,人站在微观和宏观的世界之间,可以上下而求索。然后可再开拓我们的视野,到这个五花八门的地球,再扩展到还只算小尺度的旋转如盘子的太阳系。其实,太阳系只是在银河的银核中伸出的旋臂上的一个小盘,其大小约为一个光天。也是旋盘似的银河系却有十亿个以上的太阳。(而人的肉眼所能见到的只不过六千到一万颗星星。)现在最大的光学望远镜已提高到人的肉眼所见的一千万倍。利用射电望远镜,还可以再高上百倍。到银河外,是类似银河的漩涡星云,最近的离我们二百万光年。然后有更大尺度的天体的星系团。星系团离我们大约在一千万光年的量级上。

在那更遥远的地方,就是更大尺度的星系体系,或称超星系团了。超星系团已跟我们的距离达到了一亿光年的量级。它和小尺度的天体系统形状不同。太阳、银河和河外星系都是孤立于空间的体系。但超星系团它们都以网状分布,其中,空间反被它们孤立成为无数小小的网孔了。小尺度的空间,形体对称,或呈盘状,或成扁平球形,是由旋转造成的。超星系团没有对称性,看不到明显的旋转。

全部从小到极大的图景就是如此这般。读到这儿,如果读者对本文上半部已感到有点疲劳,可否暂停一下,请略事休息。然后,再往下半部看去。

六

我们的宇宙学家在跟我的谈话中向我指明,要我着重注意宇宙学的三大冲击。第一个冲击是爱因斯坦的时空宇宙模型。前面已经讲过,爱因斯坦虽然能断然舍弃欧几里得几何学,但他胆子还不大。他不敢相信宇宙正在膨胀。难怪他的有限、无边、静态模型到了1929年,当哈勃的研究发表了出来,就成了问题。我读到1936年哈勃写的一篇《太空的探索》。其中,讲到他研究了银河外的星云后,发现星云的分布是明显的均匀的。星云以数量级为200万光年的平均距离分散在天空中。其中已被2.5米口径的反射望远镜所证实的最暗星云,平均距离我们大约是五亿光年。就这个极限而言,除去了银河屏蔽的影响,就能观测到大约一亿个星云。因在银极附近的屏蔽最小,对那个范围他进行了时间最长的曝光,就拍摄记录下来了像恒星那样多的星云的无数照片,取得了浩瀚的资料。

上述可观测的区域的概貌仅仅是完全根据直接拍照所得来的结果。从照片上的光谱研究,得到了它们的速度和距离的关系。这些照片发现,星云的光谱线朝着它们正常位置的红端而移动,简称"红移"。可以肯定这些移动是与天体沿着视线的方向而退离的结果。星云退离的径向速度引起红移。赤橙黄绿青蓝紫:光向红移就是离开我们;而光向紫移就是向我们靠近。观测到的是红移,说明了星云正在以其距离成正比的速度,离开我们的空间区域,急速地四向飞奔,逝去。宇宙在动,在膨胀。40年代末,天文台建成了口径五米的大望远镜。哈勃更精确地修正他的一些错误和一些数据。

哈勃证述的膨胀的宇宙,就是推动宇宙学发展的第二个大冲击。不可思议的是星系退离我们的速度随着距离而增加。距地球100万光年的天河系统仅以每秒约20公里的速度退离地球。而距地球250万光年的星云则以每秒50公里的速度飞离地球。我们现在已发现了类星体竟具有相应更大速度的红移。最大的红移速度几乎达到了光速的一半。而类星体红移的分布似乎显出了周期性。我们的宇宙学家曾从这周期性来论证,在大尺度上可能存在着光的闭合跑道;星系和类星体也有可能是同一物质区在不同时代的形式。他的论文获得了1985年国际引力基金会的论文一等奖。

七

1978年的诺贝尔物理学奖授予了两位美国射电天文学家彭齐亚斯和威尔逊。颁发决定中说,他们的发现"使我们能获很久以前在宇宙创生时期所发生的宇宙过程的信息"。

他们发现的信息是宇宙微波背景辐射只有3K的相当于 -270℃的很低的低温。这个发现却极其偶然,说来有味。1964年,两人在贝尔电话实验室研究一架供卫星通讯用的天线。他们在一个比较安静的小镇上,没有任何喧嚣噪声,适于研究这个专为减少来自天空的无线电的噪音干扰课题。无线电噪音是个讨厌的东西。它是由电子的剧烈的热运动造成的。它与温度有确定的关系。当地面温度约为相当于 27℃ 的 300K 时,就约有 300K 的噪音。

两人设计了性能很好的天线。喇叭形状,喇叭口朝天。地面的 300K 噪声,在这个天线中只造成 0.3K 的水平,但测试时,天顶噪声达到 6.7K,扣除大气的吸收与天线自身的影响,还有 3.5K 是来自天空的。怀疑天线有了毛病,于是拆开检查,处处重新洗清擦净。再安装试用,结果仍不能消除掉这个 3.5K;经过多种方法实验,却就是减少不了这很低的温度 3.5K 造成的很低的噪音。最后查明,它不是地面造成的,不是太阳系造成的,不是某个射电源制造的,而是到处弥漫于宇宙空间的辐射背景。

后来附近的普林斯顿大学的宇宙学家迪克告诉他们,他们的发现有非常重大意义。他们就在天体物理杂志上发表了一篇《4080 兆赫上额外的天线温度的测量》。他们的文中,一点也没有讲到宇宙学。然而他们这篇短文所激起的巨浪,就是我们的宇宙学家告诉我的对于宇宙学的第三个大冲击。它正像哈勃的发现红移开启了探讨宇宙整体时空结构的大门。而这 3K 微波背景辐射的发现,经过一系列的测量,更被证明是开启了探讨宇宙整体的物性演化的大门。许多物理学家在这个问题上,千方百计求解,没有得到结果,彭齐亚斯和威尔逊却非常巧合地解决了它。

八

哈勃的发现,以及彭齐亚斯和威尔逊的发现,自然而然地导致到我们的宇宙是在一次大爆炸中创生的理论。关于大爆炸,已经有许多猜想和论证,许多公式和论争,不在这里作介绍了。

我们的宇宙学家在1981年模拟出一个宇宙暴涨的模型。他说过,暴涨宇宙学把我领到了宇宙的开端。他说:

在这个暴涨期间,没有任何星球,没有任何元素,没有任何粒子,也没任何辐射。而只有膨胀着的宇宙中处于完全对称的真空。他说,哪里还找得到比这种状态更加单纯、更加对称的状态呢?

任何一部古史没有也不可能实际地描写过宇宙开端的真空状态,以及那真空状态中的决定性的创世纪的第一个刹那。也没有一个诗人能做到这一点,尽管他们的美妙想像力可以描绘创世之后许多神话传说,爱欲和权力战争的故事。原初的真空大约是在人的知识的极限之外的。人未曾也无从捉摸到创世"以前"的任何暗示。这个"以前"不成其为概念,本身就是不对的。

有个粒子物理学家说过,负电子和正电子的湮灭并不是这一回事。然而只要能够从可能得到的巨大能量中,取得新粒子,这也就有了一点儿可能。他接下来说,正确地说,从"无中生有"即是从真空中,取得这些新生的夸克。因之,粒子物理学家有时也说到,负电子和正电子的湮灭是考察真空构成的工具之一。我们早就注意到真空对于粒子物理学家将能是一个相当复杂的奥秘状态。以上是这位物理学家在谈到寻找魅粒子(现名粲夸克)时说的话。

我似乎相信天体物理学家和粒子物理学家有可能模拟出宇宙创生"以前"的"最后一秒钟"。其实根本没有这"以前"。宇宙"之前"是不可数的,因为可数的东西一定不是无。

原初的第一秒钟在 10^{-44} 之极微微微秒的奇性爆发中发生!对称的真空出现。真空暴涨!上万亿度温度下降到千亿、千百万、百万度!在 10^{-36} 之秒,暴涨完成;膨胀开始。不对称的时空生成;时空起源。拉着粒子、反粒子,辐射也开始出现。粒子的不对称也形成了。(X粒子衰变,共轭破坏。)经过10^{-12}之秒到10^{-10}之秒以至10^{-4}之秒,全是粒子的时代。夸克从中出现,其他轻粒子随之。暴涨已成过去,膨胀有规律地展开。这样,创世纪刚刚走完了它的第一秒。这是包含后来一切的第一秒。

之后夸克合成了质子、中子。粒子的合成,氘和氦也生成。从这第一秒到10^2之秒,即一百秒之间是核子形成过程和光子时代之始。

到10^{12}之秒,即10^5之年,即十万年间,宇宙逐渐透明。原子形成过程开端,所谓原始原子该在此时出现。皮伯斯、威金森所说的非常炽热和致密状态的原始火球,已由于较大的膨胀而逐渐地变冷。加玛射线辐射的波长增加了,并且各向同性地,向四面八方射击,成为微波背景辐射。温度迅速下降。

10^6之年即一百万年后,为核时代。各种核子已形成,逐渐地进入了原子时代。各种原子形成了。

10^9之年即十亿年以后,星系形成了。这是引力过程的结果。

10^{10}之年即一万兆年以后,太阳系形成。引力过程完成。

以上是分段写下来的程序,我们的宇宙学家最后这样地对整个演化图案作了概括,他说:

"首先,在暴涨时期结束时,真空发生相变,从对称过渡到不对称。这就是宇宙不对称的起源。相变中放出的能量转变成为辐射和粒子。这是宇宙中物质的起源;随后,粒子反粒子不对称生成,产生今天所看到的重子。再后,核合成时期产生的氘、氦是化学元素之始;最后,则是引力的聚集生成各样天体,演化出生物、人,直到今天的社会,今天的世界。至此,好像一幅宇宙生成图已经完整了,至少在框架上已经完整了。"

何等壮观的创世纪!这并不是奥地利大作曲家佛朗兹·海顿的《创世纪圣乐》。这是世界科学界的没完没了的猜想中的一个宇宙创生的猜想。世界科学界的协力实验，正在一步一步地验证它。

九

1987年2月24日，几位加拿大的天文学家注意到在大麦哲伦云中，一颗五等星突然出现在赤经 5°35′50″和赤纬－69°17′59″的位置上。从前这里可能只是一颗十二等的暗星。随后的两天，至少有九个望远镜指向这颗星，从而证实它的亮度继续增加，成为四等星。这是一个第Ⅱ类超新星的爆发。接着，许多天文台取消了原订的观察项目，转而跟踪这个爆发。国际天文紫外卫星，日本银河X射线卫星也在连续地监视这颗超新星的发展。当天我们的宇宙学家接到四个国际电话和国际电报，通知他有关的信息。

接着，在2月28日的天文电讯上，意大利都灵的宇宙地球物理研究所所长宣布：在勃朗峰观察站观测到中微子信号，信号由五个脉冲构成，能量都高于700万电子伏的阈能〔门槛儿〕，前后时间经过七秒。随后日本神冈，美国IMB也都宣布收到了中微子。这是一个使世界各国的天体物理学家和粒子物理学家极感兴奋的消息。

接着，在3月2日罗马大学的引力波实验室宣布：他们的引力波天线接收到来自这颗超新星的引力波信号。当天，这个天线的噪声温度是29K，但是在中微子脉冲发生的时间里，它们的脉冲峰（类似我们的心电图曲线间升起峰）明显地高于29K。第一个中微子的脉冲峰竟高达135K。五个脉冲的峰令人惊异的一致。虽说它的可信度不像中微子那样高，但也还是令人激动的，重要的信息。

这颗超新星，被命名为SN1987A。因它在南天，我们这里是看不到它的。上海出版的《世界科学》1987年第9期有我们的宇宙学家的一篇文章，在前引叙述外，至此说道：

"在每个星系中，超新星的爆发要几百年才发生一次，它的爆发是恒星演化的晚期现象。……凡质量大于五个太阳质量的恒星，都是经过超新星爆发阶段而形成致密的天体，成为白矮星、中子星或黑洞。所以它的爆发实际是一个大塌缩过程。恒星到了它的晚期，中心的核能已经用完，没有力量维持它的平衡，结果发生大塌缩。塌缩放出大量的引力能，一部分能变成光辐射，引起恒星的外壳向外爆发。它表示了从普通星到中子星的过渡。所谓中子星，就是恒星的最终阶段，它完全由挤得极紧的中子构成。"

五十年来，这种中子星形成的学说已发展成为相当定论的理论了。可是这些理论都缺乏检验的机会。因为每个星系几百年才发生这么一次。而从中国历代文献中查到，两千年来银河系中大概只发生过九次肉眼可见的超新星爆发。从17世纪天文学开始用望远镜以来，银河系中还没有发生过一次。但望远镜只能看到它的外部的爆发，而要探知其内部塌缩，用中微子来研究是最有效的方法之一。勃朗峰中微子观测站的建立本来就是为了这样的目的。

美国普林斯顿高等研究所，北京天文台，中国科学院高能物理所已分别根据中微子到达的时间差，给出了中微子的静质量的上限或可能值，他们的结果是一致的。SN1987A 的中微子的静质量不大于 10eV（十个电子伏）。

这样，前章我们推论了宇宙在暴涨中创生，本章我们又传递了来自广漠宇宙中这颗恒星的晚年的爆发和几粒逃逸的中微子的信息。

超新星的寿命一般只有 20 天。不过今年的这一颗超新星寿命较长，到今年年底还能看到它的毕竟暗淡下来了的光。估计它的中心可能是中子星或黑洞。

这说明：大仪斡运，天回地转，热胀冷缩，生生灭灭。美丽的宇宙诞生了。但它是有限的，又日趋灭亡。而人还能观测，能探索；还能猜想，并验证之。人能够认识宇宙的兴衰史。人还能做很多的事。人并没有他不能做到的事，只是要给人以时间和条件来做到它们。本文中我没有写人，为的是要写事，写的是理，物理。应说明所有这些事是人做出来的。人做得不错。文学是人学这说法很对也不完全对。《古文观止》就收入了不少不写人的文学呢。

十

自牛顿的《自然哲学的数学原理》于1687年问世，到今已有三百年。世界举行了对《原理》的隆重纪念。

苏格兰人麦克斯韦于1873年发表了他的《电磁论文》，1876年发表了他的《物质与运动》。他的电磁理论被认为是十全十美的。他这理论现在也量子化了，有了量子电动力学。我们现在享受到电的极大便利，可以说以麦克斯韦的功绩为主。对电磁有贡献的人很多，但他的确是总其成者。

自从阿尔伯特·爱因斯坦于1916年完成了他的相对论数学计算以后，他就转移到引力与电磁统一的研究上。1929年自以为研究成功了，发表了一篇《统一场论》，但后来认为不妥，他将它放弃了。他终生为统一场论而努力，最后还没有成功。

1954年杨振宁和美国人罗勃特·米尔士发觉如果要进行部分质子和中子交换时保持原来的对称性，必定会出现新粒子，他们命名它们为中间玻色子。他们二人的规范场猜想一直被人忽略，直到60年代才被哈佛大学的温柏格和国际理论物理中心的萨拉姆所发觉。他们采用了它，加以发展。在这之前，又有哈佛大学的格拉肖做过这方面的研究。三人建立了一个量子电动力学和弱力动力学的统一理论,并且经过实验工作找到了 $W^{\pm}$ 和 Z^0 三种中间传递的玻色子,得出电磁力和弱核力是同一种基本"弱电"作用的不同展现,使爱因斯坦创造的统一场论的猜想向前迈进了一步。

1964年有关强核力的线索也出现了。夸克的研究能否解释强核力？强核力的作用是由约束介子和重粒子中的夸克的红绿蓝色的色力所引起的。夸克的色由胶子传递。有关色力的学问称为量子色动力学。量子电动力学、量子味动力学和量子色动力学,这三者有很多相似的地方。在温柏格和萨拉姆大体完成他们的电磁力和弱力量统一的时候,格拉肖已经提出了大统一场论来,想起电磁力、弱力和强力三种力量统一起来。

最终的目的,最后一步的超统一场就要把引力也统一在内,也要找到传讯粒子,来实现这个超统一理论。目前还没有得到实际的结果。再说一遍,人总是能做出这个超统一场的理论来的,但是得给予时间。而在前述的这一些物理工作中,已经有许多中国人作出了值得我们自豪的相当大的贡献。

(原载《人民文学》1988年第1期)

马 思 聪

马思聪先生曾经并不是用音符,而是用文字,写下了一首《童年追想曲》。他写他母亲。记得他3岁在外祖母家里听留声机,便能跟上唱片一起唱。7岁时他堂嫂在风琴上弹中国曲调,他听后就学会了弹出来。只是他手细,不能弹八度音,他用三度音代替,还比八度音更合乎和声呢。10岁弹月琴,他音乐记忆力特别好,能背出许多首很长很长的粤曲。12岁他大哥从法国带回一把小提琴,演了几个简单的曲子,他觉得太美妙了。大哥说:你若高兴学,带你到法国去学。他认真地说,他一定去。他是一个固执的小孩,以"一定"始就以"一定"终,他这句话很重要。大哥果然带他去了法国巴黎,住在枫丹白露附近。一个女教师在一把旧提琴上,举弓拉了一个A弦,说"这样拉!"马思聪也照样来了一下,说"就这样拉!"一个小提琴名手这样开始了他的漫长生涯。

这位女教师教了他两个月。因搬家到巴黎的东区,换了第二位女教师。她严一些,他每天拉上三小时;半年后又迁居,又换一位老师。后来还换上了第四位女老师,她是毕业于巴黎音乐学院的。一天他冒着滂沱大雨,骑单车去上课。当他站在她家的地板上时,好像有一条河流在流淌,吓得女教师像大祸临了头,问他为什么不穿雨衣。他说这可以锻炼他的身体和意志。这话也反映了他的性格。就在那时他有了创作欲,写过一首《楚霸王乌江自刎》的小提琴独奏曲,还写过一首根据一篇童话写的《月之悲哀》曲,足见他少年时候已能刚柔并济了。

1926年他16岁,即考入了郎西音乐院的高级班,学小提琴、钢琴、视唱和乐理。他参加过一次比赛,弹奏了帕格尼尼的《第一小提琴协奏曲》,得第二名。那时他已感到,郎西音乐院也许不可信任。他跑回巴黎,结识了巴黎国家歌剧院的小提琴独奏家欧柏陶先生。思聪奏一个协奏曲给他听,奏的是拉罗的《西班牙交响乐》。欧柏陶先生听完后说:"你的演奏,表情很好。但是弓法指法,都有误差。"他不得不改从欧柏陶先生学琴,以纠正他那些多么令人恼火的差误,然后琴弹得更好了。

1926年他考入巴黎的国家音乐院。学小提琴之外,他还跟宾南蓬老师学作曲。次年又专门学了一整年的作曲法,1929年他写出了《宋词七首谱曲》(作品第一号)。从开头就是浓郁民族气息而使他属于民族乐派的,他那作曲家生涯便如是发端。

根据他晚年写成的《简历》得知,他从20岁起便开展了一系列创业性的音乐活动。1930年他创立了第一个完全由我国器乐家组成的交响乐管弦乐团,他自任指挥。1931年他创办了广州音乐院,任院长。1932年他受聘于南京中央大学音乐系,直至五年后抗战爆发。1937年他转到广州中山大学执教。以后经历了一次又一次战时的流亡生涯,他挟着小提琴,流浪在中国大地上,开了不知多少音乐会。1939年他经香港、河内到云南的澄江,时中山大学迁校于是。1940年来到陪都重庆,他创办一个国家级的中华交响乐团,任指挥,兼任协奏曲的小提琴独奏家。他在重庆指挥独奏过几十个场次,蜚声于大后方的中外爱乐者之间。(我就是在那个时候和他相认并成为莫逆之交的。)1941年他飞到香港,用他的琴声和他自己创作的浓郁民族风格的乐曲,征服了香港热情的中外听众。这年年底太平洋战争爆发,他经历了香港的炮火,1942年又开始流亡。经家乡海丰,辗转到了桂林,又回到粤北砰石的中山大学。1944年又是湘桂逃难,奔波于桂林、柳州、贵阳、昆明。1945年到重庆、成都,又到贵阳任贵州省艺术馆馆长。1946年飞到上海,建立了上海音乐家协会,又转台北,任台湾交响乐团指挥。然后又回广州,到中山大学执教,兼广东省立艺专音乐系主任。1949年他到了北京。在第一届全国文代大会上,他当选为全国文联副主席和中国音乐家协会副主席。随后作为文艺界的新政协代表,他参加了那历史性的建立中华人民共和国的人民政治协商会议的第一次会议。当时他任教于燕京大学音乐系。1951年他被委任为中央音乐学院院长。多年以来,他已经谱写出很多重要的作品,开创了丰富多彩的一代民族乐风。

继他的第一号作品《宋词七首谱曲》之后,他写了三重奏和《第一小提琴钢琴奏鸣曲》。然后,是那么多的浓郁民族风味的美丽而健康的小提琴曲。如《摇篮曲》(第四号作品),是他自己演出过最多场次的,非常受欢迎的一首,作于1935年。第六号作品作于1937年,名叫《第一小提琴回旋曲》,也是他经常演奏的保留节目,显出了他拥有最美丽的民歌资源,随手便可展出最好的旋律。也是这一年他完成了他最重要作品之一的《绥远组曲》现改名为《蒙古组曲》(作品第七号),内分三章:一、史诗;二、思乡曲;三、塞外舞曲。这是使他享得盛誉的杰出作品。"史诗"奏出了抗战的激情主题。在离乱生活中的"思乡曲",唤起了广大听众的联想。"塞外舞曲"气魄雄健,所受赞赏仅次于"思乡曲"而已。这个组曲有小提琴谱及乐队总谱,流传最广。

他一生有三个创作时期,分别有三个创作高潮。1941年,在躲避日本轰炸的香港防空洞里,我亲眼看见他开始动手写他的《第一降E大调交响乐》,这部交响乐于1942年夏天在桂林脱稿,并完成了乐队总谱,是他的第十四号作品。紧接着他又完成了第十五号作品的《西藏音诗:一、述异;二、喇嘛寺院;三、剑舞》。"述异"正如其标题的涵义是瑰丽而又苍茫的;慢乐章的"喇嘛寺院"哀婉凄绝;"剑舞"气势磅礴。到1943年,他在粤北砰石的大自然环境中,创作了《第一F大调小提琴协奏曲》第一乐章的"鸟惊喧",第二乐章的"昭君怨"和第三乐章的"贺新岁"。这是他的一个极受欢迎的第十六号作品。同时又有两个小提琴曲子:《牧歌》和《跳神》,分别为第十七号和第十八号作品,写于1945年。至此他的创作高潮还未衰退。

接着他给中国人民献上了三部大合唱:第二十号作品的《民主大合唱》于1945年;第二十一号作品的《祖国大合唱》于1946年;第二十二号作品的《春天大合唱》于1947年。这些作品号召团结战斗、歌颂祖国,抒发对新中国的希望与理想,同时代的潮流紧密合拍,正是迎接新中国诞生的群众歌声。

开国前的这个创作阶段,他一共写了22个作品。

去年我有机会到桂林旅游,在市图书馆找到了桂林版的《大公报》。1942年8月29日该报的文艺副刊上发表有我们之间的《两封关于音乐的公开信》。副标题是"论纯粹音乐、标题音乐、舞剧、歌剧、世界性和民族性"。两封信中的一封是我写给他的"提问"。我的问题提法较怪,不值得再说了。第二封信是他写给我的"陈义",他的陈述思路明确,结构严密,如经典性的定义一般,值得在今天再摘录若干章句的。

例如:他说,"音乐直接唤起某种情感,它并不告诉唤起某种情感的原因。""音乐只唤起效果,其来由是不管的。""各人凭着自己的经验、自己的生活去回忆,去发生联想作用。所以一首乐曲的解释是因人而异,而且不可能是同样的。"以上是他对纯粹音乐的陈述。

他又说,"既然音乐唤起联想的作用,于是好些作曲家就想出,不如把思想确定了。于是标题音乐产生了。""可是把标题省略了,所余的仍是纯粹音乐,仍然唤醒个人不同的联想。""我觉得纯粹音乐胜于标题音乐,其原因在于纯粹音乐能永远发生新的联想。"

关于舞剧和歌剧,他这样写着:"音乐加形象:舞蹈。音乐加形象加文字:歌剧。""在我,纯粹音乐是最高的表现。但舞剧、芭蕾舞剧也是被人视为极完美的艺术形式。""在音乐史上,歌剧是尽了最大的诱惑,去把群众领入音乐的圈子的一种形式。""我希望将来能够尝试一下。"他晚年果然实践了他的愿望。然后,他在信中又说:

"让我再给世界性、国民性、个性等关系的范围,单独地说一说。有个性不一定有国民性和世界性,但最高超的个性可能三者都有。有国民性的不一定有个性有世界性,但最高超的可能三者都具有。有世界性不一定有国民性,但可能有国民性又有世界性的必有个性。"这段话对我们今天的音乐界可能特别恰当。

这是距今四十六年前写的。可以说它经受住了半个世纪的时间的考验,这也可提供我们对他自己的创作进行验证。它和他的音乐理论完全一致的。

在40年代里,他曾经为新中国的理想而追求而奋斗,到50年代,似乎都已经开始实现了。身为中央音乐学院的院长,他推进了全国的音乐教育。在教学之外,他举行小提琴独奏会,使他的琴声在全国飞扬。他的弦乐、管乐、声学作品,一创作出来即由中央乐团和其它音乐单位演出,首场还常由他自己指挥。有些过去未能演出的作品如《第一交响乐》和几部大合唱都演出了。他一家子,夫人王慕理,女儿碧雪、瑞雪,儿子如龙,全家住在一所精巧的四合院里。孩子们都学音乐。当父母在家合奏时,孩子们就在大钢琴底下的地毯上倾听或嬉戏。这是我在他家里时常看见的愉快景象。他还在全国各地旅行,除西藏之外,足迹遍于东西南北,各大小市镇城乡。他还时常出国,和世界音乐界人士往来。

那时工作愉快,生活安定,举国形势,蒸蒸日上。他的创作也反映了欣欣向荣的时代气息。1950年他写了《欢乐组曲》(作品第二十三号)、《汉舞曲三首》(作品第二十四号)其中包括腰鼓舞、杯舞和头巾舞的钢琴曲,《第二小提琴回旋曲》(作品第二十五号)。1952年他以充沛的感情和娴熟的技巧写成三首小提琴钢琴曲:《山歌》(作品第二十六号)、《春天舞曲》(作品第二十七号)和《新疆狂想曲》(作品第二十八号)。到1953年,他升上三个创作高潮中的第二个。这一年之内写出了一部《淮河大合唱》(作品第三十号)、一部为郭沫若的诗剧《屈原》谱写的戏剧音乐《屈原剧乐》(作品第三十一号)、一部钢琴曲《粤曲:一、羽衣舞;二、奔马;三、狮子滚绣球》(作品第三十二号)。还有简直像喷泉一样迸发的四首小提琴曲:《跳龙灯》、《慢诉》、《跳元宵》、《情歌》(作品第三十四、三十五、三十六、三十七号)。这个高潮到1954年还保持着,他又创作出一部交响乐诗《山林之歌》,为作品第三十九号,分五个乐章。一、召唤,像屈原的《九歌》中的山鬼在召唤他的恋人。二、过山,恋人穿过猿声啼不住的山林,过山而来。三、恋歌,情人们从日落中对歌到深夜。四、舞曲,山地人的舞蹈,粗犷而神秘。五、夜,月华升上山来,树叶瑟瑟做声,然后一切安息了,一切复归于寂静。

这以后的两年,他没有出作品,到1959年他拿出了一部《第二交响乐》(作品第四十三号)来。这部献给国庆十周年的交响乐描写了中国人民经过无数次的起义斗争到最后取得胜利。一共四个乐章,一、快板,二、慢板,三、快板,四、终曲;但不间断,一气演完。这部交响乐当年由他自己指挥在中央乐团演出,还灌了唱片,我现在还保存着这张唱片。

然后到了1960年,他完成一部《A大调大提琴协奏曲》(作品第四十四号)却就从此沉默了。

这第二阶段里,他共创作了二十二号作品。

他沉默了十年之久。为什么我们的音乐家沉默了这么长的时间？沉默了，就无法知道为什么。如果能够回答，他就不会沉默。但是后来我们不也是一样，沉默了十年之久吗？基本上是一样的原因，不过他比我们大家更敏锐地感觉到了有沉默的必要。他比我们早了五年，可也不能搭救他。不过五年之后，渔阳鼙鼓动地来，那吵闹喧嚣的"文革"就在1966年发生。这场大悲剧替他，也替我们做了回答，做了说明。难言之隐，无言之痛，所不同的只是，他不像大多数人那样服服帖帖，听任摆布，而是像一只似乎柔弱的不驯的夜莺远走高飞了。

我和他在40年代中是往来迩密的知交。50年代各忙各的了，遂隔行如隔山。60年代前半期我离京迁往武汉，我们中间就隔了一道黄河，60年代后半期，他去国出走，更隔了一个浩瀚的太平洋。直到80年代才又通上音讯，到1984年才有机会，我到费城又和他会了面。于是我知道了他是如何自我放逐的，如何在70年代初就又在琴弦上、在乐谱上，响遏行云地歌唱起来。1970年又恢复了音乐生涯。1972年进入他第三个创作高潮，那年他和马如龙一起拉他的《小提琴二重奏五十首》（作品第四十六号）。用女诗人马瑞雪的诗，谱写女高音独唱曲，一首《家乡》（作品第四十七号）和一首《热碧亚之歌》（作品第四十八号），在台湾演唱了，尤以后者博得热烈的欢迎，简直轰动了。1973年，两个作品，《阿美组曲：一、春天；二、寂寞；三、少女；四、月亮；五、山地舞》（作品第四十九号）和《高山组曲：一、祭神；二、芦笛酒歌；三、战舞；四、咒语；五、收获》（作品第五十号）都以台湾民歌为主要旋律，都在台湾演出了。然后他专心写作一部"音乐加形象"的芭蕾舞剧，开始于1971年，花了七八年功夫来写和修改。取材于《聊斋》的同名小说，三幕42个曲子的《晚霞》（作品第五十五号）完成于1978年。在台湾演出时，曾改名为《龙宫奇缘》。我看过它的电视录像片。演出的盛况是空前的。

1980年他完成了《第三小提琴回旋曲》和《第四小提琴回旋曲》（作品第五十六、五十七号），接着完成了《A大调钢琴协奏曲》。它以云南民歌为主旋律，五易其稿，是为第六十号作品。稍后他投身于"希望将来能尝试一下"的大歌剧《热碧亚》的创作。剧本和歌词是马瑞雪创作的。他是反复地修改，父女二人合作得很好。就这样，马思聪完成了一部以新疆民歌为主要旋律的歌剧，作品号码第六十一。这是他的最后一号作品的天鹅之歌。正是这部作品使他积劳过度。甫告完工，就进了医院。最后手术无效，不幸病逝。因而他久已准备就绪，本来即可开工谱写的另一部大型歌舞剧《九歌》便成了未竟的遗志。他再不能完成这个和其它的许多计划了。

这样在他第三个创作阶段里，他写了十七号作品。

他一生一共写了六十一号作品。我本来以为他的作品目录是可以达到一百以上的数目，但我们国家动荡不安，政治生活更多变易，致使文化事业遭受屡次的干扰。开国以后，极左路线对文艺事业无穷无尽地横加干涉。"鸟惊喧"早变成"鸟惊弓"。因此，和西方的那些音乐大师的作品目录相比较，他写得可是少得多了，他当然是会写得更多的，如果没有这些那些干扰和干涉。但是他还是写得比任何其他的中国作曲家多得多。不说早夭的聂耳，或寿命也不长的冼星海、黄自，都只写了歌曲大合唱和几部交响音乐，而长寿的赵元任也只有几十支歌，他另有专业。

我们的音乐界、音乐评论家，对我们自己的作曲家可以说一般地都不怎么热情。文艺界里懂音乐的人也并不很多。1941年在香港我组织过一次音乐沙龙，请马思聪为二十来个文艺界名流学者演奏他自己的作品。其中有大作家茅盾。演完以后茅公谦逊地说自己并不懂音乐。而茅公开国以后就当了十多年的文化部长，并且是非常称职的。我和马思聪在通讯中谈论过一些问题，也向他索取了创作的目录。他给了我一份英文打字的全部目录，他说他们是空身出来的。大部分作品来美国后在国会图书馆里找回,有小部分可能已遗失。"生逢乱世,我们国家音乐出版又不发达,能保存这一些,也许算幸运了。"他还再次回答我的提问说,"追求我们这伟大民族最美的声音这个高目标,一定努力以赴。至于驰誉世界,就难说了。这当中有极其复杂的条件和机缘。拿巴赫来说,他是死后一二百年才驰誉的呢。"

但我需要指出,马思聪的全部作品是真诚的,是他的感情的结晶,心血的凝聚,爱国的证件,历史的纪录,珍贵的遗物,价值连城的国宝,壮丽的精神财富,汉民族文明的一座高峰。这些作品中必有一些将传至千秋万代,这些不朽的作品,也就是他永生的灵魂了。

我总有一种感觉,他并没有离开我们,我们拥有他的唱片、录音匣子和一些乐谱,就像他还在,永远在,在远方。

(原载《人民日报》1988年5月22日)

袁庚的二三事

文章的效率不在于说服人，而在于给读者以狂喜。古人有云：崇高的风格，到了紧急的关头，就会像宝剑出鞘，全部力量，在一刹那的闪耀中显示。"效率就是生命"，洵然。然则，这虽是我想望的事，却无法去做到的。

去年3月，春分时节，我第二次访问了珠江口的招商局蛇口工业区，想再去见一见袁庚先生。事先约好了。他当时答应接见我们，还派了车前来接我们。在车子把我们接送到蛇口的一家名叫美伦山庄的幽静宾馆时，我们看到袁庚先生已经坐在咖啡厅中，等着我们了。

我一开口就询问他，过去我听说过的，有关东江纵队这个抗日游击区的一个故事。我听说那个"港九支队"，已从东洋人的手里夺回了香港和九龙近旁的不少地方，建立了许多地方政权。当时有"如此如此"的一个动人的传闻，听了至今未忘。他欣然地说道："是的是的，有你听说过的这些事。"于是，他概括地回答了我向他提出的一些问题。

袁说：时光倒流五十二年，也就是1941年冬，日本发动了太平洋战争，不久就占领了香港。当时中国共产党领导下的东江纵队的港九支队，就在同时秘密进入了港九新界离岛。但他们的兵力，相对于日军来说，还不足以夺回港九的大部分地区，可是却已起到了极有力量的"游击"的作用。

直至五十年前，1943年的11月，盟军在太平洋战场上，已占上风，到了进行越岛反攻的时刻了。美国、英国、中国，三大盟国的首脑，乃在埃及首都举行了一个历史性的开罗会议。在那个会议上，美国总统罗斯福曾向出席者的英国首相邱吉尔和中国政府的委员长蒋介石表示：美国将同意于战胜日本之后，有条件的将香港主权，归还给中国。

当时，邱吉尔是无论如何也不能同意罗斯福的话的。他坚持着反对了让出香港的意见。通过宋美龄当翻译，蒋介石和邱吉尔为此而发生了一场激烈争论。那时罗斯福生怕开罗会议形成僵局，致使打败日本法西斯的主要目标不能达成协议，竭力从中进行斡旋。他提出：香港地位问题，不必先行规定，他建议，只要求三方能共同肯定这一点：即在对日作战的胜利的时刻，可以由那时最接近于香港的盟国军队出面，来接受日军的投降。

因此，开罗会议的正式文件中只是笼统地规定了："三国之宗旨，在于剥夺日本自第一次大战以来所夺得和占领的太平洋上之一切岛屿，在于使日本窃取之中国领土，例如满洲、台湾、澎湖列岛等，归还中国。"其中，并没有具体地提到"香港"的字样。然而会议仍在它的没有公布的附件中，有着"可以由最接近香港的盟国军队，来接受日军的投降"的这一点，是记录在案的共同的谅解。

事实上，当时最接近于日本占领区的香港的盟国部队，就是广东省人民抗日游击队的东江纵队的港九支队。因为太平洋战争爆发时驻守香港的英国军队已被日军击溃，军官被囚于赤柱的集中营中。日军宣布投降时，最接近香港的英国军队是远在缅甸的远征军。中国国民党军队，也困守在"峨眉山"地区里。而东江纵队里的"港九支队"，却就在香港、九龙和新界一带活动，曾有许许多多神出鬼没的军事行动,狠狠地打击了东洋鬼子兵。对此,日本的《读卖新闻》也曾这样哀叹地说:"日本进军华南以来,除受到蚊虫的袭击之外,只有中共领导的游击队,才是真正的对手。"

被囚禁在赤柱的英国军官,有过两次越狱逃出香港的行动。他们后来都由东江纵队营救出险,人数多达98名。其中有一位赖特上校,在到达桂林之后,曾经由英国国防部批准他,在桂林成立了一个营救战俘的机构,叫英军服务团;另有一位港府要员,名叫祁德尊,那时也出任驻在惠州前方的办事处主任,和东纵一起,并肩做了许多救援英军和盟军人员的工作,并互通军事情报,做了其它的有利于盟军作战的活动。

此外还有一个美国第十四航空队的中尉飞行员,名克尔,是在一次空袭启德机场之时,他的战机中弹,被迫跳了降落伞。幸遇港九支队"小鬼队"的营救,在一个山洞中藏匿了一个月,最后被辗转地护送到了桂林。

克尔中尉乃将经过情况详细报告美国常驻昆明的第十四航空队队长陈纳德。经陈纳德向华盛顿请示,美方同意他,可以与东江纵队合作。东江纵队请示中共中央,延安也复电同意。当时美国正派出以包瑞德上校为组长的观察组到延安,就在同时又派出以欧戴义少校为组长的观察组到东江纵队。东江纵队为此建立了一个联络处,由东纵的一位袁先生任处长,主管广东沿海及珠江三角洲敌占区的情报工作。

这个联络处不仅给予美国空军以许多包含了广泛内容的精确情报。还有一次,为了要看到所提供情报是否精确,并要了解美机轰炸的实际效果究竟如何,联络处的袁处长曾潜入香港,在启德机场背后的山上,从隐蔽之处观察现场,目击了轰炸的实况。当天,天气晴朗,视野开阔,山下一切,历历在目。只见美机飞到后,先是将在鲤鱼门那儿的用高射炮火猛烈射击美机的炮台炸掉,然后将海上的几艘巡洋舰炸沉,又将机场上的日机全部炸毁。那时日军已乱成一团了,救火的不救火,逃窜的乱逃窜……

后来他们又特别在美国海军正在计划的,要选择出一个盟军在华南登陆的地点来,在这方面作了很多的工作。美国海军甘兹上尉,持陈纳德介绍信,率一个6人小组来到东纵,想在大亚湾和汕尾之间,勘测一个适合美军登陆的滩头阵地。联络处为此派遣小组陪同他们,沿着漫长的海岸线进行工作。原中山大学的学生黄康被编进了这小组。他发现日军在汕头两岸及东山岛屿,筑有洞穴工事,乃一一绘制成图,以供参考。当时欧戴义少校的观察组,被命名为安全保密组,隐蔽在罗浮山北的一位党员家里,设有电台,可直接与第十四航空队乃至与美国太平洋舰队总司令尼米兹上将直接联络。情报组织的规模,在这段时间里迅速地扩大了,人员发展到二百多,网点纵横交错,遍布敌军心脏。从潮汕到珠江的西岸,整个日军占区,均已为我们渗透。因后来在广岛和长崎两处投下了原子弹,战局乃急转直下,整个登陆计划没有付诸实现。但所有这些活动,已使美国的陈纳德将军和欧戴义少校,在写给东江纵队司令员曾生将军的信中说:"东纵联络处是美军在(注:抗战时期)东南中国的最重要之情报站。"

另一封电报中还说了,"经过袁先生的部门所做的情报工作是有最显著的成绩的"等等。此中的动人事迹很多。当然,不必在这里详细叙述它们了。

1945年8月,日本无条件投降。八年抗战,最终取得了最后胜利。那时在重庆,曾有少数人听说到一则从八路军办事处传出来的讯息,说到香港政府的一批英国官员,在沦陷期间是作为战俘,被囚在集中营中的,共关了三年八个多月。他们听到日本投降的喜讯后,随即被释放出狱,恢复自由。但在这样的突然到来的大变动面前,他们简直是手足无措了。他们因不知道该如何来掌握和应付实际情况,如何来组织和接受日军的投降,又如何来重新整顿和恢复这个被强占和被污辱了的岛屿,而感到相当的狼狈不堪。

实际上,当时的香港、九龙和新界早已是东江纵队的囊中之物。这支队伍在日寇占领期间,是因一个传奇人物刘黑仔而著称的一支人民武装。它不仅单独抗击了日军,并且早已在这地区建立了地方政权。它本来是完全可以勒令日军投降,并轻而易举地执行日军向他们投降的任务的,就此来接管整个香港。但因中国正面临着发生内战的危机,毛主席已飞往重庆了。对于历次国际会议所制订的协议,中共七次代表大会所表明的态度,是极其尊重的。为了慎重起见,他们正在待命,而没有立即采取行动。他们只是严密地监视着日军,并且主动地维持着地方治安。

不多天后,从缅甸战场上归来的英军,命海军陆战队的旅团长夏壳少将,率领了一个营的兵力,赶到了香港。他们终于在9月19日,举行了受降仪式。这样英国再次接管了香港。

但是夏壳终究是一个军人,而所带的武装力量是非常单薄的。在接管之初,立足未稳,兵力不足。治安上便出现了真空,使他们感到岌岌不安。

9月下旬,夏壳派出他的上尉参谋为代表,到沙头角和港九支队接上了头,要求会见中方代表。经中共中央同意,委任原联络处的袁先生,为首席代表,来到香港。会谈地点,就在九龙的半岛酒店7楼英军总部,在夏壳少将的办公室内。

当年重庆的八路军办事处传出的消息说,双方会面,英方表示热烈欢迎,彼此谈话,丝毫没有外交上的繁文缛节。夏壳少将是军人,说话坦率,寒暄以后,即设宴招待。宴会是非常之庄严和隆重,完全用英国皇家传统惯例的一套仪式。英方出席人员,除军人外,包括侍者在内,都穿着燕尾式的礼服。半岛酒店本是香港第一流的豪华酒家,那种气派,在战争年代里,是绝对地罕见的:一律高背皮椅，雪白餐巾，摆设着耀眼的餐具，斟酌各种西洋名酒。不用说灯火辉煌，但又庄严肃穆之至。当时在重庆的传说，十分细致，一些细节和谈话内容，被描写得活龙活现。

按照中共中央的指示，港九支队由袁先生，以上校的军衔，前去赴宴。就在筵前，在一个恰当的机会里，他开诚布公地向英方说出："港九支队业已奉命撤离防区。"

没有料到，此话一说，英方显得非常之紧张。一边耸肩表示失望，一边避席而起。在他们交头接耳了一番之后，由夏壳少将，以无可奈何的表情，坦诚相告：正是由于事前无准备，他个人对港九情况诚知之不详。他仅有从集中营中释放出来的政府官员詹逊先生和原卫生署长司徒永觉先生，提供了一些信息和意见，他对于港九管治，尚无头绪。况且抵港英军，兵力甚少，事实上一直在依靠港九支队的协助来维持治安的。想不到港九支队会这么快的，奉命撤出。不知可否请求他们缓撤？并请求已撤的返回原地，以免地方治安出现令人觳觫的真空。

袁先生说，他们已正式发表了《告别港九同胞书》，目前再要改变这个撤离的命令，已经是不可能的了。但是在港九市区之外的新界地区，在战争期间，村民已有向来习惯了的守望相助的传统，那里的乡村政权都有自卫的武装，故治安可告无忧。英方是完全可以放心的。

这最后的一点，这位新任的军政府总督表示感谢，后来他们与新界离岛地区的抗日政权是一个一个地都接上了头的。他那边赠给了他们枪支、弹药和财政补助；他们这边也帮助了香港政府，解决了真空时期的困难。会谈中，谈到了我军需要设立一机构来处理我单独抗击日军所致成的伤亡、抚恤等善后事宜，夏壳少将一口答应。后来我方选择在九龙弥登道172号Chantclair（雄鸡）饭店上的二三楼为东江纵队驻港办事处。在建立时举行酒会，夏壳少将亲来参加。东纵北撤后,这个办事处后来由乔冠华接替,因而改名为新华社分社,这个名称就是这样来的,一直沿用到今天,正好半个世纪了。想当初这样的真纯友好,哪料到结局会如此之不愉快的,未免令今日尚在人世之人深感遗憾了。

以上所说,正是五十年前的旧话了。夏悫少将,后来是英国海军元帅。再巧没有的事,东纵的曾生将军,后来也担承过我国海军司令。

那么,那位袁先生后来怎样了呢?

在五十年后,我终于在充满现代风光的,深圳蛇口工业区里,三次会见了这位袁庚先生。他已是我国当代的一位现代意义的企业家。他是中国香港招商局的副董事长,也是被称为"中国开放改革的试管",或"中国社会转型的试管"之蛇口工业区的一位倡议者、创建者、董事长。如果在这里不用什么逻辑思维,而用一些形象语言的话,可以说,他就是创作出中国经济大革命的黄钟大吕的,作曲家、指挥家、独奏家,他们从澎湃的和声和复杂的对位中,共同演出的,是蛇口协奏交响大乐,现在第一乐章的序曲刚刚奏罢,第二乐章正开始。

在谈完了前述的事件时,我曾问他,当年港九支队的联络处处长的袁先生是谁呢?是不是你?他说,是的,就是我。

我又问,有没有半岛酒店这谈判一事?他说,有这样的事,前去的谈判代表也就是我。

他对我表示,我曾听说的事,全都确实。我说,那么我想要问你一些细节,可不可以?他说,也没有哪些细节可说的了,传闻免不了有些出入的。时间那么久了。没有什么关系,基本事实都是对的。

我说,我当年听说了传闻,不觉兴会无前。现在才找到了你,得以证实了这些事,格外高兴。细节你想起了什么来就说,想不起来,就算了吧。我要问你下一个问题了,你怎么后来进入了招商局?又怎么从而想出来,要建设一座现代化的港湾城市,即蛇口工业区的?

于是这位从青年时代起就当过外事联络处长,经历过一番壮丽生活的袁庚,轻描淡写地,说起他后来的事情来了。他是东纵活动地区的当地人。他是1917年,出生在广东省宝安县,大鹏湾水背村的;毕业于广州广雅中学;以后他进了燕塘军校,即后来改名为国民党中央军校的那一个分校。从军校毕业后,他回到家乡去当了第一小学的校长。那时,抗战开始,他参加了救亡运动。

就在这时,他加入了共产党,即被国民党注意,乃转移到游击区里来。直至太平洋战争爆发,香港沦陷,这样给了他一个机遇,来干前述的联络处的那一番事业,直到抗战胜利。

然后,中国的一场内战,不幸而大打起来。他又随着部队,上了战场。他被编入第三野战军,参加济南战役和淮海战役。到了1949年的10月和11月,作为中国人民解放军两广纵队的炮兵团团长,他又返回家乡,打回老家来。解放了伶仃岛、大铲岛、三门岛和万山群岛。在解放大铲岛时,他的司令部就设立在那时是宝安县的,即现在的蛇口工业区近旁,南头市的一座楼房中。当年为他的炮兵团驾驶机帆船,潜入大铲岛的渔民,如今还在蛇口的港湾村里,不过这位老人已经不再是困窘的渔民了。他已发迹起来,成了一个大大的富裕了的企业家。

开国后,50年代初,这位很有经验的情报专家曾被派到越南,在陈赓大将率领的中国军事顾问团中工作,担任了正在进行抗法斗争的,越南人民领袖胡志明主席的军事顾问。

当1955年,在印尼的万隆召开的国际会议时,他已是中国驻雅加达领事馆的领事。当时发生了出席万隆会议的中国代表团所乘坐的专机"克什米尔公主"号被炸毁的事件。他和他的同事们,为周恩来总理的安全,在雅加达奔走,熬过许多的不眠之夜。他在东南亚等地的十多年来的外交生涯中,自然是再合适不过地发挥了他的多方面的长处。他这时已成了一位精通亚洲太平洋事务的专家。

但是,不容易理解的极大怪事,突然地闯进中国大陆,无产阶级文化大革命发生了。这事可是太荒诞了,现再回头看它,简直莫名其妙,真无法说明它了。简直是完全不能想像的,功勋卓著的革命家一下子变成犯有了滔天罪行的反革命。国家主席和中国共产党总书记带头受到批判。下面的人,还能说什么呢。被激动起来了的年轻的红卫兵,很快发现了美国空军第十四航空队陈纳德队长写给曾生将军的函电,其中,曾经称赞东江纵队联络处是"美军在中国东南最重要之情报站"(见于1945年的8月17日函),还有对于袁先生的赞扬话:"经过袁先生的部门所作的情报工作是有显著的成绩的",以及"对于你们曾做过的工作,我们感到极大的满意,请把我的深切的情意和尊敬向袁先生及他的工作人员表达",还说什么"这赞扬与真诚的尊重已属于你及袁先生所建立与管理的优良组织,对于这些,没有一个赞扬的字,是多余的。"(见于1945年8月17日电)

像这样的话,在"文革"当时,完全足够于给他戴上一顶美国特务的大帽子了。在反法西斯斗争中的勇猛拼搏,忽然间(真是莫大冤屈!),变成罪该万死的重罪了。红卫兵"小将",好像"做家家"似的进行调查,还非常之关心细节。可惜他们还学到了私设公堂,甚至还动用刑具,严刑拷打,搞逼供信这一套。他们要袁庚交待他给美国、英国这些盟国,所做的情报工作的全部具体内容和细节。但是,他们先入为主地提出无理要求,永无止境地诬陷,非达到目的不罢休,非给你戴上间谍特务的帽子不可;他们说,决不放走一个

"坏人"。

他冷静地回答他们说:他的工作,大都涉及国家机密,必须请示中央。中央批准了,让他说时,他才能说。

最后,这些红卫兵就把当年《华商报》和其它报刊上公开发表过的资料找出来,写成材料,上报"中央文革"。那里有个大大的奸臣,叫康生,见到了很高兴。他太喜欢这样的材料了,这是可以拿来诬陷、暗害周恩来总理的材料。康生阅后,即在这材料上写下批示:要立即将袁庚逮捕,并将袁庚,与曾生将军同案办理。

1968年4月18日,在他的工作单位里,中央调查部一位部长,向他宣称:"袁庚,你被捕了。"两个公安部的人员当场将他架走。下午,在全机关大会上,部长又当众宣布:"袁庚是美国特务,已经依法逮捕。"

他被幽禁在如今已很有名气的秦城监狱里,受到惨无人道的、无比残酷的折磨。他家里的人都不知道他人在哪儿,家里也照样被抄了,夫人和孩子都受到歧视和虐待。一共被关了四年多之后,才允许他家里的人前去探监。直至他被关了五年又五个月十二天之后,才终于在1973年9月30日,获释回家。那时虽然什么事儿也没有了,可是他已被摧残得心衰力竭,连他的声带都已萎缩到说话都没有声音了,两条腿上的肌肉也都萎缩得走路也走不得了,一个本来魁梧、健壮的人被迫害得连家里人都认不得了。他住进了医院,光治病就治了一年多,然后回家养病,养了两年,这才终于疗养过来、调理过来了。真是一场噩梦,不是梦而是真实的折磨!

病好以后,他被分配到交通部外事局,当副局长。但这期间,他的心理上却已发生了微妙的变化,他曾经回到大鹏湾故乡探亲。出乎他意外,家乡荒凉、穷困得使他震惊。怎么解放二十多年了,故园还依然这么落后、贫苦、闭塞、愚昧?他那时的工作要求他在全球旅行,他到过几十个国家去签订一系列的海运协定。他见识越广,越是困惑。他感到十分的烦躁不安,心中隐隐约约地集中到一个强烈的意念上:有朝一日,他一定要改变家乡的面貌。他再也不愿意照老样子来做外事工作了。好不容易挨过了一段时间,最后他还是写了辞职信,要求调换一个工作岗位。

正好在这个时候,香港招商局公司的内部在发生"窝里斗",不时争吵,从海内外,一直吵回到北京的交通部里来。公司内部的两个派别:一派是远洋轮船公司的"远洋派",一派是长江航运公司的"长江派",他们互相闹不团结,谁个也不肯让步。一吵闹,什么事也办不好了。部里正要派人前去调解一下。正好袁庚来找到。交通部叶飞部长想到,可以请他出马,去香港走一趟,了解招商局的实际情况,研究一下今后这家公司如何管理和经营的问题。

时在1978年8月中,他和一些人同去了一趟香港。离开那里不觉已近四十年,他禁不住感慨万端了。他想不到那个蕞尔小岛已经繁荣起来,到了不可思议的程度。他看到就在"文革",他受批斗、被幽禁的期间,而那五颜六色的世界里,却发生了另一种样子的巨大的变化。

他一共只呆了两个月,看清楚了畸形发展的香港及其更大的发展的前景,和他在招商局里看到和感到的困惑处境、穷途末路这等表面情况。但又在它的底层深处,他却看出它依然保存着这家古老的企业的"既渗透着深厚的睿智,又闪烁着理想与活力"的实质。情况已了解清楚了,他们十分激动地写出了一篇报告书,提出了他们的一些非常具体的看法,供给部里参考。

他没有想到,交通部党组竟根据他们的报告,起草了《关于充分利用香港招商局》的一个文件,其中他们这样地陈述着:

"我们认为:充分利用交通部香港招商局,以加强我在港澳的经济力量与发展远洋运输事业,是极为有利的。

"根据过去的经验和今后的要求,我们认为今后的经营方针应当是'立足港澳,背靠国内,面向海外,多种经营,买卖结合,工商结合',争取五至八年内将招商局发展成为控制香港航运业的综合性大企业。

"我们应当……走出门去搞调查、做买卖……

"进一步发展一批中小型现代化工业和其它工业企业;接受来料加工、装配业务;就地引进新技术、新设备和装配线,聘请专家、技师,为国内培训技术和管理人员;兴办现代化建筑公司……

"开辟班轮航线……增添一批新船……收购超龄轮船……

"增设浮船坞……兴建集装箱码头;积累经验;购进或卖出与航运有关的港湾、房地产、仓储。"

多么平淡无奇哪。现在看这些话,是有点平淡无奇的了,但在当时国内是没有人讲过的,也是从没有人敢讲的,是最新鲜的,却又最激动心灵的。他不知不觉被自己的这股漩涡卷了进去。当时,他就想到应当自力更生,不向国家要投资;可以就地筹集资金,采取"滚雪球"的办法,来扩大业务;如果招商局业务中的净收入,能从1979年起留用若干从事业务活动……等等。在当年的这些想法似乎都只是想想罢了。会成事实吗?

没有人想到,"文革"以后,竟大不同了。这些意见,经过交通部研究整理后,送到了国家领导人那里。真正想不到,1978年10月9日交通部提出的这个《请示》,三天后,10月12日,由国家领导人叶剑英、邓小平、李先念批准了。

这是空前的大事,是中国经济开放改革之初的第一个实质性的文献。

招商局,这个一百多年的古老的企业,即将注入新思想和新血液,而从此新生了。它能否激发出弥天的精力,来创造出巨大的财富?想不到,紧接着,就在六天之后的10月18日,袁庚被任命为香港招商局副董事长("我就这样进了招商局啦。"他这样回答了我的问题)。

事情往往这样,本来与他是不相干的,只是出于偶然的因素,而发生了一点点接触,从此被这么一股力吸住,一个漩涡卷了进去,他再脱不了身。但他们是一批人,他们欣然带了新的方针赴任,来到了香港。

11月1日,改组了的招商局的新班子,在盛大的招待会上,被介绍给中外人士见面。接着,香港招商局就购下了中环的干诺道上的一幢24层的商业大楼。从这个月起,它又向日本两家造船厂订购了第一批滚装船11艘,开始了这样的巨额的交易。

12月,香港招商局决定建设一座工业区,开始实地察看。他们本来想在香港建设五个为航运服务的工厂:货箱(集装箱)制造厂、钢丝绳厂、玻璃纤维厂、拆船厂和氧气厂。但是,因香港地价很贵,寸土尺金,而且劳动工资、银行利息很高,因此在反复分析研究后,改为把这一个工业区建立在宝安县境:或沙头角,或大鹏湾,或蛇口,既可以充分利用毗邻港澳的土地和劳力,又可以利用香港和外国的资金、技术、图纸、专利,甚至全套设备。12月24日,他们已初步议定,可建工业区于蛇口。这个任务就具体地落到了袁庚肩头上。大鹏湾的儿子真要回家乡来了。

1979年初,曙光照耀了珠江口的蛇口。1月5日,交通部又请曾生同志审批招商局专家们起草的一个文件的草稿。6日,广东省刘田夫省长等,也审阅了草稿,作了点修改。8日,招商局又派建筑公司人员到蛇口,进行地形、水文、地质等测量工作。9日,草稿定稿,作为正式文件付印,并盖上了省委印章。10日,专人启程赴京,由叶飞部长会签。加盖交通部印章,然后呈报国务院,并报党中央。这一份《关于我驻港招商局在广东宝安建立工业区的报告》,最后,展开在中共中央副主席兼国务院副总理的李先念的手上。

这月末的一个上午,李先念副主席、谷牧副总理听取了专程来京的袁庚等的汇报。袁庚汇报到,要把香港的有利条件和国内的条件结合起来运作时,李先念立即说:"现在就是要这样做,不仅广东省要这样做,上海市和福建省也要这样做。"

当袁庚汇报到,要在蛇口划出一块地,作为招商局工业区用地时,李先念表示:"给你一块地,可以,就给你这个半岛吧!"(按:指南头以南的半岛)他当即在一张明细的地图上,画上了线作为标志。

多好啊!

这时,袁庚却说:"不要这么大的地方!两平方公里足够了。"

他说得这么轻松。后来他到手的就是2.14的平方公里,那个南头以南的半岛(现深圳市南山区),是袁庚自己婉谢了,没有收受的。事情这样定下,成千上万的发动机便轰隆轰隆地争先恐后地轰鸣着,飞速地运转了起来。

应怎样理解这一瞬间变化?这是怎么的一个得失呢?有人认为这是失,他们认为如果当时袁庚接受了南山半岛,今天可就大不一样了。但这得失问题应作如是观:有得必有失;有失亦必有得。世事无不如此。但这一例,是否失之较为多呢?也许是失误吧?未必!这一例说明:宁不及,亦不可过。过犹不及!而且贪多必失,贪小尚且失大;只有恰如其分,才能恰到好处,而得到的,方始是最合理的,最恰当的。一个招商局应当取得的是多少?他要求的,和他取得的,不大不小,不多不少。只是一个试验的机缘和条件。他要取的只不过一支透明的玻璃试管,其中将装有珍贵的成果,有如粉末似的胰岛素的结晶的试验成果,或者如用沉沉的铅防护着的微微发光的镭元素那样的东西!

当时谁也没有想到,蛇口后来的发展真是那么快的;无非是规模小些,容易干得更快些、好些、管理得也更有效些。转眼间,五年、十年过去了,到今年(1994年)正好十五年。两座海港码头(蛇口港和赤湾港),一个崭新的现代城市(招商局蛇口工业区)都建成了。从略有规模,它已进入到大发展的前夜。想不到的是:这一段时间内,有紧跟在后面并蹿上来并肩前进的一个成为中国经济特区的、首屈一指的深圳市,然后,簇拥着赶上来的,有如雨后春笋似的一连串的沿海城市,和星罗棋布似的一大片一大片的内地城市,与那么众多开放改革的经济特区啊!一个个的有徐有疾地,随之升起,都比蛇口大。蛇口也扩大了一倍多,但还是很小。惟蛇口之小也,才显出它的效率格外地出众。至今蛇口还是那么点大小,它却在健康地成长,它一直是茁壮的、鲜艳夺目、小巧玲珑的。而整个国家的事业就这样无限地蓬勃地在成长和发展起来。

1994年2月,我第三次来深圳蛇口。深圳市近来可繁荣了,华侨城、深圳大学、南山区,鸿飞连翩,和赤湾港、蛇口港已联成一片。那些地方发展得太快。市音、器声,到处是工地似的火热的劳动;人群往来,气氛紧张。一路上看到的变化,叫人目不暇给。

当我们的车驶进了蛇口工业区的牌坊底下,便有格外浓绿的林阴道,大片绿化街区迎上前来。忽见红棉盛开,姿首矫健。行人稀少,寂静回到街头。蛇口显然是极安静、清丽、舒适的。一条眉月似的蓝色海岸和金色沙滩所袒露的是现代化的芬芳、高科技的感觉与情韵。一条成为娱乐场所的巨轮"海上世界"泊在岸边。一个公园在其旁,五星级的南海酒家近在其侧。微波山上,可以纵目四览,全区布局井然,高雅而含蓄,出自大手笔下。到处交通都无堵塞。似是一个怡人的旅游点,它实在是工业区,有打工妹,也有机械手,看不见游民;多的是白领。不是商业区,有商场、免税商店,应有尽有。高层楼榭不是很多,天空线的分布合理。纯粹都市风景,色调明亮,依青山、傍绿水,空气芳洌,入夜灯火明灭,绚丽、幽雅。它富有,有文化,并不浮华,青春四溢,好学成风,人人精神焕发。

更北边儿的蛇口港,码头总面积20万平方米,已是中国目前经济极活跃,极富有生机的地方。世界上的集装箱大船无需候潮,可随时靠泊。更北边又有一个赤湾港,好风水。目前每年的吞吐能力,已跻于全国的最前列中。真是弹指一挥间,十五年过去。我们已跳过了人们早就盛誉赞扬过的快速的建设过程。只须这样扼要叙述一下,它今日的风貌就可以了。

我被安置在龟山别墅,那里特别安静。旧地重游,心想这次又有机会可以见到袁庚先生。已听说他退出了蛇口工业区的董事长职务,那么他应该有更充分的时间来和我畅叙幽情了。我刚到下榻之处,他就一阵风似的来了。只和我说了一句话:"十一点半我再赶来,和你一起出去吃饭。此刻却不能留下来陪你了,要去参加一座高层大楼的奠基仪式,去剪彩。"

我看他身体很好,神采奕奕。显然,担在他身上的负荷,似乎还并没有轻松下来。过了两个小时,他来接我到明华中心的餐厅赴宴。虽然我就坐在他旁边,而同桌的显要的人士很多,重要的话题也很多,听得开心,我们竟没有能说上几句话。

看来他还是忙得够呛。以至又过了五天,他才有时间再来。他还是一阵风似的,奔驰到我的下榻处。但坐下来寒暄,只三五分钟,就有个电话追踪他来了。他对着话筒说了好些话。才挂上,刚和我说了些话,电话又打过来了,说是还要来看他。他总算推掉,把电话挂了。就拉着我们出门,还说:我们必须赶快外出,换一个地方去谈。他邀我们去南海酒家的8楼小酌。当我们在高楼上,明窗下,面对茫茫苍苍的辽阔大海,喝着爱尔兰咖啡时,我们终于能够敞开胸怀地谈起来。

我问他,只这一个第三个问题:你现在如何看待十五年来的蛇口变化的。他说:"我发现蛇口好像一座迷宫。"我听到此言,大为吃惊。想了一想,竟有点明白了,然而还是不太明白。但觉得他说此话能启发人,可以引人,发为深思。

世界上最早,最有名的迷宫是在希腊的克里特岛上。至今还在,已是一个旅游胜地,那是纪元前一千多年的神话,传说它是用来幽禁一个牛头怪人的迷宫。若没有导游人的话,游客进去后,竟会回不出来的。

克里特岛迷宫的建筑师台特勒斯也是神话人物。岛王不放他走,他用白蜡给自己制了翅膀,飞上天空,逃走了。可见他是最早一位太空飞行的高明的设计家兼制造师。袁庚是决计不会走不出他自己设计建设的迷宫的。他退休了还可以当导游人,没有他旅人会迷在迷宫里。当然,如有必要他也会成为飞入这太空时代里去的另一位航天设计师和制造企业主。这蛇口现在已是海陆空交通俱全的。中国的许多航空港都用上了蛇口制造的登机桥,香港机场都已用上它的了。

从神话来说,我们如今已确确实实生活在神话式的人世间了。古代的神话,到了今天都能一个一个地实现了。不知国人是否已能够认识到这一点呢?我们现已进入了用高科技来实现一切古代神话《封神榜》的时代。目前,似乎还只有少数人有此感觉。大多数人不肯相信呢,甚至连一丁点儿感觉都没有。有这个认识和没有这个认识,是两个不同时代的两种不同的人。要知爱因斯坦的相对论,正在逐步地解答牛顿力学所不能解释的问题。

请想一想吧,只是十五年,就在这一片荒凉的海滩上,寂寥的渔村里,建起了蛇口这样的一个通往全世界去的,现代化的海港和繁荣的招商局工业区,现实本身就是神话一样的神奇的啊!连它的设计师袁庚也禁不住对蛇口的变化感到吃惊!试想想看,再五年,再十年,再十五年后,蛇口进入高科技时代又将变成什么样子?或者,进入了高科技时代后,蛇口人又会如何?对此,谁能预言一点什么呢?

然则应该怎么窥望它,并规划它呢?袁先生。十五年怎么看呐?再十五年,又能看到点什么呢?

实际上,"蛇口好像一座迷宫",恐怕是因为有许多人,甚至包括袁庚自己在内都已有点迷路在这新时代的里面了,蛇口就只有少数人能敏感地感觉到了这一点罢。怎么样来导引自己走出一条向未来发展的迷人的道路?现在人们真还无法想像出它的未来的一个有点朦胧的形象。

袁庚谈到他们当初建设蛇口时,丝毫没有什么了不得的高明思想,只是想在香港的门口,建一个工业区给英国人看看,让他们知道,他们做得到的事,我们也做得到。在物质建设和生产管理方面,当时是要向香港、向西方学的,但他一直说,我们决不允许自己去学那些乌七八糟的东西:不能让暴力、色情、同性恋、艾滋病、吸毒等等进来。在精神生活和道德风尚方面,我们当然能够做得比他们更好。蛇口没有出过任何严重的刑事案子。社会秩序一直是稳定的。

袁庚给我们讲了一件小事。一个小青年满头大汗地奔回家来,一进门就抓起了一张又一张粉白的芳香纸巾,来擦干他满脸的汗垢。老奶奶看了不高兴,说这孩子太浪费了,拿干净抹布擦擦不也就行了吗?孩子理也不理她。这是说,时代已不同,价值观念大变了。芳香纸巾很干净,没有细菌,无所谓浪费不浪费;干净抹布不干净,要说细菌是很多的。如果孩子一回家,便径直照老奶奶所说的那样,拿抹布擦汗垢,这很不好。实在老奶奶是应当立即劝告孩子,快别这么做!干净抹布上有很多细菌,应当用芳香纸巾。没得细菌,用芳香纸巾并不是什么浪费。这是知识问题。他说,有些话过去说起来很对,现在多半不对了。过去认为很不对的话,往往在现在来看,倒是很对很对的。

是的,价值观的变化实在是大了。而能够适应时代的变化的人并不是很多的。这样的小事并不小。知识的变化尤其大。试想一下现在知识成了"资本",成了无限的资本了。

前次他在明华中心为一高楼奠基剪彩。明华中心是培训海员的地方。招商局设立这个别处都没有设立的培训中心,许多亚太地区的海员都跑到这里来接受训练。现在,他说,驾驶海轮都用电脑操作。全船的人、货的安全,掌握在能操作电脑的海员的手指尖,所以海员必须经过新的严格训练。不然再有经验的老海员,不会使用电脑,就是有经验也无用武之地了。高科技给予世界的变化实在太大了。

可惜这有趣的谈话,又给人跑来打断了。来的是工业区的一位顾先生。原先几个电话都是他打的,有要事他必须找到袁先生商量,想来是要靠他引路走出迷宫吧。后来有位王先生也来,加入讨论。他们最近在奔走着的,是建一条通往蛇口港码头的平(湖)南(山)铁路专用线的事。

指着大玻璃窗前,白茫茫的海波,袁庚告诉我,不久后将有一条5万米的长堤兴建,从那儿更要筑一条跨海的长桥,架到香港的元朗! 也是一个稍为雄伟的计划啊! 蛇口这个港湾,还将成为南中国的大门,这是它的地理位置决定的。在蛇口人的头脑中,不知还有多少的计谋在盘旋着,它们会迅速地被实现出来。

而且,"巡天遥看一千河",这太空时代的最美丽的图画,最近也已经提到了日程上。再呼吁一遍吧:真正大变化的时代早已开始了! 牛顿力学管辖过的时代,大致在本世纪末可要逐渐地结束了! 属于爱因斯坦的相对论所要大举开拓的时代,将随着新世纪的到来而冉冉地展始!

到1997年的7月1日,英国人占领了一百多年的香港,复回归到祖国的怀抱中。袁庚,大鹏湾的儿子,很有福气,他是可以看到这样的更好的一天的。

现代中国史翻开了崭新的一页,从此,那以招商局的兴衰与复兴作为代表,从"招商"的使命,到"开放改革"的目标,全面地振兴中华,将会更充分地被体现出来。中国的航天事业,已非预计,而是可以在这同时间里启程,阔步进入21世纪这个崭崭新的、太空新时代。

(原载《人民文学》1994年第9期)

谈 夸 克

一位刘先生最近给我寄来了他写的一篇文章,题目叫《徐迟,你让我惊叹》,吓了我一大跳。我什么事让他惊叹了?仔细读下来,是有一件事,或许可以让他惊叹一下的。就是我读过一本天书,书名《QUARKS》。他查了《简明不列颠百科全书》,才知道这个外国字译作"夸克",而"夸克"又是什么呢?他也查到了,是物质基本构成的亚原子粒子。他惊叹道:"啊,他老先生有这种兴趣,钻研起这种玩意儿来!"

对刘先生的这一番话儿,我表示感谢。他能关心到我读的书,甚至于查看了大百科全书,查出了物质结构的比最小的原子、中子组成的核子还更小的"亚原子"的基本粒子来。这种"打破沙锅问到底"的精神,令我十分钦佩。但是他到这里就停止了。当然,完全可以这样的。有点儿可惜的是他打破了沙锅,却没有把碎片片拾起来,继续地发问下去。不对,他是问了的,但是,他没有再三地问到底。要问到底,就要遇到最难的事物了,这就是所谓"夸克"了。也许天下少有比"夸克"更难的学问了。我可以坦白地告诉刘先生,我虽然有了这种雅兴,钻研起这玩意儿,至今已有七八年光景,然而我还不懂得这玩意儿是什么。皮毛倒是有一点点了,至于要懂得它,可还有十万八千里的遥远距离呢。如果我真正懂得了它,那是真的可以让人惊叹。但现在真还不必惊叹,因为我还没有懂得它。而且连高能物理学家们自己,也还不能很透彻地理解它呢。

我之涉足于高能物理领域,立志至今已有十七年。买到《夸克》这本书,也已有九年了。那时我买了两本,一本已经读破,好在还有一本,可以继续学习和阅读。

我每天晚上,在我家居之时,子夜过后,我必然醒来,并睡不着了,我就读这本书。这是一本天书,是高科技的书,实在难读。只有夜深人静,而且刚好睡了一觉醒来,已经睡足了,精神极好,理解力最强,这时我读《夸克》,效益最高。大约半小时到一小时光景,我感到我多多少少又懂得了一点什么,然而基本上还是没有,不觉精神上已有点疲倦了,睡意这时也就降临,我即掩卷入梦,梦得很香。如是已有八年,从不懂到懂一点儿皮毛,还是有不少收获的。高能物理,总算摸到了一些,如原子核里有质子和中子,电子是绕着它们旋转的,在它们互相撞击时,就会撞出来一些中微子、介子,等等都是基本粒子了。此外,一切物质都有反物质,有反质子、反中子以及正子(就是反电子的一种正式命名)、反中微子等等反粒子。名堂很多,我不算是一窍不通了吧。惟独对于这"夸克",真难懂。我的天!皮毛倒也有点了,实质呢?一句话,就是还不懂。不过我还是写了一篇文章:《来自高能粒子和广漠宇宙的信息》发表在《人民文学》上,还收入了我最近出的一本书《来自高能粒子的信息》(上海书店出版社)。

今年,我的另一位朋友,已故作家吴强先生有一个女儿,专业钢琴,不时来看我,谈谈音乐话题。今年她来,带来了她的姐姐。寒暄时,我问她是干什么的,以为可能是小提琴之类了吧,没想到她说她在加拿大的卑诗大学的介子工厂里工作,干的却是加速器的活儿。我一听大喜过望。问她:就是什么accelerator吗?是的,介子工厂就是此类回旋加速器的代称呢。她看我有兴趣的样子,问我看见过加速器没有?我说,在纽约长岛看到过一台较小的,还是杨振宁博士陪着我去看的呢,不过没有看到全球都很有名的勃洛克海汶的那一台大机器。这样我们就谈起高能物理的各种情况来,她也非常之吃惊,遇到了一个我这样的热心分子。我向她问了好些问题:如找到了"底夸克"没有？找到了"顶夸克"没有？她说都找到了。我向她承认,我读的这本《夸克》的书是80年代中叶的出版物,现在已经是90年代的中叶了,许多新的情况不知道。她说她可以提供我一些资料,我说多谢多谢。我没有想到吴强先生竟有一个学物理的女儿。四天后,我打电话给她,她妹妹来接,说姐姐只来了三天,已经走了,回到加拿大去了。又过了几天,学钢琴的妹妹来电话说,姐姐已经给寄来了我所需要的资料。收到一看,是一本名叫"无极的搜奇"的《太空探索记》(The Search of Infinity)的书,里面讲了很多新的高能信息,也有"夸克"的一些事儿,可惜我读了那本书还是不怎么懂。不过有了这本书,我又领略到了许多东西,我可以把它们挑一些介绍给读者们,包括我个人的一些可笑的感想了。

这就算是一个缘起吧。下面就是转述的这一新鲜的事儿了。

天空中一只新的大眼睛

天文学的新时代,是1990年,当升上天空去的HST(哈勃太空望远镜)绕地球而运行之时,就此开始了的。第一次,我们有了一架巨大的望远镜,它不受地球大气的干扰了。到了1993年的12月,又派出宇航员,升上天去,将它修理得更好用些。这以后,这座望远镜又送回来了许许多多的更加神奇的照片了。

天文学家很久以来都梦想着,要在地球的大气层之上,观察天象。那可以给他们一些不再模模糊糊的宇宙的面貌了。大气层总是把星座和星云的光扭曲起来,还让它们在天上闪闪烁烁地颤动着。甚至是建筑于高山之巅的,尽量地减少不良效果的天文台的望远镜,总也拍摄不到很清晰的照片。从地球看星,总是像一只鸟儿在游泳池底下的水里面观看天空的模样。

  HST 第一次满足天文学家的梦想时,就在 1993 年 4 月 24 日,这座用美国一位天文学家的名字来命名的,重达 12 吨的人造卫星的望远镜,在它考察天空时,那清晰的程度就是十倍于以前所能做到的了,而且送回来的照片又这样多。当时它的主镜片还有毛病的,太阳能电池因机械故障还有点儿摇晃。这些通过高超的图像处理以及对宇宙飞船的控制,而得到了补偿,收回来的照片也很不错,已观察到了好几个不可否认的超大的黑洞了。还有猎户星座的一些个悚人的特写镜头,是新星之诞生。天文学家在 1993 年 6 月从这猎户星座气体云被新诞生的星球中高速喷射的波涛似的热浪烘烤着那里,看到了从高速喷射的波涛似的热浪中,显示出来了一座新星,这照片让他们看见了从来没有看到过的星座之形成的景象。

  这 HST 还把天鹅星座环的,超新星的遗迹,人称修女面纱的星云的细节,传送了回来。

  它另外还看到了一种新型的宇宙现象。把两个相距两亿光年的星系撞到了一起形成巨大的星座,可以名之曰"星云大爆炸"。

  它还在 1992 年 2 月,看到了一个气体的气球般膨胀体的外壳,直径大约有 400 个太阳系那么大,它是来自该一个新星,由一颗白矮星上面的热核爆炸生成的。

  著名的"爱因斯坦十字架"也是 HST 看到了的一幅奇景。当一个八亿光年的类星体发出的光擦过一个 400 万光年远的星云时,那光线弯向新的方向。从地球上我们看到这个遥远的类星体的四个象,那个星云的正面图像正好在十字架的中心。这个现象是爱因斯坦预言过的"重力成像"。他说过,光可以被巨大的物体如星云扭曲,在它们从更亮的星团前经过时探测出来。这就可以看到了。

在1993年底,宇航员修好了这架望远镜。1994年1月发表了它拍发回的第一张照片后,天文学家们惊叹说,HST的修复,不是一个小小变动,而是迈出了大大的一步。远在几亿光年之外的M100号的螺旋星云,在照片上清晰得似乎是就在近旁的星座中拍摄的一样,哈勃太空望远镜还揭示了一个活动的星系的中心区域NGC1968,它有6000万光年之遥,它的核心闪耀着一个比太阳还要亮上一亿倍的质量的黑洞,看起来它的巨大能量来自一个超级巨大的,相当于一亿个太阳的体积的大黑洞。HST正在向宇宙细致地搜索,它定会发现从来未曾看见过的奇迹。天文学家说它比原来所预期的还要好得多。1994年,它显示了许多新的潜能,具有了无可比拟的遥测的性能。宇宙究竟有多大?究竟有多老?这等大问题,它会作出它的答案来的。

最近又报告了一个计划,将在1997年里再给HST增加一台摄影机,好让它向鲸鱼T型和红波E型两颗恒星找寻它们的木星,从而试着找到第二个像我们这样的地球,它们离地球不到15光年。真是惊人啊!

小宇宙有多么小

20世纪的物理学有两个主要的探索:一个是探索宏观宇宙,业已通过HST探索到了宇宙的边缘;一个是探索微观宇宙,即原子和亚原子的小小的宇宙。前者,上面已经讲了一点儿。现在再要看看后者。

正如在看不清楚的微弱星光的背后,有着一个巨大的,以光年计算的外在空间一样,在事物的内在的,最深层处的,最里面的,相互距离最小的事物,例如一根头发丝那样细细的,只有不到一忽米(即一英寸的二千五百分之一)那样小的小东西,再小的东西,肉眼就不可能看到了。也只有人的大脑才能感觉到它。虽然人的眼睛可以接触光,光也可以变成信号,大脑也可以将它转换成为形象。但是,就是最尖锐的目力,也不能看到并感觉到神经细胞在视网膜上的最小距离间的那些小物体,若要看到它,需要靠放大镜。

第一个放大镜是荷兰的成衣匠洛文霍克发明的。他并不是科学家,但是他欢喜磨玻璃镜片。他制造了一件能放大二百倍的工具。他在1863年,从一滴雨水里面发现了"小动物",不久后又发现了一个微小的有机体的"动物园"。科学界对他的发现持保留态度,只是也记录了他的一些话。当时乳酪中的微生物是世界上最小的生物。也可以说,他正是第一个看到微生虫,看到细菌的人。

典型的细菌,只是一微米大小,是一寸的十万分之一,也是一米的百万分之一,写作 0.000001 米,有个简单的写法,是 10^{-6} 米,这样可以不用写下很多个 0 字了。一百万就是 10^6,或者说 6 乘方。10^{32},就是 32 个 0,这数目可是很大的了,如果一个数目,是 10^{-32},就又是小得极小极小的数目了。

比细菌还小的事物可以用光波的可见光来衡量,光波经过它们时,彼此都不受影响的。基本粒子的行动,像波浪一样,例如,观察电子要用的,比光波的波长还短上数千倍。第一个电子显微镜是 1931 年才制造出来的,这就打开了病毒的世界(病毒小得只有 10^{-7} 米)。在今天的电子显微镜下能"看见"分子的结构,是 10^{-9} 米,也能只在一瞬之间,瞥见一个单个的原子。一个原子只是 10^{-11} 米,这里是即使用任何比喻,也无法来描写它是如何如何的小的了。

这些数字是怎么得出来的呢?它们是有标准尺度的,就是用量子(Quantum)了。我们在后面再讲到它。

而且原子本身还好大好大的啊,它是有很大的体积的呢。它,甚至可以设想成为就好像是一个宇宙的缩影,缩成肉眼和电子显微镜都没法看见的在原子的内里中有一个高密度的核子(在 10^{-14} 米之下),周围是比核子大到一万倍的电子云!好大的空无所有的空间啊,它本身的体积却只有原子的二十分之一。为了看到这样一个"小宇宙",物理学家用上了各种各样的显微镜,制造了更小更小的光波,所用的机器,有个专用名字,叫粒子加速器。

六十年前,物理学家所知道的原子里面,只有质子和中子,以为这是最终极的最小事物了。但是,后来从外空射来了宇宙线,以及用更强大的加速器用高能碰撞粒子碰撞出来了碎片。做了许许多多的试验之后,才展示出来了在更深的层次里,还有各种各样、好多不同的粒子和其它的物质呢。最后发现,原来质子和中子还是用了更小一个层次的小粒子,叫做"夸克"的来建造起来的。正是这"夸克",和电子、中微子等,才是今日之物理学所理解到的,名字叫做"基本粒子"(又叫亚原子)的最小物质的建筑材料呢。

"夸克"和电子等,小到 10^{-18} 米不止。而属于本世纪末的新观念里,说的是所谓"微观世界"啊,认真说来,比它们还要小得多多的呢。新观念说,再小的粒子不是粒子而是 10^{-33} 米长的细丝。这最靠拢的最短的距离,正好相当于产生宇宙大爆炸的第一秒里面的最早一刹那的宇宙的大小呢。要回到宇宙诞生的最初的微观宇宙的结构里去,才能够展示出宏观宇宙的真正秘密来。有人在做这样的实验。

小的小到这样,大的又大到怎样呢?大到"夸萨儿"(Quasar)(译作"类星体")就在宇宙的边缘上,将来回头再说吧。宇宙是说不完的,只好一点一点地说。从小说到大,也许比较好说一些。

自古至今的物理学发展

第一个提出原子学说来的人是纪元前四世纪的希腊哲学家德谟克利特斯,他被称为一个"快乐的哲学家"。一说是他很有钱,到处旅行,另有一说是他在死去的时候,穷得一个子儿也没有,而且他差不多发了疯。但他是由古希腊的名医,叫希朴克拉特斯的,给他治过病的,后者却证明了他是最健康的人。据说他活到了90岁,还有个说法是他活到110岁。

他认为世界上的一切物质,都是可以分崩离析、拆得开来的,是可以不相连贯的。"所有的这些物质如何飞动啊!"是可以分割的,一直分割到最后,到了再也不可分割的时候,这时得到了的就是所谓A(再也不可)tom(分割)的"原子"(Atom)。他认为世上一切都是原子所组成、所构筑的。

较为重要的罗马诗人卢克莱修,著有《物性论》,一部用诗体写成的哲学著作,大大地推广了这个原子理论。他曾说过:"物体可以分为两种,一种是事物的始基,一种是由始基结合而成的东西。"他的"始基"是原始物体,就是原子。他又说:"所以它们必有不朽的躯体,当每样东西的末日到来时,必定分解成为原子,它们是足够的原料,常备着来补充给世界。"他还说:"如果没有一个最小的限度,一半的一半似乎仍能分一半,无止境地分割,且越来越小,然则总量和最小量之间哪里还有分别?如果没有,不管总量是怎样的无限,那最小的量仍有同样无限;真正的理性在这里提出抗议,并否定心智能设想这个的。所以你必须相信,而且承认,没有这样的部分,当最后再没有部分的东西了,存在着的自然是最小的东西,原子。"

后来,有人说过:"如果原子可以打破,宇宙也就能毁灭。"但他们大概没有想到,如果两个原子能够合一,岂不是将会毁灭的宇宙又重生了呢。

后来坚持原子学说的人并不太多。但是近代物理学已经发现,原来的所谓再也不可分割的原子,不是不可分割的了。它们还是可以分割成一些亚原子,或者说分割成为"基本粒子"的。不过,电子却是到现在为止,再怎么打也打不碎它,任凭你怎么分也再分不开它,所以它早已经是亚原子,即基本粒子了。想来基本粒子以后也还是可能再打碎,再分割,或再拆散开来的,虽然目前还不能。但到科学再往前进一步时,也许那时(不一定太久)也能分割开来了。中国古代的庄子是早就说过的:"一尺之棰,日取其半,万世不竭。"当然,最终总还是有个极限的,然后,又要过很久,或并不很久,才再突破那个极限的吧。

当初,比德谟克利特斯更早些时候的,和在他以后的更多的哲学家大都认为世界是由四种元素:火、水、土、气,所构成的。古中国也有金、木、水、火、土的五元素的五行说。这个是元素说。第一个希腊哲学家叫泰勒斯的说过:"水,是一切事物的创造者。"另一个哲学家,叫海拉克利特斯的说过:"火,是一切事物的制造者。"对此,近代物理学家海森堡曾说过:"如果把'火'字改动一下,改为'能'字,说'能(量)'才是一切事物的制造者,这就完完全全对头了。"

现在来看,原子说和元素说,这两种说法都是很对的,是有联系的。在近代科学里,他们已结合在一起了。现在已有天然的元素,一共92种,加上人工提出的一二十种元素,所有的不同的元素,同样都是由不同的原子构成的。一百年前就已经开始有了很简单的元素周期表,后来经过俄国的化学家门捷列夫,大事搜集和精心整理,以原子的重量定出了它们的周期,现已排列得很完整和非常完善了,但这工作也许尚未全部结束,还需进一步的将它的规律伸展,将还没有找到或创造出来的元素都找到和创造出来,到完善无缺地都排列到周期表上去了为止,也不一定或不可能就此到头了,这上头不可能不会再没有什么事情可做的了。

电和磁,本来也好像是互不相干的两回事,经英国苏格兰人的麦克斯韦在长达九百页的巨著中,用了四套精美绝伦的数学公式,而统一成为叫做电磁学的学说之中,它已经受住了一百多年的考验,成为最有权威性的学说。人类已从他的成果中得到了电磁学的极大的好处。他提出的电磁波的成就实在是非常之辉煌的。

然后,又因为光也是电磁波,所以电、磁和光,也成了一回事,统一了起来。本世纪初,拿到了一个光量子,又拿出了一个光电效应的理论来的,是爱因斯坦的贡献,为此他得了一个诺贝尔奖。他的贡献实在很多、很大,要给很多的诺贝尔奖。一个诺贝尔奖诚然不够数,所以也不必要再给他了。

又如,光的粒子说,和光的波动说,这两种学说,也曾经导致了两大物理学派的争吵不休,这争吵是已延长到了大约两个多世纪之久的老问题。一直到了本世纪初,在爱因斯坦提出的狭义相对论时,将这两者统一了起来,经过长时间的考验,现在也成了大家都能公认的"波粒二重性"的观点,而得到了解决。然则矛盾、对立,从来都是不可避免的,纵然可以扭打在一起,不打不成相识,从而发展,达到最后统一。原来都是一家子,不是死对头。物理可以作出证明来。所以,如若矛盾对立,自然发生,而不能统一,就不好办了。一旦统一,这就对头了,而且大家都觉得十分美妙,有福同享,有难同当,这才前途无量。

近代物理学的起步实际很迟。两三千年来总是徘徊不前,直到近两三百年之内,才看到它以新的姿态出现,有了些动作了。想不到在19世纪的60年代里,科学的春天的轮子就渐渐地转得快速起来了。前述的周期表和电磁学都是那时发生的重大事件。紧接着人类的历史就以加速度来发展，奔跑到了前世纪即 19 世纪之末，有如脱颖而出的新兴事物，从此接连而不断，层出如无穷了。

1895 年伦琴发现了 X 光。(这个 X, 就代表"不知道是什么"的意思。)五年之后，它的发现者即因而获得了第一个诺贝尔物理学奖。到 1896 年，贝克勒尔发现了铀。这铀可是向来都被认为"无用之物"的，现在却被认识到是一种具有放射性的物质的元素。1897 年，汤姆逊发现了电子流，比原子中最小的氢原子还要小，小得多多的，要小上两千倍。1898 年，居里夫妇发现了镭和钋，它们的放射性甚至比铀还要高许多。1899 年，汤姆逊提出了在正电荷的圆球中簇拥着带负电荷的电子的，一个新的原子模型。

这已经光芒四射，令人够眼花缭乱的了，但还只是满天的星斗又增添了新星而已。

当进入 20 世纪之时，如日之升的，是 1900 年尾，普朗克宣告的量子的诞生。这是一件划时代的大事！但他自己当时还不知道他已做出了历史性的伟大贡献。量子，是什么东西呢？量子说创出了进入到微观世界中去的第一个条件，是并不比普罗米修斯偷来天火给人类差多少的大贡献。他从热力学的研究中作出了一条公式：

$$E = h\nu$$

即能量子等于 h 乘频率。这个 h 特别重要，他找到了这个 h 是微小"量子"的振动频率的永远不会变动的"常数"。

1902 年，十分之一克的镭，放射性元素第一次被提炼了出来，居里夫妇和贝克勒尔一起成了第三个诺贝尔奖的获奖者。到 1905 年，就是爱因斯坦应用了普朗克的量子说而发表了狭义相对论的惊天动地的一年了。那年爱因斯坦也给出了一个公式：

$$E = mc^2$$

即能量等于质量乘光速的平方。好奇怪,这样简单的前后两个公式,却起到了惊人的作用。第一个公式导引出来了第二个公式,第二个公式制造出来了原子弹。使野兽似的日本军队迅速跪下来向民主国家磕头投降,就是因为原子弹炸了他们的广岛和长崎。但兽性不改的军国主义者还是没有接受教训。以后物理学还会教训他们的。

物理学的轮子从此急速地旋转了起来。20世纪的第一个十年开辟了一个新的电子时代和一个新的电子世界。话虽如此,但简单点说起来是,这与往后出来的广义相对论等等,可就不能相比了,其规模又是比较小的。

20世纪的原子和亚原子

此后,那两次世界大战打得不可开交,对物理学的影响自然不小。但从物理学的发展来看,却似乎没有使它受到太大的挫折。没有太多的科学家是不幸地战死在战场上的。相反的,科学的杀人武器发明了不少。在轴心国家的德国犹太族科学家如爱因斯坦等,只好逃避纳粹的迫害,流亡到美国去了。原子物理和高能物理还特别的活跃。卢瑟福有一次请了假,不出席他本该参加的潜水艇会议,他抱歉地说:"我正在分析核子,我觉得这比战争具有更大的意义。"除了发明原子弹之外,人类还是追踪着原子和亚原子的踪迹,一直也没有放弃,直到20世纪末,他们勤奋地把这门学问导引到了几乎是全过程的尽头。这是很了不起的。不过这里我们得从头讲起。

经过许多物理学家对原子进行了探索性的研究以后,到了

1911年，是卢瑟福，又另行提出一个有如太阳系式的新的原子模型：电子像行星之绕着太阳，绕着一个核子而旋转。这一来，电子就第一次成为了一颗亚原子。同年，一个精密的测验来计算一个一个的电子的电荷，被发现都是同一的数量，即电子有着确定的负电荷。但后来就发现太阳系模型有一个严重的缺陷，就是当带负电的电子绕核子旋转之时，依照电磁学原理，电子就要丢失能量了，然后必然会很快地达到一个临界点，那时它就要掉到带正电的核子里面去了。那么，一直是很稳定的原子是怎么能够稳定下去的呢？这正是牛顿和麦克斯威的古典物理学定下来的老框子了。如果这里不是卢瑟福错了，那可就是古典物理学的不对头。这时，丹麦的物理学家玻尔坦率地认为，是后者不对头。原子世界应当有它自己的新的规律。1913年，玻尔应用了量子学说，画出了电子绕原子的核子运行的一幅新的图画来。

玻尔认为，电子是绕着一条条有确定规定着的能量级数的轨道，而愉快地运转着的，因之它是不会损失掉能量的，而当电子碰到一个什么意外时，它就一跳，跳到更加高一级的轨道上去了。以后，它还可以抛出一个光子，以适应于它的能量差别，再又回到"原来的状态"中的原来轨道上来。这就是丹麦人玻尔的有名的"量子跳跃"。这好像是一辆汽车受到一个闪电的打击时，它突然间消失不见了，原来它一下子已飞到了另一条高速公路上去奔驰了。然后风暴一过，它又扔掉闪电给它的那个包袱，回到原来的道上来。玻尔的模型还有其它的特征，这里不多说了。

不确定的定律

19世纪20年代，有一条由海森堡提出来的新的定律，后来竟成了量子力学的一条定律，给了原子一个新的认识。这可把原子弄得更加难办了。它并没有像玻尔似的给原子一条明确的规定的轨道，却把它抹黑了，竟说什么大自然的基本状态就是不能确定的，只能从统计上来说，电子是具有或然性的，或者说，偶然性的，它是管不了的。

这一来，给当时的物理学的困难可大了。玻尔的原子模型，对于只有一个电子的氢原子来说，还是很不错的，而对于许多更复杂的，有很多电子绕着旋转的原子来说，就很费解，就有点行不通了。玻尔也不能解释清楚，电子是如何跳跃的，他自己也还说了，他的原子模型是完全不能令人满意的。

这时德国人海森堡公开说了出来，玻尔的原子假设就是行不通的。因此玻尔不得不专程到哥本哈根去拜访了海森堡，他正在那儿养病。玻尔想看看，后者能不能拿出一个更完整、更管用的模型来。海森堡说，玻尔的失败原因是因为他的所谓"原子轨道"根本是一个真正不可能观察到的事物。海森堡自己就是用了纯粹数学的，名叫"矩阵力学"的方法，实际他只在研究关于电子的一系列的能量值。

与此同时，好多同道者也在做同样的研究。奥地利的物理学家薛定锷，根据法国物理学家德布罗意的"物质波"原则（世界上的一切物质都是波），也在用纯粹数学的，名叫"波动力学"的方法，专门研究了电子的波的形态。既然连光波都具有粒子性能的，则电子也就应该会具有波的性能的，只有波可以把电子绕核子的上下波动的形态完整地描述出来，这就把电子的跳跃的神秘性甩掉了。薛定锷说，这个跳跃的说法，也是说不出道理来的。

但是，接着薛定锷的单纯的原子图像也还没有完全解决问题，于是又出来了一个名叫波恩的物理学家，给了一个更进一步的解释：电子波的分布也是或然性的。波恩说，量子力学只能计算电子的或然性，而怎么也不能说出它的位置来。因此还是说一片变化多端的厚厚的"电子云"来得好一些,别去说什么"确定规定的轨道"了。

　　1927年,海森堡耗尽心血,在用数学计算着在云雾室里观察到的电子的径迹时,又发现了一个戏剧性的量子力学的新概念。这就是现在的名称,叫"不确定定律":要想知道电子的位置,就别想同时又要知道它的能量(它的速度和质量)了,这样做是不可能的。电子就是这么古怪。原子级别的世界,就是这样天然地充满了不可确定性的。

　　这个"不确定原则"还说,在"空间"(真空)的中间,不断地有一些量子的微堆积,忽而在这,忽而在那地出出入入,这些微小的能的出没,也是在传递粒子信息,它们是承担着物质的基本作用的物理性能的。真空并不真是空空的。

　　以上这许多理论太杂乱无章了,到底该怎么看呢?在全世界最有名的物理学大师们聚会索尔凡会议上,这个问题得到了总结性的评论了。用海森堡的话来说:"那时我们都住在一个旅馆里,争论得非常激烈,最激烈的争论不是在会议上,而是在餐桌上。"结果是出人意外的,海森堡的"矩阵力学",薛定锷的"波动力学",波恩的"或然几何分布",还有那"不确定的原则",在本质上看来,说的是同一回事,所有的这些观念汇合而成为一体时,给一个专用的名称,就叫"量子力学",这样一统一,大家都通了,都很快活。

　　只有爱因斯坦,他对波恩的"或然性"所控制的量子事件所具有的随机性颇感不适,他一直反对"不确定的原理"。他说过:"上帝是不会玩儿掷骰子的把戏的!"也许可以设想,有一天,又会否定这个"不确定"的依据的,不过现在还得尊重它。我们无法两全其美的。观察电子的一切时,只能是:看得到这一点,就看不到那一点;反之亦然。直至今天,还是这样。

核子中的潜能

云雾室是一项很重要的发明。1911年,威尔逊设计了它,来供给从天空中冲下来的宇宙线,一阵阵的、一粒粒的亚原子粒子,让它们来通过人造的云雾,让它们通过云雾室时,留下一条像喷气式飞机飞过天空似的痕迹,让一条条的亚原子粒子,通过云雾留下踪迹在照片上。后来,进一步发展了的泡沫室又取代了云雾室。在各种加速器里也用上它们那样的探测器,也可以叫侦探室。所有的基本粒子试验,都是通过它们来显示,来拍摄,来研究,来计算,而后完成的。

1947年,在孟契斯特大学里有两位物理学家从宇宙线里发现了一种特异的现象。在云雾室里拍摄出来的照片上,除了留下高能粒子经过的许多径迹之外,还出现了一条径迹线突然中断,而出现了空白,然后突然又从这空白尽头一个点上,自下而上地喷发出来一个V形的图形。(有照片看就好了,一看就明白,但要看照片可不得了,不知要看多少照片呢,还是不看它们了吧。我们大体上明白怎么回事就行了。)而研究者却看出来了,认为它是由尚未发现的一个新粒子,一个没有质量的,照片也拍不出来的,新粒子在这里撞冲而成的。这是一个未知的粒子,撞到径迹线上的那一个粒子,而衰变成为两个亚原子粒子,从而没头没脑地在一段空白后面显示出这一个V形的图形来了。

1950年在美国加州,白山顶上的云雾室里,另一位物理学家发现,在1.1万张照片里头,有34张类似这样的照片,现在这个未知的粒子已经被称为K介子,它的寿命还相当的长,像是不知什么样的一个粒子家族里的一位"老人家",因此加上其它的特征,它又被称为"奇异粒子"了。

50年代的头几年里,有很多这类奇异粒子的发现被肯定了。并不只是这个K介子,还有很多其它的介子也有这样的奇异现象,它们一个一个地都被发现了。K介子的衰变却提出了另一值得研究的迹象,引起了李政道和杨振宁的注意,使他们提出了考察它的旋转不对称的建议。由他们的建议,经过吴健雄的实验,这个不对称特征,得到了证明。此是后话,这里不谈它了。

在30年代里,物理学家发现粒子有穿透能力,如居里夫妇发现的镭,它的放射粒子可以穿过氢原子,并可以把许多质子像炮轰一样的轰击出来。但经英国的却德惠克研究后发现,高速度射线轰击出来的每一质子都是给另一差不多同样物质的粒子打击出来的。接着发现,却德惠克发现的并不是质子,而是寻找了多年的中子。用这中子去轰铀二三五的核子(共有二三五个质子和中子)它就变成铀二三六,一个不稳定的元素,变成两个较小的核子,发出能量,和几个核子中的许多中子,每一个都可以再打击另一个铀二三五的核子。这是连锁反应了。原子弹就是由于一种核子的裂变,造成连锁反应而产生的巨大的威力。很早以前,普朗克就曾设想过在原子的核子里面是潜藏着巨大的能量的。爱因斯坦的著名公式就是能量(E)相当于质量(m)乘以光速(c)的平方,E和m是相等的,并且是可以互换的。而质量在转变成能量时,得乘上了光速的平方,这就使得这个(例如原子弹的)能量,大得不得了。

大 机 器

要打破一个核子可是极不容易的事。最早的一次试验在1932年,从氢气中取得的质子加速到80万电子伏,将它掷下一架直线的垂直的管道中去,观察者就坐在用铅防护的小棚子里,观察到氢核变成了氦气。"成功了!"他们喜得冲上街头大叫:"我们分裂了原子！我们分裂了原子！"

过去有过这样一句话，谁能分裂原子，谁就能毁灭世界。从这以后，分裂原子的竞赛大规模地开始。看来裂变的危险，是要等聚变来挽救的。

1955年，为了搜索更新和更小的粒子，科学家们建造了更大的更强有力的机器。在宇宙线里能找到的高量能的粒子，现在第一次能在加速器里可以加以控制地制造出来。物理学家现在能够按照菜单，来点他的菜了。菜单很丰富，越来越丰富，差不多要什么有什么。

第二次世界大战后，有了所谓同步加速器。在这种机器里，粒子走一条圆形的轨道，有进口，也有出口。巨大的磁力圈用的是C字型的磁铁。粒子可经加速到接近于光速，电流和弯曲了的磁场都可以同步地随着能量的增加，而稳步增强，以符合于爱因斯坦的狭义相对论原理。1952年，第一个质子同步加速器是在纽约的勃洛克海汶实验室进行的，达到了三亿电子伏，接近于产生了宇宙线的能量，便称为宇宙线加速器，一直在前面领路。两年后，在加州的柏克莱的同步加速器达到了六亿电子伏，1955年，这大机器里第一次找到它的目标反质子，即质子的反物质。

差不多同时，欧洲的科学家那时正在到处流浪，物理学摆锤，是在向着美国靠拢。具有两千年历史的欧洲物理学在20世纪里衰落得不像话了。于是联合国科教文组织作出决定，要在大战的废墟上，建立起一个欧洲的核研究会（CERN）（读作"舍恩"）。选定在瑞士的日内瓦郊外梅兰村，建筑一座大机器的实验室。舍恩的主要目标是一座28亿电子伏的质子同步加速器，圆周大到600米。

这时，苏联也宣布要在杜布那建筑一座10亿电子伏的质子同步加速器。美国也计划了一座新型的30亿电子伏的AGS同步加速器。它的技术，在当时是最先进的。舍恩也很快接受了新的观念，但美国还是赶在最前面的。舍恩要十年后才作出显著的成绩来。

漫游夸克奇境

60年代初，除了还有一些基本粒子可供研究之外，物理学家似乎已处在失望的边缘上。幸亏理论物理学家跑来帮忙，说全部的新粒子中间，都可以用三个假想的单位来解释清楚，这单位名字叫做什么？"夸克"。

当时是已经有相当多粒子要对付的。加州科技大学的盖尔曼和以色列的物理学家奈艾曼，想到要把数学的对称方法，来用在三十多个当时已知的强粒子、重粒子身上。一个一个的，他们发现这些粒子可以归入到八大家族中去，或十大家族中去，而和几何图案很适应。这倒跟前一个世纪的门捷列夫编制元素周期表时的情况有点相似。

起先大家并不重视这种方式。但是到1963年12月，人们发现了盖尔曼十多年前用这种方式曾预言的带负电的奥米茄，一下子便使大家正襟危坐，为之全神贯注了。对称观念还真有两下子呢。盖尔曼和他的加州同事茨威格就演说了一番，说出他们俩是如何很自然地按对称方法，用不同的数学模式，得到了六个基本成员的。盖尔曼称它们为"夸克"。

什么是"夸克"？它来源于赫赫有名的爱尔兰大作家詹姆斯·乔伊斯的小说《芬乃庚醒来》里的一句话："给麦克先生的三个'夸克'(Three quarks for Mister Mark)。"乔伊斯的这部书是1939年出版的，他在文学上作了卓有声誉的文字实验。为担心用了这样革命性的名字可能通不过，盖尔曼就在1964年把他的论文送到了一家欧洲的出版社去，出了书，书里还引用了乔伊斯的原话。从此

"夸克"这名字就广泛地流传开来了。足见这盖尔曼对文学和文字也是真有点研究的。

上面说明了它的命名来历。它们一共是六个"夸克",可以分成三个小组。第一小组的两成员,一名"上夸克"(代号 u),一名"下夸克"(代号 d)。第二小组的两成员,一名"奇夸克"(代号 s),一名"粲夸克"(代号 c)。第三小组的两成员,一名"底夸克"(代号 b),一名"顶夸克"(代号 t)。他们就是组成质子、中子等基本粒子的砖瓦。

说是物质现在有了又一个层次,就是那新发现的,带着分数电荷的又一个层次,真是不能令人相信。除了它的分数电荷之外,还有其它的因素,也令人接受不了它。例如,这新发现的奥米茄负粒子,虽然给"夸克定律"带来了新的胜利,也带来了它另外的一个难题。这个奥米茄负粒子很明显的是三个同样的"奇夸克"一起组成的,这就跟物理学家泡利曾经定下来的"泡利不相容原理"不合拍,那可是不能容许的。

为了解决这个难题,物理学家格林倍建议,再给夸克增加一个"色彩"的区别。这样一来,夸克带上了色彩,共有三色:红、绿、蓝。这样三个同样的奇夸克中间,每一个的色彩都可以是各不相同的。而色彩不同的三个就可以合在一起,成了一个色彩中和起来的白色(不过这个"色彩",并不是我们日常的概念,这是不可以误会的)。

在"夸克"的概念平平稳稳地定当了之后,物理学家就感觉到基本粒子的许多现象,都有了简明的解释。

"夸克"的猎取

在加利福尼亚州的斯坦福大学附近,280号公路跨过一个三公里长的斯坦福直线加速器中心。它就是最先证明"夸克确实存在的"试验场景的所在地。

"夸克"很迷人,很简单,却不肯公开地出头露面。试验者在宇宙线里寻找它,在陨石上寻找它,在海底下寻找它,都未找到。在高能的质子受到轰击后,也没有一个"夸克"飞出来。公开的解释是:"夸克"非真物,它只是符合于"宇宙中一切皆对称"的数学观念罢了。二次大战后,斯坦福大学用了新的强大的电子光流,曾看到质子,后来就建筑了上面说到的直线加速器 SLAC。它于 1967 年才开始启动。在许多次试验中,他们想的就是要看到比电子更新的轻粒子。起初还不敢说,是找"夸克",但是在粉碎了的质子中间,他们找到了极其微小而又极其坚硬的"部分子(Partons)"。其实他们已经找到了"夸克",只是没有敢这么说出来。

然后是在瑞士的"舍恩"的大加速器上,在对中子进行的一次试验中,他们看到了这种"部分子",而且是在每一个中子之中都有三个这样的"部分子"。盖尔曼的数学预言终于成了"夸克"的真实的存在。

二十二年后,SLAC 在 1990 年,才得到了在 1968 年已在科学会议上报告而未明言的首次发现"夸克"的功勋,获得了诺贝尔奖。

在 1974 年,美国的两个试验里使一个更了不起的新的基本粒子曝了光。炎黄子孙丁肇中,给现代科学献出了一篇新的美文。他和斯坦福大学的李希特合得 1976 年的诺贝尔奖,为的是他们各自在 1974 年 11 月进行了一场发现 J/ψ 粒子的"十一月大革命"。

丁把他找到的高能粒子叫做 J 粒子,看来 J 这个字母很像他的姓,很像"丁"字。J 粒子的发现令夸克家族添了个成员,它竟然就是"粲夸克"了!

在斯坦福大学的那位同道者,名叫李希特的,在一次试验负电子与正电子的对撞中的某一种能量时,信号量突然大增。在成堆的数据资料的旮旯里,他发现了一个质量很大的高能粒子,叫ψ粒子。而当丁肇中来到斯坦福,了解到李希特的发现时,他就知道自己发现的实在也是这个同样的粒子。因此,这个粒子现在合起来,叫做J/ψ粒子。要看到这个夸克还是很不容易的。

到1975年,斯坦福大学一位彼尔先生又发现了一个相对于电子和"牟盎"(muon)粒子来说,可谓超重质量的"陶"τ粒子,而且还有一个叫陶—中微子的反粒子。这样一来,本来已有轻粒子的四个数目:电子、电子—中微子、牟盎、牟盎—中微子,它们正好陪伴着上夸克、下夸克、奇夸克、粲夸克。现在又增加了两个轻粒子:陶子、陶—中微子了,增加了两个,要平衡它们,就得也增加两个夸克,才能稳当。物理学家决定加上一个顶夸克和一个底夸克(最初想过叫它们一个为真理夸克,一个为美丽夸克,后来物理学家认为,物理学的用词,要朴素一些,才改一个为"顶",一个为"底")。

我们的粒子物理学,现在已经由盖尔曼组装成了一个"标准模型",从中我们可以了解到宇宙的根本程序。一切物质都是用12个基本粒子组成的。它们可以分为三家,每家四口,其中都是夸克一对以及和它们紧密相连的轻粒子一对。

第一家是上、下两夸克、电子和电子—中微子。正是它们四者,构成世界上的一般事物,掌握着日常现象。上、下夸克组成质子和中子,从而形成原子核。原子核吸引了电子而后组成许多的原子,这许多原子结成分子,就这样构成了我们丰富多彩的物质世界。

再有另外的两家,都是跟这第一家同样模型似的,构成了只有在宇宙线和高能物理试验中,才能出现的不稳定粒子。奇夸克、粲夸克,以及牟盎、牟盎—中微子组成了第二家。顶夸克、底夸克、陶、陶—中微子组成了第三家。

夸克似乎都找到了。物理学家还有什么事好做呢？他们还要建更大的加速器。为什么"舍恩"还要搞 LHC(大型强子对撞机)？那是要找黑格斯粒子,因为粒子的质量都来自于黑格斯机理,影响一切,甚至真空。所以找到夸克,并不是一切都解决了,前面的路还很长。

早在 1977 年夏天,底夸克就找到了。像粲夸克一样,底夸克也是藏在一个非常之重的 U 粒子里,它是在美国芝加哥的费米实验室里的一大群科学家找到的。按对称原理,还有一个顶夸克,因为它的质量相当于原子里的质子的质量的二百倍,实在显得太大了,和黄金的原子的核子都可以相比的了,我得到的那本无极的搜奇的《太空探索记》是 1994 年出版的,也没有说起。

令人欣然的是最近读到了新华社 1995 年 2 月 26 日电(记者徐勇):

> 美国费米国立加速器实验室对撞机实验组的科学家,今天透露,他们已经实际探测到了作为宇宙最基本构成材料之一的基本粒子"顶夸克"。
>
> 参与寻找"顶夸克"研究的共有来自不同国家的九百名科学家,其中一名为威廉·卡里瑟的物理学家向新闻界证实了这一最新发现。
>
> 隶属于美国能源部的费米实验室,在基本粒子研究中,处于前沿地位。于去年 4 月 26 日,该实验室正式宣布,运用实验方式首次发现了粒子物理学"标准模型"理论假设中应该存在的六个夸克中,最后一个"顶夸克"确实存在的直接证据。
>
> 按照当时的设想,从找到"顶夸克"的直接证据到实际发现"顶夸克"之间需要十二至十八个月的时间,但科学家在最终比预期的要短的时间内,实现了这一目标,这使正处于不景

气状态中的高能物理学界为之振奋。

费米实验室的有关实验工作已持续了至少八年,其基本工作方法是在大约在6.4公里长的加速器地下环形道中把旋转方向相反的质子和反质子流加速到接近光速水平,其能量的分别记录,达到0.9亿电子伏特,然后两者发生碰撞,并记录下碰撞的产物。

在收集"顶夸克"存在证据的阶段,科学家利用了重达五千吨的一万亿电子伏特,加速器收集到了属于"顶夸克"和"反顶夸克"三种产生渠道的总共十二个事例,而后依据统计分析手段,确认了"顶夸克"的质量等数据。基本粒子"顶夸克"的发现,对于维护粒子物理学的"标准模型"和宇宙成因理论的完整性有着极其重要的意义,并有助于加深人类对原子结构,以及对时间、物质和宇宙的关系的了解。

这篇报道可以大体上给我们已经谈到的"夸克"的许多问题,作了可说是截至今年为止的我的学习笔记了。以后如有机会,再作更进一步的深入探讨吧。那么夸克似乎都找到了。物理学家还有什么事做了没有呢?他们还要建更大的加速器呢。为什么"舍恩"还要搞LHC(大型强子对撞机)?那是要找信息子(属于Higgs场论),因为粒子的质量都来之于信息子机理,影响一切,甚至真空。所以找到夸克,并不是一切都解决了,其实不然。

附记:本文写于1995年,本想再改一改,因曾由尹彦君帮助,检查和订正过,大致不会太出格了,只是我的知识实在简陋,材料也不够。底稿太差,高手也无法帮忙。还有许多说不清楚的地方,拖了很久,无法再有改进,只好先试行发表一下,不足之处,容后随时改正,聊尽寸心。语无伦次,恳请读者原谅。

1996年5月于武汉东湖

(原载香港《大公报·大公园》1996年12月25日—1月4日)

谈 夸 克

编者附记:

《谈夸克》一文也曾由高能物理学家、中国科学院高能物理研究所所长郑志鹏先生审阅并作适当的修改,其中"漫游夸克奇境"、"'夸克'的猎取"两节刊发在《人民日报》1996年12月4日"科技园地"版上。11月28日,郑先生曾致函徐老,谈到"对撞机"的问题。其时徐老曾嘱编者去征得郑先生同意,将此信附录于《谈夸克》文末。现经郑先生同意,全信照录如下:

徐迟先生:

曾拜读过您的《哥德巴赫猜想》大作,今又拜读《谈夸克》,很有感触。高能物理是十分专门的一个学科,您花了八年时间把它有关的一些问题搞懂了并写成文章加以介绍。通过您的笔,把这些难懂的东西描写得如此生动,实在是不容易,钦佩之至!

我只在某些地方作了改动,按物理学常规的译法翻译人名、地名,供参考。

我建议在您的大作中,加上一点中国对撞机的内容,会使读者感兴趣的。

我国的对撞机是在1988年10月建成,近八年来,在高能物理研究、同步辐射应用等方面取得了国际承认的成果。对撞机的能量虽不高(5吉电子伏即50亿电子伏),但在研究粲夸克、奇异夸克以及τ轻子方面,有其它更高能量对撞机不能取代的优势。几年来,在τ轻子质量的精确测量和号(2230)粒子新衰变道的发现等方面取得了国际关注的成果。并且利用电子(或正电子)运动过程中朝前产生的同步辐射光,在物理、化学、生物、材料、工艺等方面有很高的应用价值。同时,加速器、探测器所需的高技术,对我国工艺是一个很大促进。

现在，几乎所有的国际大型高能物理大会上，都邀请中国高能物理学家报告中国对撞机的进展和成果。

很欢迎您能亲自到高能物理所参观。

　　　　致

敬礼！

郑志鹏上　1996.11.28

孟泰夜谈

(一)

我在这位著名的劳模的家里。他刚从北京开完了全国高炉会议回来。我想不到他是这样的朴素,这样的平易近人,这样热忱接待人。他给我谈了几个晚上。他的话朴素、平易,然而又无比的深刻。他有一颗伟大的心。他是鞍山的第一名建设家,中国工人阶级一面光荣的旗帜。

一

年轻时,他说,他受地主的压迫。壮年时,他受资本家的折磨。34岁,沈阳事变,成了亡国奴了。回忆使他光亮的眼睛黯黑了下来。他说:

"在伪满的头几年里,不歇工还吃得上高粱米。就是有吃就没穿的了。"

后几年,渐渐连高粱也吃不上了。有一次,一瓶醋酸水爆炸,几乎将他全身炸烂。他两个半月不能干活。一共三次,高炉煤气将他熏倒。每一次,伙伴们抬他上医院,都说他已经不行啦,不让他进门。但每一次,冷风把他吹了回来。大自然有多么慈悲的心。气候寒冷而严峻,却又是对他这样仁慈的。可是,不断歇工,生活更难,他不能不把绿色制服、老伴的棉袍都折卖了。

对日战争的胜利,却来了该死的国民党。虽然也开工,发工资,却只够吃豆饼和高粱米包豆饼馅了。

这还是好的呢。再后来,国民党人在一张纸上写个数目字,盖个图章,就当工资发。他们根本不够吃了,只能卖饭碗、桌子、板凳、尖镐来买豆饼吃。最后卖掉的是一双手闷子——手套,原先舍不得卖的。卖下来的钱,给大女二女去排队买粮食。排了不一会儿,大女一掏身上,钱忽然不见了。两个小女孩在街头嚎哭起来。

谈到这里,孟泰就噎住了,忧伤满面。一忽儿他振作了自己,谈下去。那时候,所有的工人都一样,就是人口少的较好,他可是一家六口,而且多是妇女。能说会道的工人也较好,不像他太老实了,处处吃亏。那时候,饥饿逼得人偷的、抢的、赌的都有,但错事他从来、从来没有做过。饿,孩子老婆一块饿吧。他也曾给大女找了一个小子,她妈说了,死也死在一块儿,闺女不给人家。好!不给人家!不给!不给了!孟泰脸色黢黑,是一个受尽了折磨的脸容。又折卖一些罐罐,动身下乡。一个小推车,车上两个小女。大女,13岁,二女,11岁,妻在前拉,孟泰在后推,推到乡下去寻生活。在乡下,向大姨二姨家借来粮食打发日子。开春了,人家的高粱出了苗。他们呢,要种上了就要没得吃,吃了就没了种子了。

他又惦记鞍山了。听说,解放军进了鞍山,成立了护厂队,一天给三斤高粱米。他们又搬回鞍山,但去迟了,报不上名,他还是没有生活,最后的两斗米也吃完了。只有野菜、糠饼。女儿们都躺在床上,饿得起不来了。

二

一个响亮的声音喊了他的名字:

"孟泰!孟泰在这里住吗?"

谁?是一个不认识的人,从大白楼(鞍钢的办公楼)来的。人事科长派他来找他。孟泰疑疑惑惑地跟他走到大白楼。有个干部拉住他的手问:"你是孟泰吗?"

是。于是,他亲热地叫他坐上大皮椅!在鞍山二十多年,可是从没有进过大白楼,从没有坐过大皮椅,不敢坐。那个干部就按着他坐。他坐了,只沾着屁股边。

"你在厂多年吗?"

多年?"是啊。"原来是党,在寻找老工人。

"现在,后方有工作,上后方工作吧。"那个干部建议,又问:"去不去?"

"去啊。"

"一个人去还是一家子去?"

"一家去!"孟泰回答,想的是我们活一块,死一块的。

"一两天就走行不行?"

"行啊!"

孟泰回家时,掮着粮食。他只要30斤,却给了他50斤。从此以后,他是去一次,高兴一次了。他已经是一个伟大的队伍——人民的队伍中间的一个成员了。

一个夏天的晚上,在军人们进站上车后,轮到工人们进站,上了一列包车。上车后,专人照顾他们,还给钱买吃的。他们在瓦房店下车,改乘小船去安东,那时沈阳还没有解放。

在安东,住招待所,摇铃吃饭,吃的是大饼切片,炖茄子和炒酱豆。现在,一切都有安排。老有人来看他们,并且问:"有什么不好吗?有什么困难吗?"什么都不缺少了,还来问。

从安东,他们到了通化。照顾得更不一样了。通化的一个办事处长亲自来看他,看到他一家子都来了,就说一路上辛苦了,上火了吧,弄点汤吃。了不得!一开饭是白菜汤和大米饭啊,比吃海参席子都好。吃过饭,处长抱起了小孩,孟泰的心头,更不知如何好了。接着,安顿了住所。一位女科长又上他家来问:"有什么不好吗?有什么困难吗?"铁厂的厂长又上他家来问:"有什么困难吗?"没有。真没有困难了。

美坏了,还有什么困难。

孟泰的思想变了。他认识了,这是自个儿的国家,自己的阶级,自己的党当了权。他从苦难的日子里熬出来了。他开始工作。他忘我地工作,修理通化的小高炉。

三

这就是孟泰和成百万中国工人的翻身故事。

现在,经常开开会,孟泰明白了许多以前没有机会明白的道理。他从来没有这样快活地劳动过,这是为创造美好的生活而劳动,他豁出命干了。6点上班,他5点半就到。白天干活,有多大力气就使上多大力气。晚上还思考有关工作的事,不住地喃喃自语。公休日,就带活儿回家做。他不知休息,不知疲倦。年底调回鞍山,他已经得到了立功奖状。

最初,鞍山的工作并不多。但他没有闲下来烤火。他围着那一个个荒凉的大高炉转,忽然对乱铁堆注意上了。那时,钢铁公司在战争中受了破坏,烟囱不冒烟,遍地是烂铁。各个高炉的平台上,制钢厂旁边的碎铁厂里,残材废料,各种损坏的设备及零件,特别的多,连走道都给阻碍了。可是,这些材料,经过整理,清洗,修理,全是可以使用的。

鞍山遍地是钱啊,他想,而且不是少数钱,而是成百万成亿元啊!于是,在没什么工作时,在大冷天里,他独自翻烂铁堆,寻找修理高炉时可用的零件。

开始时,同组的工人都笑他,他们说共产党不马虎,将来新器材有的来。孟泰讲出了一番大道理:"水不来,先垒坝。高炉坏了,这不能坏了,这不能坏。咱们在家,院子里有木头也要捡进屋里来,现在工厂是我们自己的了,烂铁堆里明明有器材,修高炉能用,为什么要等新的器材来?能省,就要省。"他慢慢地带动了全组,都捡破烂来了。

捡回来的破烂,他们都加以修理。这个缺的,那个来补。没有金刚砂,他们砸碎了玻璃来研磨。锤子敲,拭子拭。各种旧器材,都弄得像新的一样光亮。一个狭长的房间里,渐渐堆满了器材,越来越多,后来计算一下,捡来的破烂足够供四个大高炉的修理之用。

当大白楼的高炉修理委员会为器材问题感到很大的困难时,突然传出了惊人的消息。孟泰捡破烂的事被传开来了。人们发现他小仓库里的修炉用的器材,比公司大仓库里的器材,还贮藏得多,还贮藏得全。在炼铁厂的一个全体大会上,党委正式将它命名为"孟泰爱国仓库"。

后来,高炉一个接一个修复了。每一个都从他的仓库里领去不少东西。

这仓库到1953年第一个五年计划开始时,还有用处。

四

从此开始了一系列的孟泰的功勋。

鞍钢的第一高炉修好复火前,有一个大渣套安装不好。钳工、架工、技术员和工程师们闹了一天一宿,没有安上。孟泰知道了,请求让他看看。他看过,比量了大渣套的外圆后,心中有了底。他带去了两个伙伴,一起工作。孟泰抡起了大锤来,是一个好把式。只两个小时,大渣套安上了,一检查,严丝合缝。

在通化时就已经深夜不睡,现在,他更是一宿又一宿的不睡觉。他家里的人先还看到他半夜还坐着,喃喃自语,在考虑着工作,后来他就一连几宿不回家了,他开始说:"工作就是我的生活。"天气冷了,晚上说梦话也是"坏了,水冻了"。梦中也惦记着高炉上的冷却水管。

有一个夜晚风大,更睡不着觉了,一回又一回地下炕来,看水缸冻了水没有。

有一夜,冷却水管果然冻断。得到通知,他飞奔到厂里去。一下就跳进两三尺深的水道,在冰冷的水流里蹲着进行检查,进行抢救。

有一回,炼铁厂出了大事故。由于过去日本的操作方法,遗留的习惯没有改变,出铁口没有保护好,以至有一天,漏铁水了。铁水接触到冷却水,发生爆炸,连续不断,弄得烟雾弥漫,高炉周围,对面不见人。厂长、党委书记都赶到现场来了。工人、技术员都从高炉上撤退了下来,"孟泰,不许你去!""不怕,不怕!"他已从梯子上去,到了高炉平台。那时爆炸声还是连珠炮似的响。他看到烟是从平台下冒上来的,直梯子下去,到了漆黑的平台底下。底下尽是下雨似的淋水。他沿着炉底摸过去,到了出铁口附近,靠一根铁柱做掩护,他看到出铁口那儿铁水漏下来。他迅速爬回去,找到厂长和党委书记,说:

"不要紧,看到了。"

"看到了吗?"

"出铁口有不点儿大的漏洞。"

孟泰又找来了配管工人,一起摸到高炉底下,把水管儿拉开,爆炸才停止。后来,炉子很快修好了。

这以后,人们开始以"老英雄"称呼他。

五

大大小小的评功会,把孟泰评选为鞍山市特等劳模,出席第一次全国劳模大会的代表,上北京去见毛主席。

鞍山出发时的热闹,是不用说了,到了沈阳,和其他地区的劳模们会合了,换上了一列专车。车到天津,在车站上开大会。五彩的小纸旗飞满了天空。音乐震响,欢呼声又盖过了音乐。车到丰台,京汉路的劳模和战斗英雄的专车也来到了。各路英雄下车来,来了一个大会合。到了北京,前门车站前面的广场上的欢迎会更是盛大。天已经漆黑,开亮了大灯,照亮了红旗,红旗下的英雄模范们,四周围上了几万人的群众,向他们欢呼。

孟泰编在第一小组,和赵国有、马恒昌一起,他当小组长。他们要他在大会上发言。他有点怯。陈云同志对他说:"孟泰同志,你不讲谁讲?炼钢铁,第一重要啊!"大伙一鼓掌,就要他练习。

大会开幕前,孟泰到了怀仁堂,心里老哆嗦。他是东北区的代表,被招待到东边门儿。一忽儿,他就听到有人在呼唤:

"请孟泰同志出来!"

他被带到会场前面,在第二排坐下。他们告诉他,他和赵桂兰都是开幕典礼的主席团成员。

忽然起来了一阵鼓掌声,他看见身材巍巍的人民领袖毛主席进来了。毛主席一进门,就停了步,抬头四顾,然后轻轻拍掌,走上台阶。

大会开幕了。

在主席台上,最左边是赵桂兰,然后是朱总司令,毛主席在中间。然后是全总的李立三,孟泰坐在最右边。他瞧着毛主席,悄悄地瞧他。全场都在瞧着他。就是这个人,他想,将他和全中国的苦难人都救了出来的。

国庆那天,他戴了一排宝石似的发光的勋章,三个绸条——代表、主席团和观礼——走上观礼台。

天安门前的节日气象何等雄壮啊。他站在三个苏联朋友旁边,翻译帮助他和他们交谈。10点,礼炮响了,检阅开始,队伍走过了,陆军、海军、骑兵、高射炮……飞机在上面飞过……工人的队伍……孟泰激动地给我讲着这一切,一下子皱紧了眉头,要寻找一些适当的伟大的字眼,来给我描写,可是一时找不到它们,他没有这一类的字汇似的,他开始"啊,嘿,嗨"地憋了大半天,最后才用了一个"这这这……了不起啊!"手抖动了几下,这样结束了他的描写。

后来,我读到列宁的一段话:"伟大的,全世界性的伟大的,真正的解放事业,正在不可阻止地向前发展着。"我仿佛看见孟泰那激动的神情。

六

抗美援朝的运动轰轰烈烈地开始了。

孟泰要求上朝鲜。厂里没有让他去。

后来进行防空工作,组织护厂队。孟泰又报了名,可是厂里还是没有让他参加。

孟泰不声不响,收拾了一副铺盖,搬进工厂。他找来几条木板,在高炉旁的工人休息室里,打了一张床。另外他带去了大米,自己煮饭。他就在高炉上住下来了。他说:"高炉是我的命根子,得保护它。敌机要白天来,我在这儿;黑夜来,我也在这儿。"

有一个晚上,发出了防空警报。工人们都隐蔽起来了。只有孟泰一个,抖擞起精神,拿着家什跑到第一、二号高炉中间的走道上,像一座青铜铸像一样站着。

黄主任,一个老干部,出来检查防空,忽然看见高炉上有人,一看是他,说:"老英雄,怎还不去躲起来?"

"我不躲。要是飞机来,炸了高炉,好抢救。"

黄主任肃然,但说道:"老孟有道理,但是得组织大伙来。"

第二次发出防空警报时,孟泰带领了好多工人,一起出来保护高炉,他们在高炉跟前挖了防空壕。

过了些日子,黄主任告诉孟泰:"惊动你了,那两次都是防空演习。"

七

劳模大会后,赵国有向全国工人阶级提出挑战,孟泰首先应战。一回鞍钢,他向钢铁公司全体工人提出挑战。

"工作就是我的生活"成了一个口号。在社会主义竞赛的热潮中,他提出了不知多少个合理化建议,为国家增产和节约了没法计算的财富。要记录他的事迹,得用一整本书。

"全国高炉会议怎样?"我问他。

他轻轻地一笑:"经过我们改进的高炉上的除尘器,用上了,又取消了,可是这次会议上做了决定,又要使用它了呢。"

孟泰改进除尘器是他许多事迹中的一件。从高炉瓦斯沉下来的灰粉里有大量铁粉,每天从除尘器里漏到火车上,拉去西边空场用水浇湿之后,再拉到烧结车间去,烧结成炼铁原料。每次漏灰,又呛人,又迷眼。在一次会议上,厂长说,瓦斯灰浇一次水要花费190元。孟泰一听,想到在除尘器的漏灰口安一水管,来浇湿瓦斯,灰不能飞,又省了运输费。

但第二天,他咳得很厉害。工会劳保委员将他送去了医院检查,又将他送进了疗养院。有个老工人,到疗养院来看他,他才把改进除尘的方法告诉那老工人,让回去做一个。

在疗养院住了两三天,他问起同院的人,他们住院有多久了?有的回答:八个月。有的说:一年多了。

孟泰一听,大吃一惊。"这哪行?!"他原以为进院,住上五天六天,病好了就可以出院的。工作就是他的生活,他怎么能八个月一年多地养病呢?

在医院住了一星期,天天鸡蛋、苹果、各种各样的药,就不大咳了。他找来了一个大夫说:"人已经好了,出院吧。"

"出院?不,你还没好呢。"

"好了!不要紧了,好了!"

这大夫看了看他,说:"好啊,你写个申请书来吧!"

孟泰想,申请书可不能写,又找来了一个护士商量,护士说他不该和那个大夫说,那是个不负责任的人,有话应该跟邢大夫说去:"但是你还没好,不能出院。"

又一天,老工人来看他,说起除尘器上的喷水壶做好了,也试验了一回。灰尘小了,却还是飞。因此已将它撂下了。

孟泰一听,着急了:"撂下了?你们就不再研究了?一撂,拉一次灰190元,你们太含糊啦!"

他焦急万状,马上要出院。他跑去找邢大夫。

邢大夫见他就问:"老英雄,这两天怎么样?"

"好极了,"他说,"我可以出院了吧。"

邢大夫看看他,问:"你有什么顾虑没有?"

"没有顾虑,"他说。这回,他已经编好了一套话:"疗养院很好,就是工友们来看我太远,我想搬到业余休养所去,厂里的工人们住在附近,上班下班都可以来看看我,说说话,我会休养得更好。"

"不行，"邢大夫坚决地说，"这对你的病有妨碍。你应该安心休养。"

孟泰一看那个话不顶事，就换了一个说法："不，在这里安心不了。"他解释了除尘器的改进的事，说要是他在业余休养所，他能给工人们说一说，指点一句两句的。

他那恳切的语言感动了邢大夫，后者让步了，说：

"好吧，给你写个诊断书，你拿了上业余休养所去。"

拿到了诊断书，出了疗养院，孟泰就找一个三轮车，可是不回家，一直进厂去了。到了厂里，就研究除尘器的问题，改进了喷水壶和水管，第二天再试验，这一回一点儿灰也没有了。

在这个现在重新为全国高炉会议所肯定的除尘器完成后，他才把诊断书拿出来。

人事科长不满意地说："你为什么要这样？"

"我待不住。"他说。

八

"你为什么要这样？"每一个人听到这里就这样说。

我也这样说："模范也有缺点，在应该休养时不好好休养。"

"你不知道啊，"他朴实地回答，"拿我在厂里的工作来说，这几年不是没有做什么事，可是不够啊！我还感谢不了人民，我还感谢不了共产党。不够啊！我感谢不了毛主席。

"我在旧社会里是一个工人也瞧不起的工人。现在我和毛主席、朱总司令握过手，站在他们旁边照过相。开什么会，我一进会场，就看见人指指点点，'瞧，孟泰！'我有什么呢？在街上，少先队见了我就拥上来，我拿什么来报答大家呢？

"我只有好好地工作，工作到了算报答了，工作不到就是没有报答到。"

他停止了。

这个人,现在全部心灵都浸在他自己的深沉的感情之中。

他用手轻轻地抚摩着桌上的无线电:"这些东西不便宜啊!"用手轻轻地抚摩着他自己的皮大衣上的皮毛领子,"我是连穿得起这种皮大衣的亲戚也从没有一个的啊!"又用手轻轻抚摩着印花的床单,"你看,多讲究,这是大女的床,这是二女的床,她们现在享福啦,所以我屡次嘱咐她们:孩子们,你们得好好念书,我一个人是怎么样也感谢不了毛主席啦,你们努力些,也好替我来感谢感谢毛主席啊!"

(未发表,根据打印稿排印)

(二)

鞍山灯火,已是一片星海。

我们在孟泰家中。

孟泰刚从苏联回来,这回他是作为中国劳动人民的代表去参加了十月革命四十周年的大庆祝。他告诉我们:

"不得了啊,苏联,这回更不得了,这回的苏联,"他谈到这里,企图找寻一个适合的形容词,可是偏偏找寻不到,急得他用两根手指去敲他的脑袋,最后,憋了大半天,他终于找寻到一个"了不得"叫道,"这回的苏联了不得,在红场上……啊哟哟,这这这……真了不得。想想看,64国的共产党和工人党,都到了苏联……"

孟泰的话是充满了热情,说话时又富于表情的。

这时,他的二女送上了他从苏联带回来的画册和纪念品。他一件一件拿给我们看,对每一件纪念品,他都有回忆。

我们看着莫斯科画册、基辅画册、小塑像、台钟和雕花铁盒等等的时候,孟泰忽然想起当天曾经发生的一个重大事件:

"啊!今天,梅先生给我邮来了,邮来了一张照片!"他满面都是喜色了。于是命令他的二女,"快去,快去拿来。"

照片拿来了,一共两张。一张是梅兰芳先生的本来面目,一张是洛神的剧照。孟泰瞧着照片赞叹起来:

"瞧他多么年轻!我拿给许多人去看,都说他年轻。我还拿给照相馆的人看了呢。为什么我拿给他们去看?我是想邮一张我自个儿的照片给梅先生。可是一看,他那么年轻。我也想邮他一张年轻些的。家里本有一张,却想起照相馆里也有一张。就跑去看,看哪一张更年轻一些?到了那里,我把梅先生的照片拿了出来了,他们也看看。"

这回并没有他的命令,可是他的二女也自动地跑到邻屋去把他的一张照片拿来了。

"不是这个,"孟泰摆手,"彩色的那一张,彩色的。"

于是又拿来了孟泰的一张彩色相片。他瞧着照片也赞叹了一番。

"这些照相的,他们是怎么弄的?怎么把我也弄得认不得了,弄得这么年轻?在这张相片上,我这个炼铁的,也和梅先生差不离了呢。"他说着就笑了。一屋子人也都笑开了。

他却突然严肃起来:"你们不要笑,这个社会就是叫人越活越年轻的啊。"

我们看着他,站立在灯下,真和相片上的孟泰一模一样的年轻,光脑袋,细细的眼睛,长长的脸形,红红的脸色,显然看不出他是一个快到六十的人。他是精力弥漫的。接着把话题又回到苏联,他讲道:

"苏联,真了不得,我从前没有去过,还有点骄傲呢。我想,我们鞍钢的建设一完成,社会主义!到了顶了。哪儿也不能比得上鞍山了。可是,我到苏联去看了看,地下铁道,莫斯科大学,基辅的建筑又多么美,空气新鲜,那个才叫社会主义。咱们的?咱们的还不行,咱们的还得好好干……"

"但是,鞍钢的确干得不错,这几年干得很惊人的呢。"我说。

"嘿!是啊!你已经到厂里了吧。九个大高炉都冒烟了。你看看,炼钢炼铁,炼焦轧钢,都改建的改建,扩建的扩建,新建的新建了。你都参观了吗?"

我告诉他我们已经参观了哪些工地。

"你还应该到我们机械总厂去看看。现在,来参观的人都到无缝钢管厂、大型轧钢厂去。他们总不去机械总厂。这一回,我们八高炉大修,因此,我跑到机械总厂去,跟他们联系联系,许多高炉上的设备,都是他们在做的。我也许多年没有去了。一到那里,嘿!认不得了!那些机床啊,高高大大的,什么活儿都能做出来。我这心里可欢喜啊,明儿我陪你去参观去!"

我当然愿意去机总看看,因为我也听说了,现在鞍钢的许多设备,从各种炉子到轧钢机和轧辊,自己的机械厂都能做了。三高炉的全部设备都是自己做的,只除了炉顶上一对连结杆。

"说起这对连结杆,"孟泰皱上了眉,"原是国外订货。运来之后,不知怎的扔在八高炉旁边了?有人给我反映。我跑去一看,我急了。这对连结杆上面有好多丝扣,这是我们暂时还做不来的啊。我说,快把它们架起来,上油,用布扎好。后来不就用在三高炉上了?"

我们问:"但这是怎么回事?怎么现在还会有到处乱扔的情况?"

孟泰恨恨地回答了:"还不是所有的人都是社会主义思想很多的。有的人,社会主义思想就是少一些。只要你留点神,就可以看见这样的人……"

他沉浸在回想中。片刻后,他讲了几件事:一件是炼铁厂的工人向他反映,他们的宿舍里暖气不好使。他着急了,就跑到福利科,对福利科的人说:

"今天,炼铁厂工人问我,'你家里是烧的暖气,还是火炉?这两天天气冷,你冻着了吗?'我说,'我家里烧的是火墙,这两天已生了火,所以没有冻着。'工人听完,又说,'你原来没有冻着怪不得你不知道我们冻着了呢。'原来,他们的宿舍里暖气不好使。你们看,同志们,怎么办?"他问福利科里的人。

福利科的人听了,笑了。他们说,怎么孟泰还管这些事,这是该房产科管的。

"孟泰还管这些事?"孟泰对他们说,"好,我们一起去找管这些事的,找房管科吧。"

房管科里的人听了,却一口推到基建处,说这一类暖气管的事由基建处负责的。

"好,好,劳你们的驾,再和我一起到基建处去,我们四面一起谈。这一谈,大家都不做声了,大家只是难为情地笑了。福利科里的人最后开口了,'老孟泰,您请回去。明天我给您汇报。'我赶紧说,什么给我汇报!你别给我来这一套。他赶紧改了口,'是是,明天给你打电话。'我说,这就成了。第二天,电话还没有来,工人已经给我反映了,说暖气已经好使了。你们想这是什么原因呢?"他问我。

"什么原因呢?"

"都不负责呢,这边往那边推,那边又往这边推。推来推去,都不肯负责任。你说工人的生活都不管,这些人有多少社会主义思想啦?其实这本也没有什么大不了,只要一抓紧,事儿立马就成啦。我们还有许多这样的事情呢。太平那儿的水沟被堵塞了,满地臭水。一共六个月,想想看,有六个月,没有解决,说是找了工会、人委都没有生效,找我来了。我也说我哪管这个?他们说,'你是不是人民代表?'我说,是啊!是人民代表。唔,这我怎么能不管?我一定去看看。去了。一看,我也急了,我就说这样的事情我一定给办。这时,天已经黑了。我打算搭电车回去。这是末一班电车,只有工人,而且是有通勤车票的工人才能乘坐的。我这个工人,没有票,不算数,不让上。只好改搭公共汽车,可是又没有挤上。正好看见对面,挂着房产科的招牌,我就进去借打个电话,问汽车队要了一个车。在等车时，不免和房产科的人谈了几句。我可并没有责成他们什么。车来了，我就走了。第二天，不知怎的全都知道我去过太平村了。工会，人委都派人和我联系。他们和我又一块儿去一次。到了那儿一看，又不知怎的已经连夜动了工，拿铁棍儿捅了一下，臭水已经都漏光了。你说，这又是什么原因呢？"他又问我。

"什么原因呢？"

"因为去了个人，看了看。人不去，只听汇报，两手插在衣兜里，这个样子怎么能行呢？"

孟泰讲得激动起来，解开他喉头的衣服扣子。

"有的人就是社会主义思想少一点。今天一个年轻姑娘来了。'老孟泰，想找你谈谈。'我说我还有事儿。她说她只讲几句话。几句话？好，谈吧。一谈谈上大半天，就是要求别把她下放。她想跟她父亲一起调到武钢去。我劝了她半天：劳动有好处，锻炼锻炼。不听。我就说，领导要你去，你去就是！她哭了，一扭一扭，我真生气。我说，把我下放吧！我就愿意带头到农村去劳动。"

我们笑了，笑他说得那么认真。

孟泰却更认真地说："我已经向领导上提出，我要求下放。让大家看看……咱们比比……我孟泰到农村去劳动，决不后人。我说的是心里话。"

"你不是干过庄稼活的吗？"

"不，打16岁以后，我就没有下过农村。"

"把你下放到丰润县。"

他也笑了。"丰润县，好啊，我是丰润县的人呢。对，要能下放到我老家，我准可以干给我们那儿的人看看。农村里，还有人心里没个社会主义，不肯好好干活呢。我那几个外甥，每年都来找我。我说你们找我干什么！我瞧他们那样儿就不对，不想好好劳动。要是把我下放了,我就可以做给他们看看。"

"你们炼铁厂下放的人多吗?"

"不少。说起来也叫人生气,有的人嘴上说的,"他用手抓了抓嘴唇,"和心里的,"又用手指了指胸口,"就不一样。这儿和这儿是不结合的。还有个技术员也不想下放呢。我说:我们还应该多方面的努力,不要以为有了一个鞍钢就了不起,我们还要建设十个鞍钢。她听到这里就问:'在哪儿?'我说:'你别忙,会有的。'她听了又把嘴抿了一抿,不相信!"

我插了嘴:"当然有!"

孟泰很高兴,看着我。

"鞍钢,武钢,包钢,这是大家知道的,还有北京的石钢,甘肃的酒钢,还有青海的,还有西南的,那些大工业基地不都宣布了吗?这几年,好些地方发现大铁矿啦!"我说了几个地名。

"那好,那好,"他吩咐女儿,"给我记下来。"

她拿了个本儿记下了。孟泰特别满意地说:

"她把嘴唇一抿,不相信呢。不都有了吗?我明天要告诉她!我们要一个一个地把它们建设起来。"

静了一会,我问:

"你老弟孟瑞林呢?"

"去武钢了,全家去了。"

"那真好,"我说,"这么一个老手,配管工人中一把好手!"

"高炉炉长送走了王鸿顺。"

我记得他,我说:"八高炉出铁时不就是他当炉长的?"

"是啊,"孟泰又接下来说,"值班技师送去了李凤恩。"

这可是一个大消息。"这样可太好了。李凤恩这么个工人出身的技师,特等劳模,又红又专,他都调到武钢去了,那武钢的炼铁还会有什么问题啊!"

"怎么？我们并不本位吧。"

"当然不。"

"武钢的一号高炉的建设，鞍钢的基建部门去支援了。我们还挑出最好的技术员、工程师去支援武钢的生产。"

原来我们确曾担心，武钢将来在技术上有什么问题时，不知该怎么办呢。在鞍钢这样的支援下，武钢的建设和生产自然绝无问题了。

"厂长送走了周传典。"孟泰又说，"全家搬去了。"

"好啊！"我们叫起来了。

周传典，鞍钢的又一个旗帜，特等劳模，是炼铁厂的生产副厂长。那是鞍钢最得力的干部了。孟泰说：

"明年，武钢的一高炉就要投入生产了。出第一炉铁的时候，我一定要去，去看一看，什么地方需要我的，我就干一干。后年，包钢一号炉出铁时，我也一定要去。我这点心一定要尽的！这点力一定要出的！这一辈子永远报答不了党对我的好处，只要我的两条腿能够走到高炉上去，我一辈子献给这些高炉了……"

1957 年底

（未发表，根据打印稿排印）

祁连山下[*]

---

[*] 本文收入《哥德巴赫猜想》一书时,作者作了一些修改和补充,作品主人公尚达恢复真名:常书鸿。——编者注

……只有不畏劳苦沿着陡峭山路攀登的人,才有希望达到光辉的顶点。

——马克思:《资本论》第一卷法文本序言

一

　　一张画之有价值，随后成为无价宝，是完全和绘画的原来意义相抵触的。

　　绘画而有了买卖，绘画而成为珍藏品，这就可以致绘画于死命。绘画的命运是或供御览，或进藏画堂。于是，绘画只能够属于专制君王或百万富翁所有了。

　　水、火、虫子、战争、时间等等，它们都是绘画的敌人。除此之外，绘画的最大的敌人，是那些买画的人，是那些藏画的人，是那些使绘画成为私有财产的收藏大家。他们之珍爱绘画，使他们成为绘画之敌。

　　尽管在画史中记载着：唐代大画家阎立本曾经感到做一个宫廷画家并不光荣又不愉快；画史中也还记载着：唐末阎立本和吴道子的屏风已经一扇值两万金，阎立德和尉迟乙僧的屏风已经一扇值一万金了。你不做宫廷画家，固然是逃出了帝皇势力，却还是难逃财神爷的血盆大口。

　　绘画，原来是为了给百万人欣赏的，现在却成为孤家寡人。百万富翁收购了去，锁进大铁箱，深扃藏画堂，成为私有财产；内库秘物，成为无人能看到，无人能欣赏的东西。它们就像没有开发出来的石油资源，深深埋在地下的穹窿构造中一样了。

　　说到整个一部造型艺术史的时候，人类的眼睛是多么可以骄傲，多么光荣的啊！人类非但懂得看，并且从很早的时候起，就能够把他们亲眼看到的劳动史实和功勋业绩描绘下来,留传下来,留传在彩陶,留传在青铜器,留传在龙门和云冈的石头和瀚海深处的敦煌石窟中,留传在澳洲林中人的岩洞,留传在南美洲玛雅民族的遗址,留传在雅典的灵山、庞贝的废墟,留传在寺院、道观、礼拜堂,留传在大理石、象牙、白纸、素绢之上。人类中间,有一种叫做美术家或画家的,他们把全副生命、智慧和心血都献给造型艺术或视觉艺术。他们创作了光辉灿烂的艺术作品。

但是,我们的眼睛要看画,却看不到。即使你是一个画家,许多你渴望着看到的画,你看不到。甚至画家自己的作品,画家自己也再看不到,画都被私有者私有去了。

这就是我们这篇稍有加工的真实故事的主人公、我们的画家又是美术史家常书鸿会跑到国外去,跑到法国的巴黎去的原因了。

奇怪的是你要看中国的古代绘画,你得远涉重洋,跑到外国去。多么令人伤心!愤怒!在巴黎、伦敦、布鲁塞尔、柏林、罗马和日内瓦,在这些城市里,你看得到顾恺之、阎立德、阎立本、吴道子、王维以及后于这些名家的许多名家的杰作原本。不用说,在美国城市的博物馆里,更是藏了不知多少名画。保存至今的最早一幅中国画是东晋顾恺之的《女史箴图》。它是英国伦敦大不列颠博物馆的藏品。帝国主义掠夺者掠夺了全世界的物质的和精神的财富,而后夸耀自己的精粹的掠夺物的精华于博物馆画廊之中。

我们的画家跑到国外,跑遍了欧洲的城市,看到了不少祖国的名贵作品以及外国的作品。他在巴黎住下来了。在巴黎,在卢浮宫、罗丹馆、大宫、小宫、印象主义馆、独立沙龙以及在许多的画廊与画展中,陈列着多少杰作名画!人人能到那里去鉴赏那些名作。多么丰富,一走三四小时,连最少的影子都没有看完。中国画不少。更多的,当然是外国的,欧洲的绘画。看原画真是不同。乔陀、拉斐尔、达·芬奇、米开朗琪罗、蒂襄、艾尔格莱可……这些令人醉心的名家的辉煌的作品！还有那些巍峨的教堂里的壁画、塑像和建筑艺术、镶嵌艺术，不管什么，不加区别，只要是古代的，古典的、艺术的、美的，一古脑儿的，我们的画家都去看了。许多杰作他都加以临摹，惟妙惟肖地临摹了下来。

在每一张杰作名画的前面，他都无法抵抗，成为它的俘虏。对它们他都感到了无法形容的惊奇、喜欢、战栗、热爱。种种感情，在临摹那些作品的时候，他似乎更加深刻地感受了它们。他仿佛是随着那些原作者的大师在飞舞，在翱翔。他和他们一起飞翔在多么崇高的境界里啊！

远在国外，书鸿，我们的画家却没有一时一刻忘记了祖国，忘记了家乡。祖国的江山，在他看来，是世界上最美丽的江山。他的家乡在杭州，著名的西子湖边。世界上还能有和那里比美的地方？然而，地大物博，文化古远的祖国国内，竟还没有几个像样的博物馆、绘画馆和画廊。而特别使他想到了心头就隐隐作痛的是北京城里的故宫博物院，那惟一的一个，当时沦陷于日本侵略者的魔掌之中。在巴黎传说着，故宫有成万件古文物和古字画，不久前从伦敦展出回去的那一批中国稀世之宝，自从抗日战争发生，就不知道下落了。

二

书鸿出国，不觉已经十年。旅居巴黎的岁月，他始终是非常勤奋的。他用油画作为自己的表现手段，用小刀像抹黄油一样涂抹着颜料，在画布上涂抹了近十年。与这同时，他研究造型艺术史和美学。离开了祖国，他感到自己的艺术形象创造力失去了依据。而艺术思维力却提高了，但也很不正常。他有了许许多多奇奇怪怪的思想,越来越深奥,实际是越来越糊涂了。

我们的画家在画廊上,在画展中,和我们的女主人公,一个年轻的女雕塑家叶兰相识。她是桐庐人。他是杭州人,生于柳浪闻莺之地的。

他们在塞纳河畔,波伦森林或卢森堡公园,说情谈爱,约有半年之久;也经历了一点儿小波折。我们的画家的性格却是非常宁静、稳重、真挚的。他又是可怕地固执的。叶兰觉得他那种深情深得不见底,有时使她害怕。但一个女人能得到这样深沉的爱情,多么值得骄傲!后来女雕塑家接受了他的笨拙的求爱。他们结婚一年后,就生了一个小女孩。

女雕塑家的性格却正好和我们的画家相反。初到巴黎时,她学花腔女高音,幻想着自己能成为红极一时、使整个欧洲拜倒在自己脚下的歌剧女伶。然而这是不可能的。后来她看清楚了,没有这个指望。她连在巴黎开一次音乐会的遐想也不敢有。于是,改学作曲。但兴趣不大。她跟我们的画家恋爱时,正在学雕塑,又崇拜菲底亚斯和罗丹,又崇拜台斯皮乌和玛郁。其实,她更崇拜的是她自己,青春美貌,无忧无虑,欢天喜地,聪明伶俐。一些留学法国的法学家也追求她。她嫌他们太乏味。要算她学雕塑的时间保持得最长久了。一直到婚后,她还在做雕塑。但很多雕塑都是未完成的作品。

画家这些年来,画着画着,画瓶花,画水果,画风景。自从塞尚以来,花果是永远画不厌,也永远画不完的一个变化多端的内在世界。山、水、云、树、风景,以及妇人,坐着的妇人,站立的妇人,卧着的妇人,簪花的妇人,穿绿旗袍的妇人,也是永远画不完的。他的素描基础很高,又因为头几年他临摹的功夫深,不断地有得意作品被选进沙龙,展出后博得美术评论家满口赞扬。他的可爱的小女儿降生之后,他画母与女,画了许多,净画这些。却连自己也不明白,不知为什么,他的声誉越来越高,他的头脑越来越空。他在欧洲和美洲出了名。到处争购他的作品。

我们的画家,画这一切。从表面上看,他是很用心,也很有兴趣地画着它们的。但他的内心里越来越不满意,越苦闷了。只是因为性格的关系,你看不出来。不用说,叶兰并不能理解他。他是在怀疑,苦闷,探索。画得少起来了,研究和思索更多。对于绘画的买卖,绘画之成为收藏品否定了绘画的价值,这些方面,他想得多。另外对于绘画,中国古典绘画,西洋绘画,特别是文艺复兴时期和当代法兰西的绘画,他也有自己的一些正在形成着的,日益明确又日益糊涂的看法。对于中国古典绘画,自唐宋以后的山水画造诣之深,技巧之高,所表达的灵性之纯粹,他是叹服不已的。但尽管这样,他还有一种说不出来的不满足。他总觉得,这只是绘画艺术的一支旁支,一条支流,山水画的支流,却流得很长。而唐及唐以前的人物画,可惜流传下来不多。只有文字记载,对它们无法作出判断。那倒应该是绘画艺术的正源。是的,那是正源。但流得不远,并未形成一条干流,且不知它流到哪儿去了?

欧洲的绘画,其历史实在太短促了。文艺复兴时期的绘画、宗教画、宫廷画是让人叹服的,但他也并不满足。说到造诣、技巧,其所表现的灵性,就远不如中国的山水画。他们年代不多,还不足以从传统的积累之中,达到那种境界。而没有到那个时候,没有到那个年纪,却想一步登天。这就出现了疯狂的作风。书鸿在巴黎的十年,正是现代主义猖狂一时、不可一世的时候。巴黎的画家,发癫一样追求新奇的表现。立体派、野兽派、达达派、印象主义和后期印象主义、未来主义、抽象主义、表现主义、机械主义、超现实主义,像万花筒一样,此去彼来。

我们的画家,绝不尝试这些画派和主义。他也不紧闭起两只眼睛不看。在巴黎,这是不可能的。他却为他们难受。专画瘦长人形的莫迭格利阿尼的悲惨结局，使他恻然于怀。凡·高发狂而死，高更遁隐到大溪地岛上。他们两人的经历也使他忧伤。他认为，绘画绝不应该这样的下去了。不！不！不！生命不应该这样悲惨，这样狂暴，这样混乱，这样痛苦！这些近代的大师，连同毕加索、玛蒂斯在内，虽然是具有某种令人激动的因素的，可是，绘画不能走这样的路，他们有着更多的，令人反感的，不可容忍的东西。他们都癫狂了，发疯了。

　　书鸿喜欢毕加索的早期作品。此人的青色时期的忧悒的画风，那时连苦难的劳动者的忧悒都很健康，很有力量；他的玫瑰时期的幸福梦想的画风，也还能吸引人。它们是对人生唱着颂歌的。可是，稍后，一些魔鬼的面具，一些可怕的丑恶的裸妇出现了。我们的画家对之惶惑不安，而且感叹不已。立体主义的毕加索把人间一切感情的题材，画成没有心肠的抽象结构和几何学图形。书鸿当然不能接受。以后，毕加索的画越发痉挛性地恶魔般地发展了。毕加索的奇怪、野蛮、令人呕吐的画风是整个巴黎艺术界的一个始作俑者，一个缩影。实质上，它反映了欧洲的当代颓废的社会。毕加索虽然无时不在追求，却自始至终不能够解释它。书鸿知道，这样下去是不行的。上帝要毁灭一个人，先使他发狂。快要有一个巨大的变动到来。这他早已预感到了。

　　"这是绘画变了质，"他指着毕加索的一幅著名的画《镜前的妇人》这样说，"实在令人嫌恶！"

　　女雕塑家蹙紧眉头。她穿着雪白的丝绸衬衫，围着一条彩色的丝巾，如此之年轻，焕发，可是竟然为毕加索的丑恶的妇人辩护：

　　"这是令人嫌恶的。可是，萨特说得好，最大的快感从嫌恶之中产生！"

　　我们的画家大吃一惊。萨特，这个虐待狂，太胡说了。什么话！书鸿有一整套绘画变质的理论。可是，在叶兰面前拿不出来。

女雕塑家醉心于时尚。她大为不高兴。逢到这种情况,画家就不说话,努力于在别的事情上和她和解。女雕塑家也不敢过分地逼迫他,因为她知道这个男人的性格是很坚强的。她也知道他早已否定了那些奇形怪状的绘画。他从来也没有跟它们和解过。有什么办法呢?她也只好跟他取得暂时的调和。说老实话,如果不是时尚,她也不喜欢这种艺术。那算什么呢?

她喜欢她自己,她到了镜前,端详镜中。这个镜前和镜中的中国妇女,仔细地修饰自己的颜容,光艳逼人。她没有时间争吵了。他们要去博物馆长爱利赛夫的马丹(夫人)的沙龙(客厅)。那些贵妇人的沙龙是巴黎艺术家集中的地点。

他们有一辆颜色漂亮的雪铁龙汽车。叶兰自己驾驶它,驰过巴黎的林阴道。巴黎不但是一个很美的城市,而且是一个欢乐的城市。叶兰常常闹点这样的小情绪,幸亏像一阵风一样,很快就散了。

三

在巴黎居住的最初几年比较安定。我们的画家能够作画。后来就不对头了。整个世界的局势越来越动荡不安了。他所预感到的大变动的日子似乎在迫近,不,似乎已经到来了。先是西班牙内战。法西斯飞机轰炸马德里,连普拉陀美术馆也没有幸免。跟着是慕尼黑会议和捷克的悲剧。巴黎变得歇斯底里了。没有一个神经正常的美术家能够安心作画的了。而在自己的祖国,烧起了战争的火焰。国难临头。大敌当前。从电讯上传来的消息,一个比一个坏。城市一个又一个陷落。他们的家乡也遭难了。

最后,书鸿完全不能安心下来,完全不能工作了。战争的乌云也悬挂在欧洲的上空。就是妻子不同意,不肯离开欧洲,他还是不能不走了。女雕塑家想到美国去。当时许多欧洲的艺术家都往纽约跑。我们的画家却不考虑这个。这个固执的人是坚决要回国。她对他没有办法。一家三口,坐在轮船里,离开巴黎,离开欧洲。

这是1939年的年底。他们刚刚赶上了抗日战争的低潮。战争进入了持久的阶段。国民党在尽量制造摩擦。后方城市轰炸频繁。物价已经上升,通货开始膨胀。这是一个痛苦的旅行,也是以后的痛苦生活的一个开端。女雕塑家一路上脾气暴躁。晚上,常常梦见她到了纽约的百老汇。我们的画家却正相反,情绪极好。一踏上祖国的土地之后,他不断地画素描,满口赞赏山水之美,风土人情之亲切可爱。

当他们经过了相当困难的旅程,来到桂林时,他们都非常高兴。在这里,他们和久别重逢的老朋友会了面,在一起聚谈。颇有一些文艺家,政论家,名记者,都是一时名流,消息灵通,明辨是非,给书鸿指点时事,分析战局:相持阶段到来了。

而桂林山水是多么的魅人!我们的画家虽不过四十初度,跑的地方却不少。他从来没有见过这样风景优美的城市。他觉得除了他的富春江和他的西子湖,要数这儿好!至于瑞士的湖滨城市,也怎能和我们漓江上的名城相比?叶兰很高兴。这里的生活还比较可以容忍。一些跑香港和仰光的市侩,以及许多跑河内的商人,给这个城市提供了一些精美的舶来品。这个内地城市,居然有霓虹灯、咖啡店。聊胜于无,女雕塑家恢复了活泼的情趣,穿上了妖冶怪状的巴黎式装束,涂脂抹粉,继续侍奉她的艺术。

而他们真正是生活在美丽的风景中。风景排闼而入。从窗口看,从绕着他们的房间的走廊上,看不尽那些锯齿形的奇峰。那些峰嶂云烟,变幻莫测。碧绿的漓江,萦绕其间。这样精美雅致的风景城市!书鸿天天往屋外跑。后来又一叶扁舟,溯江而上阳朔。

他绘画了一幅又一幅素描和白描。他丢开了油画布,用宣纸、徽墨、端砚、湖笔,画了水墨画。然而他画不好。前人已经往很远的前面跑出去了。在这样的山水中,存在着中国传统绘画的卓越的画理和笔法,表现了中华民族的激越的不屈的心灵。现在,书鸿才知道,他过去对民族传统了解得太不够了。他过去对中国山水画的估价不为不高,但还是差远了。

于是他想,他提出,他要在桂林建立一个小小的画廊。这是他一贯的心愿。

减少一个警察派出所,增设一个小画廊吧。每个城市,都应该以自己的画廊为骄傲的。因为艺术和人民的品性不可分离。他说,它们彼此导引,双方便不断地上升。他还说,应该让桂林来开风气之先。它本身是一个画廊城市。它是个大画廊,展出了山水甲天下的美丽风景。因此它应该有个小画廊来展出风景画。他这样梦想,一再地在朋友中间诉说,呼吁,宣扬,议论。这些朋友对他微笑。他们倒也十分地欣赏他这些天真的想法。而在跑警报,躲飞机时,在钟乳石幻成无数绚丽幻景的七星岩喀斯特溶洞中,他们告诉他,广西就是吃了这风景的亏。岩石上不产粮食。石灰岩溶洞太多,水利也没法搞。人民的品性主要并不依赖艺术的导引。炸弹更不会因为下面是画廊,不管是天然画廊或人造画廊,而不往不落,而不爆炸的。

这个他知道,马德里发生过这样的事。马德里的美术馆被炸时,人民阵线的战士们抢救了美术陈列品,还有人牺牲了。他说,不能因噎废食。他开始为筹建小画廊进行活动。而且,事情也有了进展,看来可以实现。许多画家愿意拿出他们的画来,一些收藏家也乐意襄助这一善举。

就在这时,重庆美术院用一道道加急电报把他召唤到那个战时首都去了。他的抒情美梦就此打断。

四

从桂林,经贵阳,来到重庆的时候,在海棠溪过了江,他们从江边坐上了滑竿儿(轿子)上坡。他被滑竿儿抬着,上了一个又一个坡。他开始感觉到这座山城,有着爬不尽的坡,上上下下,全是重重叠叠的石级。人坐滑竿上坡,几乎是倒悬的。脚朝天,头朝地。滑竿儿,现在是看不到这东西了,是这样简单的一种工具:两根粗竹竿中绑一只细竹片座位。由两个瘦人两头一抬。

重庆美术院那时正被一批国民党分子霸占着。他们把一些优秀的、进步的画家排挤之后,又自己互相倾轧排挤,闹得乌烟瘴气。书鸿去了一看,什么艺术,什么创造,什么教育,全都谈不到。那些青年学生只能依靠自己的才干,自己的努力,自己摸索。他们中间,确有一些很有才能,很有希望的青年,可是书鸿不相信他们能从这样的学校中成长起来。那些国民党分子把他请来,是别有用心的。我们的画家再不懂世事,也立刻识破了他们的企图。他不过被利用来做做幌子罢了。而当时的重庆,昏天黑地。贪污腐化、横行不法的国民党统治着一切。他真看不惯!

他无法在这个地方待下去。于是,他决心离开重庆。但他能到哪儿去呢?

如果世上曾有过一个地方,使艺术家,使知识分子(更不用说劳动人民了)感受到莫大的痛苦的,这地方就是在抗日战争低潮时期的重庆。新四军事件刚发生,文艺界里反应很快,很敏锐。许多作家艺术家都离开了。有的往北去延安,有的往南到香港。但是,他能到哪儿去呢? 欧洲战云密布。美国,如果他愿意,可以让他去,但先要到国民党的中央训练团去住几个月。而美国,他可不想去! 香港也不可居留。延安,他那时并不理解。回桂林,建立小画廊呢？现在也味同嚼蜡一样的失去兴味了。重庆必须离开，必须尽快地离开！一向很安静、很稳定的人也开始心烦，焦虑不安。

当时，我们的画家只看到一片黑暗，笼罩在祖国的大地上。他看不到一点光明。他不知道光明正闪耀在延安，在黄河以北广大的敌后地区里。他以为没有光明，他感到绝望了。

他没法生活下去。他诅咒着雾和山城，诅咒着这个城市里的生活。女雕塑家自然也不例外。她却奔走张罗，让他们生活得好一些。她埋怨丈夫选择了这么一个山城来居住。她和那些法学家又碰上了。有时和他们一道去参加鸡尾酒会和舞会。她常常弄到深夜才回来。

在和一些历史学家和考古学家的往还中，书鸿听到了甘肃敦煌千佛洞的一些情况。当时，人们更多地注意了已被外国人盗走的那一大批经变写本。可是，对于壁画，却还没有怎样的重视，仿佛还没有人觉得有这一种宝藏的存在似的。忽然间，他决定要到敦煌去。在他的寂寞、冰凉、痛苦的心中，敦煌壁画却燃起了一阵光耀的火焰来。

还在巴黎时，他就看到过敦煌的写本。这些稀世之宝并不属于他的研究范围。他也看到了一些壁画的原件残品，由伯希和拍摄的照片和一些印刷品。当时就有这个感觉，写本不过是敦煌文物的一部分而已；壁画才是它的主体。那时候他就渴望着有一天能看到原作，现在，时机不是已经到来啦！

到敦煌去！是的，他知道这也并不是容易的事。那是在"黄河远上白云间"的塞外，在河西走廊的尽头，在千年积雪的祁连山下！要到那种地方去，需要像古代的张骞一样的精神，像古代的苏武一般的毅力。

但他已决心到那个地方去。经过他自己和几个比较能理解他的朋友的奔走,筹了一笔款子,找了几个关系,弄到一辆八缸"别克"汽车,还有汽油、护照,他终于成行了。女雕塑家和他同行。她听说敦煌也有雕塑。她对新奇的事物总还是有兴味的。女儿寄养在叔叔家里。

而这是多么艰苦、危险的旅行啊!他们必须跨越秦岭到西安,那还是比较通达的路程呢。从西安到兰州,这就人烟稀少起来了。再从兰州出发,走上河西走廊。这一千多公里的大戈壁滩,几乎杳无人迹,但见远远的地平线上,有些海市蜃楼而已。斯大林大元帅当时为了支援中国抗战,派来苏联空军和地面后勤人员,因此有一些油罐车、器材运输车,专家的小卧车,点缀在骆驼商队和大风沙中,减少了旅途的寂寞。他们一路跋涉,直到祁连山的西部。他看他们几乎已走到祁连山的尽头,古阳关附近的地方了。

描写这一段旅行,对于我们是不必要的。旅行家们坚定的宗教信徒似的步伐,前进了又前进。经过三个月之久,他们到达了目的地,一片流沙中间的一个小小的绿洲。在两个山冈之间,流出一道溪水。一片林木,白杨、白桦。一阵阴凉、翠绿的感觉。层层楼阁的寺院,虽然高古,还未倾废,还能看见当年的贴金彩色。

五

他们到达敦煌千佛洞那天的第一个黄昏,仿佛为了欢迎这些重要的客人,那里显现了一个极不容易看到的圣洁的佛地景色。

头一天夜里,下了一场雨。这在戈壁滩上是几年也难得碰上一次的。因此,这一天,沙土澄清下来了,空气十分透明。千佛洞的洞窟,散布在一条狭长的山冈上。黄昏,太阳沉没到这条山冈背后去。在还没有沉没时,一道灿灿的金光,从这山冈的佛洞后面射来,射过密密的洞窟之前一片小小的平川,射到平川那边嶙峋的三危山。当太阳更往下沉落时,平川和它中间的一道小溪被隐蔽在深沉的暮色中,只有溪边的树林尖梢还贴着金光。这时,三危山上却金光闪闪。又过一会儿,太阳差不多完全沉没了。平川已经黯黑,而三危山上的圣洁的金光却格外的辉煌发亮。三危山上出现了一千尊或者更多尊佛,展示了它们的结跏趺坐之状。那嶙峋的岩石:一尊尊的佛,全部显圣了。它们须眉毕露了。它们都有圆光。它们有的盘膝,有的垂足而坐。它们垂臂袒肉。有的徛侧着,猛兽驯顺地伏在它们足下。全体都合十,微笑。最后,它们隐没在缀满群星的夜幕背后。

这头一个黄昏里,千佛洞的千佛,就延见书鸿,让书鸿向他们参见,朝拜了。

第二天,我们的画家由当地仅有的一个老喇嘛带领,在洞窟之中看了一遍。他看到了世界最伟大的艺术创造。他高兴得连血液都沸腾起来了。心中大声高呼:祖国啊,你是多么的富丽堂皇!在河西走廊,在祁连山下,在玉门关外,你在荒凉的、没有生命的戈壁沙漠中,有着何等珍贵的宝藏!祖国的历史文物是这样丰富有光彩,古代的艺术创作是这样的热烈而神妙!他想,我们的先人留下了这样的财富给我们!可是,我们却将它抛弃在戈壁中心,让它默默无闻,寂寞地经历时间的流逝。朝拜者少起来了,如今更没有朝拜者。然而它却不寂寞。它既然这样富丽,它当然是不寂寞的。它是这样激动人心的,最伟大的艺术创造!感谢戈壁滩上的干燥的空气!自然界比我们更关怀它,更善于保护它。千佛洞的壁画,历千余年而色彩鲜艳!千佛金身,历千余年而不坏!

原来在路上叫苦连天的女雕塑家,没有想到会在这里看见一千多尊彩塑,她也喜欢了,认为此行大有收获。你想,世界上现在仅存单色雕塑了。雕塑已经丧失了鲜艳的色彩。可是,这儿却全部是彩塑啊!

他们从万化洞拾级而登,去看一个北魏的洞窟,那个第428洞(那是书鸿后来编定的号码)。这是魏窟之中最大的一个,有窟檐、人字坡、梁与18根檩。这是太妙了。古代的艺术家开挖一个石窟,把它,洞窟的形式,开挖成屋宇的形式,成为屋宇的模仿。你一进去,以为是在砖瓦木结构的中间。相当宽敞,中间有一大龛。一佛二罗汉在龛内。二菩萨在龛外。它们栩栩如生,神态自若。它们的八层背光,闪闪耀耀。窟顶有莲花。四角上,飞天翱翔。人字坡上,火焰也在飞升。西壁画的是十尊半裸体的菩萨和飞天,还有几百供养人。东壁北段画的是须大拿太子的壁画故事,南段画的是萨埵那太子的壁画故事。北壁画的是说法与降魔。南壁西壁都是说法图,佛诞图。

他一进这洞窟,便掉进了染缸似的,整个都掉落在色彩的世界中。奔马在四周跳腾。天鹅在空中打旋。花草失去了重力而浮动。蛟龙和人一起飞行。热烈的红色调子是基调。千万种色彩旋转在他的周围。

从北魏到今天已经有15个世纪了,而壁画的颜色还仍然如此之鲜明,如此之吸引人,因之书鸿两脚一踏了进去,就陷在里面,拔不出来了。他简直没法形容他那狂喜了。血为之沸腾,心跳得厉害。他高声颂赞祖国,颂赞古代的艺术家。

北魏的画风,那粗黑的线条,立刻使我们的画家感到不小的惊奇,尽管这是他已经知道了的。敦煌壁画的色彩纵然鲜丽,终究是年代久远。那淡红的颜色,肉色,有不少已经变色,或者在正要变色的过程之中。也有的完全没有变。多妙!大自然,或者说,时间老人,也拿起画笔来,在这些壁画上加了工。凡是肉色的人体都变了色。粗犷的黑色的线条勾出了轮廓来。这一变,变出来一种特殊的美。后来他在别的洞窟中看到,如在第263号的宋窟中,宋代的壁画被时间的指甲剥除后,露出里面还有一层更早期的北魏的壁画,颜色完全没有变色。一点也不是粗线条,而是精细的线条。一点也不是黑色的轮廓,而是人体的肉色。

但那粗犷的画风,真是有力,强烈!那粗线条,像绳索似的把它的观赏者牵引住,绑住了。从第一天起,我们的画家就受到了一幅壁画的感召,这就是第428洞东壁南段的《萨埵那太子舍身饲虎图》。

饲虎图,画三个太子出猎在外。最小一个,萨埵那太子见母虎和七个小虎饥饿消瘦。为免母虎吞食小虎,太子宁愿舍身饲虎,后来因而成佛。这幅画里面所宣扬的一种思想,居然像一道闪电似的击中了书鸿,像一声霹雳震动了我们的画家。

他想,既然萨埵那太子可以舍身饲虎,他自己为什么不能舍身侍奉艺术,侍奉这座艺术的宝库?他在壁画之前沉思,犹如壁画上的萨埵那太子在跳崖之前那样沉思着。他想,这里要做的工作不知有多少!要保护这宝库,需要有守护者!要整理这宝库,需要有研究者,临摹复制者!需要艺术家,终身为它效劳!需要艺术家,将它发扬光大!

他想,他应该终身以敦煌的洞窟为家!

六

女雕塑家的惊喜的叫声把他从沉思中惊醒。她不在他身边,没有看见他沉思和他脸色上一刹那的决定性变化。她在邻近的一个洞窟中,在第427洞,那里面有九个高大的彩塑。跑遍了欧洲,也找不到这样栩栩如生的彩塑的。它们体态健壮,披着极为华丽的装饰,画着极为精美的锦缎衣料。那塑像颜面的贴金的金子已经被什么贪欲的人刮去了,却依然庄严而动人。

书鸿发现,从这儿接连过去,有一系列的洞,后来看出来都是隋代的洞子。他当时又发现,第 428 洞并不完整,而只是半个洞窟。这里也许曾经发生过地震,或者是戈壁滩上的大风暴。在这一排洞窟的前面,从前很可能有一排至几排的洞窟。现在全都塌掉了!塌方的痕迹是很明显的。如果不再好好地保护这些洞子,它们还能塌。时间,风沙,地震,这是不饶人的。想到这里,书鸿战栗起来了。现在,已经决定了,他要来担负这个守护者的责任。这是义不容辞的。他不敢和萨埵那太子相比。但他也要把自己的一切献出来。为保护洞窟而必需的话,他可以献出自己的生命。

他很快发现,例如在第 285 洞中,有被盗窃的痕迹了。在那神情生动的二纤夫的背后,有方方正正的一大块壁画,很明显是被用小刀子挖走的。那便是纤夫们的纤绳所拽引的《南人行舟图》,被一个名叫华尔纳的美国奸细盗窃去的。此人曾经计划了将整个第 285 洞盗走。后来是敦煌和安西的人民起来制止了他!人民一直守护着自己的宝藏。但是敦煌还没有专职的保护者。不,不然!现在已经有了。他看到他自己的神圣的职责。

叶兰万想不到她的丈夫会有这些思想。她奔跑在这些洞窟中,好像自己也随着丝巾的飘带而如飞天般飞翔起来了。她审视着一尊又一尊的彩塑,绕着它们从前影看到背影,又从左侧到右侧。有的微有破损,但绝大部分是完好如初的,鲜艳的,在呼吸似的。她绕着一尊金线红袈裟的阿难塑像,如一只彩蝶绕着一朵鲜花。微有变色的观音菩萨有紫色的躯体,有鲜红的嘴唇,似乎微启眉睫地望着这个从巴黎游学回来的年轻妇人。女雕塑家欣羡不已,唱着意大利歌剧中的咏叹调,从一尊塑像,转到另一尊塑像。

书鸿一直不能解决一个问题。在中国画论中,这也是长久以来的论争的一个焦点。形似,神似,很少有艺术作品能把它们统一起来的。事实是只有二者的统一才能给人以最大的享受。然而这是不可能的,顶多也只是比较的统一罢了。例如,在唐代洞窟中的第220号,在初唐的洞窟中,它是首屈一指的,有贞观十六年的纪年题字。它几乎给了人们最高度的享受。北壁的经变形式的佛像,宝台莲池,有26人的乐队,4人起舞。南壁的西方净土变,中央坐佛,莲池中2人起舞,乐队11人,其两旁各有说法图,两端画着大型楼房。这两幅壁画都极其华丽。形神几乎是统一的。但其中形似还是胜于神似。

最突出的画,在东壁的门旁,北文殊和南维摩的两幅造像。维摩正在发表他的雄辩,口若悬河,文殊却肃穆地侧耳而听。书鸿手拿着一支大手电筒,仔细地观看。灯光奔向维摩,众王子,散花的天女。灯光奔向文殊,皇帝,百官,外国皇子,昆仑奴。这么多的人物,个个生动活泼,呼之欲出。他想到画史中记载的,顾恺之的《维摩诘》有清羸示病之容,隐几忘言之状,或许是这张壁画所师法的。但顾虎头只画了维摩一躯。这里却包含了阎立本的《历代帝王图》,阎立德的《职贡图》,恐怕还吸收了陆探微和张僧繇的风格。这幅巨幅壁画可能超过了他们。诚然是稀有的作品,罕见的作品,形神只一刹那兼备了。这里的神似,似又超出了形似。我们的画家开始感觉到许多美学上的重大问题,在敦煌的壁画之前是能够得到解决的。他突然领悟:

中国古代绘画的正源,原来是流到了千佛洞来了!

更不止这一点。在这里,中国绘画,还和希腊及印度的艺术,所谓犍陀罗的外来形式相汇合。这里成了世界艺术的一个集合点,而又保持了,并发扬了中国民族的风格和民族的气派。在中国绘画艺术发展到了敦煌壁画的时刻,它登峰造极了。

唐宋以后的画家,另辟蹊径,走入山水画的崇高而空灵的境界,给人一种飘然出世,身在世外的超然的态度。这条支流完全不能和正源相比。中国绘画的正源原来流入敦煌壁画,湮没在戈壁之中已千余年。它在等待着未来的大画家来继承它,来更向前发展它。

我们的画家的心灵中充满了欢乐。一个中国人跑到外国去研究绘画,简直是开玩笑。他大笑起来。而洞窟发出回声。在巴黎,他不能解决的,在这里,他解决了。他打定了主意,要在这里建立一个一点儿也不夸张的、世界第一流的,全世界最伟大,最可骄傲,最宝贵的中国敦煌石窟艺术展览馆。是啊,一座展览馆!以及一所艺术研究院。他的宿愿已偿。一座宝库已经打开。

他开始临摹,先在第428洞中。叶兰在第427洞中做一个观音彩塑的复制品。书鸿给重庆的美术界写了信。三个月后,他寄去了他的第一批临摹画稿,几幅千佛洞的油画。三十多幅临摹,大体上介绍了敦煌的几种代表性的风格。彩塑没有送出去。一方面是运输上不容易,再则是几个复制品都没有完成。书鸿计划半年后再寄去一批更完整的临摹。生活,为了保护和发扬古代的伟大艺术而生活,现在充满了重大的意义。

七

但这是什么样的生活啊!大戈壁无边无际,到处不见人烟。一个沙丘接一个,上面只有骆驼草,琵琶柴。风沙时时逞狂。寂寞统治着一切。你说,在古代,隋唐之世,这里曾经是个繁荣的地方,谁能相信?谁相信这里也曾是交通要道,人口80万?现在,能发出声音的只有风,和大雄宝殿楼阁角上的风铃叮当。那声音比寂寞还难堪。

最简朴的粮食还是花了很大力气从敦煌县城里运来的,难以下咽的、粗糙的饮食。尽管精神上的营养很丰富,但生活太寂寞了,未免难以忍受。书鸿是一个像宗教狂似的热中于自己的事业的人。他竟笨拙到没有觉察叶兰的颜色日益苍白,心绪逐渐恶劣。在最初的狂喜竭尽了之后,她不再想待在这种鬼地方了。她是在巴黎的浮华世界中长大的金丝雀。在华美的客厅里,你能少得了金丝雀、白芙蓉吗?她原先以为他们只是作一次三个月的旅行。旅行,那什么苦她也不怕,以后欢乐可以补偿她。可是,现在书鸿却要过一辈子!在这种只有一个老喇嘛的荒凉的地方!最近的邻居是二三十里外的几户农民。这里没有歌剧,没有舞会,没有蒙玛特尔,也没有都邮街和小梁子,只有静静的壁画,默不出声的彩塑和无边无际的大戈壁……

一切劳动会有报酬。是的,三个月辛勤的第一批临摹到达重庆以后,几个热烈的拥护者在美术院的小礼堂里布置了一个小小画展。画展并不对外。他们计划在半年之后,第二批临摹品到达,件数较多时,再公开展出。但小小画展从第一个上午起就闪射出强烈的光辉。很快的,消息到处传开:有个出色的展览会,好得不得了。它征服了整个重庆的文艺界。它引起了文化工作委员会的注意。郭沫若看过之后,题了两首七律。诗在《新华日报》发表后,小画展从美术院的小礼堂迁移到中苏文协的楼上,公开地展览。参观者络绎不绝。大后方文化界以此为盛举。一些美术院的学生成天地在这个小画展上进行这些临摹的临摹。评论家发表了不少文章。

有一天,美术院的学生在参观者的中间发现了周恩来同志,董老,银发的林老和别的同志。他们消磨了大半天的时间。最后他们离开时,看得出来他们是非常喜悦的。

这个小画展获得了极大的成功。

只要叶兰能知道这些情况啊!但是,他们好久没有看到报纸了。他们还没有接到朋友们的信。有几封热烈的祝贺的长信已经付邮。只因邮路太遥远,尚未到达。

那一天,我们的画家在第6洞里,用了全部的有足够光线可以工作的时间,临摹那著名的五台山的宋代壁画。最后,光线消隐了,他才收拾画具,带了疲倦而满足的心情走出洞子来。这幅五台山地图,画有山水人物,大小寺院,传说故事,说法巡礼等图像,其中城垣8座,寺院67处,宝塔28顶,店4铺,桥8架,人物不可计数。书鸿认为,这幅山水图画里充分地表现了人与人的环境。它不像宋元以来的山水只画环境不画人,画人也是画的高人,隐逸之士。他一向认为,绘画的本质应当是表现人与人的环境的。它表现人在环境中的戏剧性的一刹那,并通过这一刹那表现人在环境中的整出戏剧。来到敦煌的几个月,使他越来越相信,绘画艺术是在这些洞窟中发展到最高阶段了。但是他也知道,自己要对敦煌壁画作出准确的估价来,最少也得花二三十年的功夫。

回到宿处的皇庆上寺中,没有看见叶兰。他走到大泉河边找她,她不在。他觉得奇怪,到洞窟前呼喊。寂寞的洞窟没有回声。他四处都找不到她,而黄昏近来了。他忽然想起,中午时刻曾听见那辆"别克"汽车发动的声响,却完全没有注意。他到车房去看,车已不在。

甚至一个字也没有留下,她已经离开了千佛洞。

可以说,很少有人经历过像书鸿在这一个黄昏所经历的这种炽烈的情绪,这种撕心的苦痛与悔恨。他从不曾意识到自己是对不起她。他太不关心她了。他要她把小女儿抛在大后方,这就够她难受的了。他还要她一辈子,一点不错,一辈子,像个出家人一样,生活在茫茫无边的沙漠中。

他怎么办呢?

此后的一切他自己已经完全不记得了。这个纯朴的人,在一刹间被突然的不幸震昏了。但在这半昏半迷的状态中,他还是作出了一系列的判断。她中午出发,晚上可能在安西宿夜。现在,汽车已经开走了。这一带,找汽车不可能。连夜骑一匹马,赶到安西去,说不定可以追上她。刚好县城里运粮来,有马。

这刚好是中秋节,团圆月。初升的满月在戈壁上撒满了银色光芒。他奔驰在这荒凉、皓洁的道上,丝毫没有顾到在这样的夜晚,这是多么疯狂危险的举动!他一直骑行了一夜。在黎明时分,到达了安西。

不幸的人啊!安西公路站上的人告诉他,由一个妇女自己驾驶的汽车比他早不过半个小时,又自己驾驶着汽车,离开了安西。

好在安西有汽车可搭。他搭上一辆大卡车。到了桥湾,他知道了那辆小汽车在两个小时之前就过了桥湾。在桥湾,他换上了一辆运油的车,赶到玉门。但那辆"别克"车又已经离开了玉门。运油车在他的请求下,决定赶路到赤金。但到赤金时,还是没有赶上叶兰。天黑下来了,运油车不肯往前走。书鸿为了在天明以前赶到酒泉,——她一定是在酒泉宿夜的,又想尽办法,出高价,买到一匹马。阴历十六的月亮比十五的还光耀,他又在月光下骑马出发。

可是,出去没有多远,他眼前发黑,从马上倒下来。他像一个游泳家往下跳水似的,向黑暗的深渊中跳下去。他昏过去了。

八

当我们的画家在法国的时候,我国有一个优秀的地质学家,叫孙健初,是土生土长的。他是山西大学出来的,念的采矿系,毕业后,在中央地质调查所任职。七八年间,跑遍了黑龙江、辽宁、吉林、河北、山东、河南、湖北、安徽等省。

他是河南濮阳人,从小就品学兼优。从高中一年级起,直到离开山西大学,每一个学期,每一门功课,每一项作业,每一次测验,稳拿100分。绝对地有把握,不兴拿一次99分的。当时他在西北,抗日战争爆发了。他星夜奔回江南,目击了上海郊外的英勇战斗。他一到南京,即接受了资源委员会的任命和委托,溯江而上。抵黄石港,来到了大冶铁矿。他当初学过黑色金属的勘探专业。因为保家卫国,必须有钢铁;而在冶炼之前,首先要勘探。现在,他想,他的所学将要有所用了。现在他有了报国的机会。

他奋发之至。这却还因为在南京时,他曾和资源委员会的领导人发生过一次激烈的争论。那人也算个有名的地质学家呢!可是他认为中国不能工业化。偌大一个中国,可就是资源贫乏。中国地大物博之说,此人认为没有根据。他说那只是清朝的闭关自守、自大与无知所造成的。在中国,煤的资源虽然不算少,也并不太多。全国是陆相沉积地层,不可能有石油。铁的资源非常不够。有色金属,特别是铜,更为稀少了。稀有金属,尤为稀有,几乎等于零。他身为资源委员会的领导,却对于祖国的资源没有丝毫信心。他说,照美国那样的炼钢,中国只能炼三年。三年,全部资源就一下用光了。若要中国工业化,那是向后看。如果要向前看,就得看到中国乃是一个农业国,等等。孙健初听到了他这一套话,连肺腑都气炸了。

他认为,第一条,没有经过全国规模的普查,不能下结论。第二条,按"或然率"的概念,虽未普查,也能够说,地大了,物不会不博。地大物不博不合乎科学的常识规律。他决心在国内以查勘的结果来证实他的论断。现在,仅在大冶铁山,他就有足够的数据,来驳斥那个主任委员这种分明要中国向外国帝国主义低头的奴颜婢膝的思想。

看啊,这座大宝山!他从他的玳瑁边眼镜中望着这豪光万道的宝藏之地。山里有猴子跌得死的悬崖。崇山峻岭,只有穿山甲和爬山虎出没。有些传说,孙健初听了,微笑了。当地人说,铁拐李曾来此地炼制他那条铁拐。彩云飘来,是坠崖而死的幽灵在寻找替身。我们的地质学家却攀登到了铁山山脉的最高峰,在北风山的绝顶望长江的七面环抱之势。他站在云雾中,一眼看去,似乎看到了远古时代的造山运动。他仿佛看到那大量物质混合而成的错综复杂的溶液、岩浆,从深不可测的地层深处喷发出来。一部分岩浆经喷火口流出地表。一部分在距地面一公里至数公里的深处凝固了,形成了晶体,矿物体,结晶的岩石。

根据资料,他知道,在"黄武五年(公元227年),吴王采武昌之铜铁,铸为刀剑万余",指的就是这里。他从山顶降下,回到大冶矿区。开战以后,矿务局冷冷清清了,十分寂寞。这虽是旧中国的第一个重工业基地,却早由盛宣怀出卖给了日本帝国主义者。孙健初听汉冶萍公司的老工人告诉他,张之洞、盛宣怀是一开始就倒在日帝的怀抱中的;这些年来,权益一直没有收回,直到这次抗战;他气愤极了。当他来到已被开采的层层开采面的山前,他看到日帝的掠夺的痕迹。选矿厂有高大厂房。铁砂从这里运到沿江码头。然后一船船地运走。匪徒!匪徒!!匪徒!!!日本的八幡制铁所用了大冶的铁砂。日本大举进攻中国,倾泻在祖国神圣的土地上的钢铁竟有一部分是采自大冶铁山的!

他工作起来了。他发现,当初英国地质学家勒洛艾来此勘测,给它估了个蕴藏量还不到两千万吨。后来的德国地质学家丁格兰,以龙洞附近闪长岩中的铁矿为依据,估了两千多万吨。这些估计都是错误的,都很可笑。这些地质学家,谁知道他们是怎么胡搞的呢?也许他们是不坏的地质学家吧,然而他们是受帝国主义掠夺者的委托前来工作的。掠夺的目的性规定了他们的工作的局限性。他们既未理解铁矿成因,矿区图又潦潦草草。而估计数字,全不准确。

现在,孙健初日夜工作。他制成了两万分之一的矿区地质图。他的工作之细致,工作量之多,远超过帝国主义国家的地质学者。他遍历云雾笼罩的山区,描述铁矿分布和组织,深刻地研究了汉白玉围岩变化,分段计算储量。这真是一座使人兴奋的宝山,不仅是一座真正的铁库,他还含有有色金属和稀有金属。

人一进山,俯拾皆是高品位矿石。山已被开采,峭壁和洞窟,挺立在前。一眼看去,真个惊人。人在铁山中,一点也不错。峭壁上,岩洞中,闪闪发出金属的光彩。有这样的宝山,谁能不为它而骄傲!这铁山的矿脉像一幅幅巨大的壁画一样,画满峭壁,画满洞窟,呈朱红色,紫红色,赭色,褐色,黑色,绿色,蓝色,青色,金色,银色,色彩缤纷。什么绘画也比不上它!

不幸,孙健初的工作因日寇入侵而突然告终。东南半壁江山,连同这座宝库,像北方的大片土地一样沦陷了。炼钢炉可以拆卸运走。铁山只能眼睁睁地放弃。被迫撤离时,他的心儿碎了,流不尽滚烫的泪水啊!

九

他入川,抵重庆。抗战进入低潮。抗战初期的热烈士气和紧张的勘测工作一度闭塞了他的眼睛,他曾经寄希望于国民党,不想它如此无能与腐败!至武汉和广州相继沦陷,到了大后方,他越来越认识清楚了。他看到北方的人民的力量,最初在感情上受到震动,却很快地在事实面前,承认了事实,坚定了必胜的信心。

为了躲避日益频繁的轰炸,他被疏散到北碚。在那里,他和一些著名地质学家的往来,使他知道了更多一些事。一个地质队在西南勘测时受到土匪袭击。国家不能保护他们,牺牲了几个优秀青年,其中还有国内惟一的一个女地质学家。他们死得惨。知识界为之震动。

便是孙健初这样的科学家也发生了灵魂的危机。看到自己一事无成,内心起了激烈的斗争。

这时,英帝国主义正讨好日寇,封锁了滇缅公路。大后方用汽油很困难。国民党政府想自己来生产石油。资源委员会又找他去谈话,想派他去找寻石油资源。

他慨然担当了这个重任,这是国家委托他来担当的。他决心再次以他的工作,以事实来驳斥那个荒谬的理论。那个主任委员虽然奉上级命令要找油,却继续还在鼓吹无油论。

这回那人提出了那个陆相沉积不能生成石油的论点来。事实也似乎是如此的。世界油田都出在海相沉积地层。在一亿至三亿年前是大海的地方,出了油。而在那个地质时期,中国除喜马拉雅山局部地区是海,其余都是大陆。再则,世界上也还没有一个陆相沉积油田。

但孙健初有一个看法。据古籍记载,中国早有了石油。依照《汉书》,则高奴,即肤施,今延安,是有油的。依照东晋张华的《博物志》,则酒泉也是有油的。唐代的李吉甫《元和郡县图志》更明确,"玉门县……东南有百八十里,泉有苔,如肥肉,燃之极明,水上有黑脂……取其脂燃之……"虽然世界上并无陆相油田,并不能得出陆相一定无油的结论来,更不能用以否定古籍图书上的记载。

他从重庆出发,到了西北。本拟在鄂尔多斯地台找石油,国民党政府没有同意。他转到了酒泉盆地。一把地质锤,四个测量工。他们踏上河西走廊,两次出嘉峪关。茫茫的戈壁滩是只长琵琶柴和珍珠草的一片砾质荒原。他很快发现他的力量无论如何是不够的。资源委员会几乎是什么条件也不给他,却开玩笑似的要他三个月后交出石油来。

明知其不可为而为之,爱国的热情激发了他,对于地质科学的事业心燃烧了他。一到酒泉,他凝望祁连雪山,连绵不绝。大西北的苍茫郁沉的气派震慑了他。没有到过西北的人,不能说是认识了我们祖国的!在巍峨雪峰下,到底蕴藏着什么呢?他按照科学的规律和要求,一步步地,一点一滴地进行了严格的工作。河西走廊在当时全国地质图上还是空白点。因此他有许多事要做。科学家有一种实事求是的态度和踏踏实实的作风。严格的工作中,不时会爆发出创造性的火花来。现在来看,孙健初能一下子选中酒泉盆地,可以说是非凡的思想。虽有古籍图书指引,却主要是由于他有相当充分的地质学的科学依据。他孜孜不倦地工作着。但是三月期满,他回到兰州,宣告失败。

在兰州的一个宾馆里住着的时候,他偶然邂逅到一位斯大林派来的苏联空军上校。真是偶然机会。餐厅里人拥挤了,把他们挤到一张桌子上吃饭。上校能说英文,寒暄时无须翻译。吃过三道菜没说上几句话。孙健初很沉默。上校比较健谈些。临到咖啡快喝完,上校了解到孙健初的任务,忽然激动万分。原来他曾经是巴库石油局的地质师。自从支援中国抗战来到新疆、甘肃、陕西,他注意到中国的石油资源问题。他赞同孙健初在中国大西北寻找石油资源。

地质学家们是多么的兴奋!他们谈了一个下午,又谈了一个晚上,又谈了一个后半夜。窗外鸡啼。晨曦照上了金色的蛟龙似的黄河。既然他已经在河西走廊上进行了三个月艰苦而踏实的工作,他就有可能给上校看一些图纸和资料了。他们并肩俯首在展开了的河西走廊的地质图件上,预测到酒泉盆地的第三纪地层有可能出油。

他兴奋,因为了解到苏联的局部地区发现了陆相油田的情况。他眼前展开了一幅瑰丽的远景。中国可能很快成为一个富油的国家。他确定今后要沿着祁连山的边缘找油。

我们的地质学家第三次出发。两个技术人员,四个测量工,一个炊事员翻过乌鞘岭,走上河西走廊,出了嘉峪关。他骑着骆驼,来到了玉门老君庙附近的山边,支起帐篷。他在大风沙中,翻过了黑沙、黄沙、樱桃红沙的山头。他到达了干油泉(那是后来他给它取的名字)。他惊喜若狂,发现了明显的石油的露头。

在一个山谷间的台地上,石油从地下渗出来,形成一道现已干涸凝固,然而曾经奔流的油泉。干油泉,沥青,这就是我国第一个现代化的石油基地,玉门老君庙油田的露头处。

十

但是,在孙健初发现石油露头,报告到资源委员会,要求派钻探机前来之时,那主任委员却不肯派。他竟然复电说他没有钻机。

见鬼!地质学家真是生气起来了。他连连拍发了两份电报,措辞严正,要求两台钻探机,至少一台!可是,回电还是说没有。资源委员会好大的衙门,却连一台钻探机也没有?也拿不出?他不能相信。既然如此,当初何必要派遣他,西出嘉峪关,万里迢迢的,去寻找石油呢?

幸而,天无绝人之路,后来不知怎的忽然有了。怎么样的又有了钻探机呢?后来发生之事,就是地质学家自己也始终没有明白。反正,后来就是有了。

其中有这样一段插曲:资源委员会那时确是没有钻探机,有几台破家伙,早已失灵了。老爷们是万万想不到的,孙健初真给他们找到了石油!重庆传说了这一个重要的发现。《新华日报》的记者很快探听到了这个振奋人心的消息。接着红岩村里又知道了,如何地质学家拍来急电,要求钻探机,而资源委员会没有能满足他的要求。一了解到这个情况,八路军驻渝办事处就给中共中央发出电报,请示能否由陕甘宁边区设法帮助那个虽已建立了功勋,然而孤立无援的地质学家。

中共中央的领导人接电后,决定从过去日本人和美国人在陕北延长油矿建矿时留下的钻探机中,支援两台。全部器材,连同钻探工人,连人带马,一并送走。

枣园回电到了红岩村。办事处通知了资源委员会。

共产党出钻探机,支援玉门的石油勘探工作。这是多么奇妙的一个新闻!国民党内部曾秘密地讨论了这件事。当初,孙健初曾提出来过,他要在鄂尔多斯地台寻找石油,要是真让这个魔法师在那儿找到了石油,不就糟啦!这就要落到共产党手掌之中啦!幸亏当初没有同意他。这一件事做得对!至于现在,在嘉峪关外发现了石油,而延安要派工人送两台钻探机去,这可不可以同意呢?可以!可以!钻探机钻出石油来,是国民党的;钻不出石油来,是共产党的。据说,蒋光头那晚上主持会议。他说出了那样的警句来,所有在座的人都笑了,像狼群嚎叫一样。大家得意忘形了。

地质学家并不知道个中底细。他忽然又接到了重庆来电,说有钻探机两台,从陕北延长油矿拆卸下来的,不日即可起运。命令他做好准备,早日开钻,钻得石油,以资异日之开发也。等因奉此!

我们的地质学家当时没有想到,陕甘宁边区政府的办事效率那样高。电报接到了没有十天,钻机已运抵兰州,从兰州起运前来了。

孙健初那时是在赤金。五天以前,他迎接到以傅吉祥为首的钻探工人们和两台老式的顿钻,两卡车的套管钻杆和其它零件。

傅吉祥年方 35 岁,却有 18 年工龄,说话带点河南口音。看他身躯魁梧,两眼炯炯,处事干脆有力,经验丰富,在工人中很有威信。

过了一日,他们一清早驰车出发,运送器材到老君庙。在赤金外三里地的公路旁,坐在车头、驾驶员身边的孙健初突然发现有一个人倒卧在戈壁滩上。一个急刹车,他们跳下车去看。这人昏迷不醒,但仍然有救。他们急忙原车回到赤金,将他抱进屋里,进行了急救。他动弹了,但没有醒过来,发高烧,说呓语。孙健初听他在昏迷中说了些法兰西语,大为惊奇。

器材车还是开走了,自有测工为钻工带路。傅吉祥和孙健初两个却为了这个人留了下来。一连三天,傅吉祥悉心看护着这不知名、又不相识的遇难者。我们的地质学家还认为这是侠义心肠,十分感动。言谈之间,他对这个钻探工人是钦佩有加的。在守护病人的期间,他给这工人讲解一些地质的知识,他学得很快。

十一

"好了,好了,醒来了!"

书鸿醒过来的时候,仿佛听到轰然的一声。意识的世界回来了。他听到一副洪亮的声音。光线多么刺目!一个戴眼镜的中年人,一副似乎很熟识的圆乎乎的面型,正俯身向他,望着他。但他还睁不开眼,又闭上了。他听到了许多声音,风声,人声,沙子打窗纸声,炉火声,水壶吱吱声。纷至沓来的声音震得他头痛起来。

"不要紧了,醒了!"

一个有力的声音使他又睁了睁眼。这回看到一个满脸短髭的钻探工人。一只大手摸了摸他的前额。

"我在哪儿?"他问。发出来的声音,细丝似的,自己也觉得听不清楚。

"好,好,"孙健初回答他,"你不要说话,静静地休息。不要说话,一切都好了。你醒来了。"

我们的画家被这温暖的声音抚慰了。他感到自己柔弱得好像一个初生的小孩。他还没有明白,这究竟是怎么一回事?然而安心了,一切真的好了,很好了,而原来是不好的,很不好的。但他太衰弱了,又昏昏睡去,这一回他是睡着了,睡得很稳,发出了均匀的、轻微的呼吸声。

他又睡了一天一夜,睡够了。这回醒来,觉得口渴,要喝水,满脸短髭的钻探工人端给他一碗面汤,并且亲自喂他。喝完以后,书鸿觉得自己有了热气,睁大了眼睛,又一次问:

"我在哪儿?"

"你在赤金。"傅吉祥回答,把碗放回去。

赤金?他怎么是在赤金?这一回他的意识,他的神智完全恢复了。他是在一间小屋中。窗前有一张桌子,那个戴眼镜的圆脸的中年人原来坐在那儿看一本厚书,看到他醒了,也来帮忙。等他喝完面汤,拉过一条板凳来,他就坐在床前。

"我怎么在赤金啦?"他自问,发现自己好像在一个机械工厂中,地面摆着木箱,里面是钳子、扳手这些工具,还有些机器、齿轮和螺丝。空气中,似乎还有一股机油味儿。看到自己在这样的环境里,他很奇怪。

孙健初回答他:"我们在戈壁滩上发现了你,昏迷不醒。我们把你抬了回来。你一直在发烧。你?"

孙健初想问问他是谁?是怎么一回事?但这时,书鸿一下子把一切都记忆起来了。画家急切地打断了他,问:

"你们救我回来几天了?"

"今天是第四天。"孙健初回答。

书鸿一听他昏过去已经四天,愕然了。他知道他决计来不及追赶叶兰,便黯然神伤。那么已经是来不及了。已经无能为力了。现在他把一切,巴黎、重庆、敦煌都联系了起来。壁画的色彩和线条又闪动在他眼前。多么可惜啊!他竟掉头不顾,离开了敦煌千佛洞,跑到赤金来了。而叶兰又不知去向。一阵心酸,他流了泪。孙健初看到他的痉挛性的苦痛,张皇起来。他试了试他的温度,掏出一方手帕来给他。温度是很明显的正常的。

"怎么啦?怎么啦?"傅吉祥坐在他的床沿上,看着他。他的声音十分的坚定、有力量。

"你发烧那几夜,"孙健初说,指着傅吉祥,"多亏他一直不睡觉,守着你呢!"

"你们是我的救命恩人,"一会儿,书鸿说,镇静下来,"你们是谁?"

孙健初报了自己的名字:"我是资源委员会中央地质局的,我是一个地质学家。他姓傅,傅吉祥,钻探工。"

"地质学家?钻探工?"书鸿不甚了然地问:"你们是这儿的人?"

"不,我们才来不几天,"傅吉祥回答,"他还来得早一些,我是刚到这儿。"

"你们怎么跑到这儿来了呢?"书鸿奇怪地问,坐在床上。钻探工给他披上一件衣服。地质学家开始说话。他本想了解一下病人姓甚名谁。是怎么回事?但在这样做之前,先介绍了自己。

地质学家孙健初的相当复杂的遭遇,我们在前面已经知道了。他一件件说起来,几乎倾诉了一切。

当他谈到他离开铁山时,他们都愤怒了。在他谈到他果真发现了石油时,大家都喜欢。画家激动万分,忘记了自己的遭遇和疾病,紧握地质学家的手,祝贺他。一种对祖国的热爱油然而生,遍体燃烧。自己的哀伤忽然都不存在了。这一番话,傅吉祥还是第一回听,听得出了神。地质学家也高兴地微笑,牙齿雪白,神采奕奕。

当我们的画家最后听到,他们如何发现了他,看护了他,他拉着傅吉祥一双粗糙巨大的手掌,说不尽的感激的语言,但这不需要多说。他赶紧说出他自己的经历,倾诉他自己的衷曲。他是处在何等痛苦,何等矛盾的心理中!

他告诉地质学家,正如你在戈壁滩上发现了宝贵的自然资源,丰富的石油蕴藏一样,他一个艺术家在戈壁滩的深处发现了一座光辉灿烂的艺术宝藏,敦煌千佛洞的壁画。

他说出他自己的名字。啊!地质学家早先就知道这个名字,孙健初仿佛记得鲁迅的著作中讲到过留学巴黎的这个名画家。能在河西走廊上见到画家,并且还能搭救了他,孙健初快慰莫名了。

我们的画家于是诉说了他自己的全部遭遇,一直说到他如何月夜骑马从敦煌出发。以后,他就记不得了,不知他如何过安西,经玉门,而来到赤金的。说完以后,他又感伤起来。叶兰一个人走路,沿着祁连山脉,不知遇到了危险没有?她现在到了哪里?可怜他自己竟又病倒在这里了。他长吁短叹,应该怎么办?以后又往哪儿去?

傅吉祥说,赶快去拍电报!对!书鸿想到兰州、西安、成都、重庆,他都可以找人去打听消息的。在赤金,有电报局。他们很快会把一切都打听明白的。电报稿拟好了,傅吉祥就拿出去给他发了。

当一切安排妥当,钻探工又忙着他自己的工作。他还有许多事:钻探机的器材和木料已陆续起运完毕,干油泉那儿已架起三角棚。三两天后,他们就该动身前去安装钻机,并且开钻了。

傅吉祥这人，一生也是充满了斗争的。他的身世之动人，甚至是超过地质学家和画家的。但是他从来对自己的事是一句不提的。他是但知有旁人，不知有自己的那一种人。关于他自己，他什么也没有说。我们也只有在他以后说出自己的身世时再来听他的了。

而在画家和地质学家之间，迅速地结起了似胶如漆的友谊。画家一点也不懂得地质学，可是现在他多么关心老君庙的油田，他愿意多知道一些石油的事情。地质学家并不懂得艺术，可是他多么关心敦煌的壁画，也充满了感情了，愿意获得更多的有关艺术的知识。他们互相鼓舞。画家的精神恢复过来了，受到了地质学家的科研精神的莫大的感召，他又反过来鼓舞了地质学家，后者从画家对自己的事业的献身精神中汲取到不小的力量。

第三天，兰州，西安，成都，重庆的复电发回赤金来了，叶兰驰车到了酒泉，刚好遇上欧亚航空公司的一次班机。飞抵兰州，只住了一夜，又搭乘飞机，到了西安。她却没有到西北艺术院去，成了国民党陕西省主席的座上客。西北艺术院院长跑去找她，她杜门不见，却另外托了人出来传话，她已决定不回重庆。

书鸿看她去了那种地方，便知她已和当年在巴黎追求过她的法学家在一起。她为什么要这样呢？他又感到那种撕心的痛苦。他难过了好久。地质学家和钻探工人再三给他劝解。他问他们：

"我怎么办呢？我到哪儿去呢？"

地质学家认为他应该回敦煌。他听了，低下头，半天不做声。是的，他没有地方可去，除非是回到敦煌。

他又一次考虑了何去何从？他不能到西安去，那是他的感情绝对不能容忍的，他绝不能跑到权贵门上去乞求什么的。他不愿回重庆，在那里他没有事做。从复电上，他知道他的女儿被照顾得很好，这方面他没有什么不放心。回桂林呢？更无必要。家乡，美丽的西湖,沦陷于敌人的魔掌下。看起来,他只能回敦煌,那个富丽的艺术之宫,那个彩色的天地。

好,回敦煌!他的决心已定,再不能变心了。

"对你来说,这是困难的。"地质学家说,"我现在添了伙伴,有了工人们,有了傅吉祥。你只是一个人。"

"一个?"他想了一想,说,"不是一个,是千千万万个。千佛洞的壁画上,每一个人物都是活的。"

地质学家不禁微笑了,他想,真是艺术家的想法。他说,"能这样想就好。"

不料傅吉祥很激动地说话了:"不然,你不只是你一个。不只是画像在陪伴你。我们都和你在一起,有我们,和一些你并不知道的人。我们虽不能完全在一起,但却都在你的身旁。你需要我们的时候,我们都会来的,大家会来的。说大一些,全国人民和你在一起。敦煌的壁画是祖国的财富。你为祖国服务,是为人民服务。我们是在人民的时代。人民无时不在支持着你。你一个人先回去。一定会有人跟着你的足步前来支持你的。"

傅吉祥这一番话,我们的画家和地质学家听来十分新鲜,他们还是第一次听到这样新鲜的语言和这样光辉的思想。其实,傅吉祥只不过复述了毛主席一直在教导着中国共产党员的思想,复述着毛主席一直在说着的明白易晓的语言。但是他的话真正打动了两个爱国知识分子的心。他们从来没有像这样子被打动过。

分离的时刻来到了。书鸿画了一幅《舍身饲虎图》送给孙健初,以明心迹。不料傅吉祥看到这画笑了起来。当然,他还是认为画得好,只内容有点问题。亲密的战友们分手时是气冲斗牛的。地质学家和钻探工人先走了。他们上了车,挥手告别,驰向老君庙去。画家留在赤金养病。但不到一星期,他就搭上了一辆回程的运油车往西去,投入苍茫的大戈壁中心,回到敦煌县城。

十二

10月下旬,傍晚。塞外早已天寒地冻。戈壁滩上,朔风怒号。细沙如尘土一般飞舞旋卷。书鸿骑着一匹小毛驴从县城出发,向着千佛洞而来。一路没有遇见一个人,没有遇见一个生物。千佛洞前,白杨树早已落尽了树叶,只有几根枝干伸向天空,暴露在天空中。沙漠中的泡泡刺,一种沙漠中的植物的种子,在冻结了的大泉河床上随风打着滚。一切这样荒凉冷落,引起了他心头的无限凄凉和寂寞的感觉。

猛一抬头,他看到了千佛洞的全景。高峙的大雄宝殿,古汉桥的古老的牌楼,以及栈道、走廊和窟门口一堆堆的沙丘。他又是一阵子心酸。他是形单影只,一个人从大风沙中回来了。

皇庆寺上寺的老喇嘛一见他回来就喜形于色。一同走进中寺,老喇嘛又为他端来烤火的座位,倒上热茶,接着为他打扫住屋,生火,点灯。"到家了。"他这样想,"这就是我的家!"他走进自己的寝室。室内充满烟雾。油灯如豆,光线微弱。他忽然万念俱灰,心中凄怆。

就在这时,老喇嘛给他捧进来了一大包邮件,都是重庆寄来的。展读之下,手指发抖了。他知道了陪都展览会的盛况,以及重庆文艺界对敦煌艺术发生了极大的兴趣。有好几个青年艺术家给他来了信,向他提出请求,要到千佛洞来。

果然,他不止一个。果然,还有着这样一些他想也没有想到的青年人,正如傅吉祥所说的那样,有人和他站在一起,在支持着他。

一道春天的暖流经过他的心胸。个人的哀愁算得了什么!

打开窗户吧!他下意识地把纸窗打开了。一股刺人的寒风,扑的一下把油灯吹灭。但他挺立窗前,承受风沙袭击,一边想着他新结交的两个朋友,一边考虑他自己的工作,他赶紧要投入工作了。于是,关上了窗,重新点上了油灯。

这时他发现窗前和桌上已铺满了一层细细的流沙。

啊,流沙!他凝望着这细小的一粒粒沙,用手指将它们拨在一起,捻起了一撮,又把它们洒落到桌上。就是这些沙,这些微粒,曾经埋葬了强盛的王国、繁荣的城市和多少田地庄园。它们压坍了千佛洞的檐和栈道,数百个洞窟。沙,无尽的沙,使他月夜迷失了方向。沙,像江南春水一般散落在书桌、砚石、纸上的沙,也是长了腿子的。沙漠随着风移动,向大西北侵入过来。1900年在罗布淖尔沙漠中曾发现的楼兰长眠城,那是纪元后四世纪之初的一个为风沙埋葬的城,湮没至今一千五百年。这正是汉魏年间,中国政治势力混乱没落的象征。以后沙漠南下,敦煌成为孤城。河西走廊上的许多城市成为沙漠中的绿洲。要不是祁连山上的雪水年年流下来,雪水和风沙反复争夺这条走廊,它们也许早不存在了。

沙!他必须设法保存千佛洞,他想到了傅吉祥的话,他必须发出呼吁。于是,抹去桌上的流沙,他给重庆的朋友们写回信。

第二天,寄走了这批信,他由于痛苦而重新勤奋地工作起来。工作使他忘记了一切,帮助他克服了他的痛苦。第61洞的宋代的五台山壁画是上次丢下来未完成的。全部临摹完了,他接着临摹第249洞的一幅狩猎图。

狩猎是汉代绘画的传统内容之一。这一幅魏晋时期的作品,其气韵生动,超过汉代甚多。一猎人骑马奔驰,回身射虎。草木呼啸,山林骚动。隔山一牛,忐忑不安,作出探首眺望的姿态。另一猎人则挥臂驰骋,追逐着三匹黄羊。飞龙一条,腾空逸去。

书鸿觉得,这幅狩猎图是形神两者达到了汉画未曾达到的圆满境界。精神不能从物质区别,表现不能从题材区别,方法不能从目的区别,抽象不能从万象区别。他一边临摹,一边思考这些问题。他的思想,不再是奇怪的。太寂寞了,反而思路清楚了些。

一个初春之晨,他还没有去工作,正在中寺房间里吃早餐。忽听喳喳唧唧的几声。他惊奇极了。自来千佛洞至今,他还没有听到过这样嘹亮的声音。它们仿佛是哪一个长笛独奏家吹出来的一串串的旋律,单纯的旋律,单纯的乐音。于是,他看到窗外一枝梨树上,停着一只漂亮的喜鹊。他精神为之一振。

它是从哪儿来的呢?什么时候来的呢?这喜鹊,也是一个孤独的生命。它是千佛洞的第一个来客,第一个有生命的来访者。它停在枝头,在晨风中颤动,拭拂羽毛,掉头向他。书鸿不知道他该怎样来接待它。忽然看到他手上还抓着一个只吃了一口的馒头,就将它放在纸窗前。然后退回房中,虚掩着门。他像儿时玩游戏似的倾听着。只听见划然一声长鸣,喜鹊扑翅飞来。这个在春寒料峭的沙漠中找不到食物的喜鹊,毫无顾忌,狼吞虎咽,将馒头吃下。然后,它又飞到梨树上跳跃几下。从那儿,它展翅飞走了。

这只喜鹊的出现给书鸿满腔的幸福。一整天,他在洞窟中作画时,他都在微笑:

喜鹊啊喜鹊,你会给我带来什么喜讯,什么喜事?

说也凑巧,当天下午,他收到了地质学家来信,送来一个大喜报。老君庙的第一号油井喷出了原油!地下压力这样大,原油一喷,井架飞了起来。他们好不高兴。井喷已经封住了。孙健初信上说,他们现在要考虑正式开采的方案了。

书鸿整夜为孙健初高兴。第二天,早晨,喜鹊竟又来到了。他赶快拿了一只馒头,举起手臂,跑到门外去。喜鹊停在梨树上,浴着阳光,凝望着窗子。书鸿挥手向它致安!Bonjour!(日安!)把馒头放到窗子上。喜鹊又飞下来吃了它,然后飞回梨树上,大声地歌唱,大声地报喜。那喜事,当它飞行在天空中,早已看到了。

果然,戈壁滩上起了一阵烟雾。一辆卡车驰来。重庆美术院、西安美术院的一批青年艺术家来到了千佛洞前。他们是自动组织、志愿前来的。然而他们的背后却有着一个强有力量的领导。要不然,这样一个长途旅行也就根本不可能。他们现在来了,前来支持一个事业,学习和保护,发扬和整理一个艺术传统。书鸿接他们下车,欢迎他们,不禁含着热泪。这一群可爱的青年艺术家,男女都有。他们的心是火热的。他们的歌声,为古老的洞窟平添了无限的生气。而当他们看到这个宝库时,他们惊喜至于极顶。他们清除积沙,打扫洞窟,投身于临摹复制工作。他们很快地融化到这些彩色的壁画中去了。

在这一群青年艺术家的中间,有一个女画家对书鸿投射了诚恳的眼光。她将一辈子不离开这个千佛洞。这一群青年艺术家今天都成为新中国的著名的画家了。这不可能不是这样的。他们中间包括《百万雄师渡长江》、《开国大典》,以及《春到西藏》等历史大画的作者等等。

十三

春天来了。千佛洞开了冻。草木又开始生长起来。梨花开放了。花瓣飘落到小溪中,随水漂出去。

塞外的春天来时是异常猛烈的。梨花、桃花之间,野蜂嗡嗡地叫着。不知它们是从哪里飞出来的。翠绿的榆钱,油绿的白杨,给千佛洞穿上了新装。

大约喜鹊的食物有了着落,已经好些天没有飞来。

可是,有一个春晨,一声熟悉的叫声,那只喜鹊又箭一样的飞来停在梨树上。而且,不是一只,而是两只。那喜鹊已找到了它的伴侣。它们大声地歌唱,大声地报喜。

就在这天,几个年轻画家攀登到石窟群上面一条隐约可见的危险的栈道上。登上去之后,他们发现了几个原先没有人知道的洞窟。真是惊人的发现,真是大喜事,极大的喜事!那几个连成一气的洞子,里面保存着上百铺彩色鲜艳的壁画,还有七十几尊完好如初的彩塑!

这发现中最使书鸿惊喜的是后来编定为196洞的《斗圣图》。这一铺巨型的壁画,完整地表现了一个史诗一般的内容。它不是《洛神》似的长卷,也不是《舍身饲虎图》似的组画。它远远超过了一轴长卷的长度,也比千佛洞任何一铺壁画更宽阔高大。安置在好几丈长几丈高的广大空间的一整个斗争史实被压缩在一瞬的时间里了。画幅的巨大是首屈一指的。而画的题材是菩萨与魔怪的斗法。那是一个古老的主题:正与邪的斗争,善战胜了恶。人物数百。人物多了,常难免有的地方画得单调了些。但这样多人物,千姿百态,一个个都是活泼生动,前拥后簇的。不用说,这幅画给予书鸿的启示是很丰富的。自从年轻的画家们来到以后,他不再是离群索居的了,他的议论也有了听众。年轻人非常尊敬他。他们说得少,他谈得多。但他还是从他们的倾听的神态中,得到了他们的反应。思想有了交流,就更加活跃了。经常在晚上,当他们为了节省灯油,不能工作又并不想睡的时候,他们聚集在书鸿的房间中。大家在一根灯草的微光下,谈话,唱歌,听他谈论艺术史,美学。新洞窟发现后,谈话的内容集中在那上面,特别在《斗圣图》上。有一个夜晚,书鸿发表了如下的见解:

静物,花鸟,虽属绘画中的独立的范畴,它们却只是绘画的细部而已。山水可以描绘得十分宽广,它可以是逸品,精品,但是作为绘画的范畴,却只是人生活在其中的背景或环境。山水总输于人物肖像的。而人物的单纯的肖像也可以是神品,极品,但仍然逊于置身于背景之前、环境之中的人物画。人物画有多样的表现方式,以包含瞬息间的万变的画幅为登峰造极之作。

从来中国古代绘画是以人物为主体的,多数名画都把人物置身于环境之中。我们从《女史箴》、《洛神》、《历代帝王图》、《醉道图》等等上面能看见古代绘画的有血有肉的人间生活以及他们的幻想世界。诚然,静物,花鸟,山水这些环境,只在它们与人物配合在一起时,才有了更多的意义,但人与环境的配合之中,最重要的有一个时间的因素。

例如,达·芬奇的一幅战役的图画,画面上只是混战一场。它输给了米开朗琪罗所画的同类战役的图画。米开朗琪罗画出了一个凝聚的刹那:士兵正在洗浴,敌人突然冲来;号角已经吹响;有的士兵已纵身上马;有的正从湖中跑上岸来;他们敏捷、沉着、英勇。评论家认为他比那位秀美的翡冷翠人画得更好。

因为一般地画了人,画了环境,也还是不理想的;如果它还没有充分地表现出特定时刻的人物遭遇,还没有抓住在特别的环境和时间中千变万化的人物活动的凝聚的一刹那。《斗圣图》正是在这一点上非常的成功。

说到最后,绘画就是要通过某人在环境中的戏剧性的,历史性的一刹那,从而表现出人的活动过程的全部来。

书鸿说:只有宗教壁画属于这样一种范畴。千佛洞,阿旃陀,西斯丁寺院等,那些《饲虎图》、《佛诞图》、《亚当的创世》、《基督的诞生》、《最后的晚餐》,它们所以能感染人,是因为它们合乎绘画的原则。

书鸿谈得非常动听。他周围的年轻人也听得非常的高兴。千佛洞的夜晚更是安静极了。只是年轻人也提出了不同的意见,那女画家就在这里插了嘴:

"为什么说,只有宗教壁画属于这样一种范畴呢?"

书鸿看了看她,又想了一想。果然,她问得好,并不是只有宗教壁画,宗教壁画只是比较的明显。他还没有回答,她又说,"宗教画,终究是宗教画。我们不信宗教。你信教吗?而且,现在我们不该画宗教画啊!"她说得急切。年轻人都笑起来了。年轻人中间有各种各样的性格。宁静的和多嘴的,严肃的和诙谐的,细密的和粗犷的,但他们的共同的性格是年轻人的愉快和活泼。

书鸿也含笑回答他不信教。

书鸿接着说,绘画的最终极的目标应该是历史大画。我国隋唐以前的许多画家都画了历史大画的。司马绍的《禹会涂山》、《殷汤伐桀图》,卫协的《吴王舟师图》,张僧繇的《孔子问礼图》、《汉武射鲛图》,展子虔的《禹治水图》、《长安车马人物图》,阎立德的《文成公主降番图》,不过这些图都看不到了。而后来宗教画、山水画多起来。这个传统,未有继承。当今的绘画,不该画宗教,应该以世界和后世都要关心和谈论的历史为题材。

总之,绘画不仅应该"观古今之须臾,抚四海于一瞬",而且应该画古往今来,四海之中,重大的历史事件。而且正是这样的绘画将要集绘画艺术之大成,每一个细部都是神品、极品,合起来成为伟大的杰作。

第二天,书鸿在第196洞中又见到这个年轻的女画家了。没有别人在场,她就在《斗圣图》前,向他提出了一个十分严肃的问题:

"昨天夜晚,您说的一切都很深刻。应该以历史为绘画的主要题材。可是,您是怎么理解历史的呢?您是怎样理解人类社会的发展史的呢?绘画应该表现什么样的历史呢?是改朝换代,一个剥削阶级代替另一个剥削阶级的历史?难道可以为剥削者,为压迫人的人歌功颂德吗?……"

她的轻声细语,在书鸿听来却比雷霆还响亮。他受惊了,不知怎样来答复她的一连串问题。自从年轻的艺术家们到来后不久,书鸿就感觉到他们大多数人在思想上和他不一样。他有时从他们的书架上发现一些左翼的书,《新哲学大纲》、《联共(布)党史简明教程》之类。他没有想到,这个女画家会把这样的问题提到他的面前来。

他只好承认:他从来没有想过这个问题。

他们相对沉默了一会儿。于是她说,他应该想一想这个问题。如果他需要看一些书,她可以给他找出几本来,那是新的历史观,唯物史观的书,如果他没有反感的话。事实也确实是这样,在别的情况下,他会有反感的。而在现在这个情况下,如果她给他这些书,他一定要好好地阅读它们。他这样说,又惊又喜。

她给了他几种书,诸如《社会主义从空想到科学的发展》、《什么是列宁主义?》、《联共党史》、《费尔巴哈论》等等。他关起门来,阅读了好几天。最初他并不太懂得它们。但觉得它们为他打开了另外一个世界的大门,而这另一世界深邃得很。逐渐他似乎看明白一些了。于是,精神上起了极大的骚动和剧烈的斗争。许多论点他是完全赞同的,还说出了他自己内心的话。但也有许多论点他似乎不能接受。它们甚至于刺痛了他。有三个年轻人,包含那女画家在内,给了他很多帮助。他们探讨了,有时还争论了这些理论的问题。他读了更多的书,渐渐地领会了更多的道理。最使他激动的是《法兰西内战》。

啊,巴黎,贝壳一样的巴黎,像一张鲜红的枫叶形的巴黎!他对巴黎是熟悉的,可是他承认,他第一次领略到巴黎的人民这样的英勇。只在这时,他才认识了巴黎,那是公社的巴黎。他在那里居住过十年,可是不关心巴黎无产者的革命斗争的历史,去过贝尔拉雪兹墓地也不很理解那一座墙。

一本用马兰纸印刷的《新民主主义论》使他看到了一个新中国和中华民族的新文化的远景。他似乎还不能相信这一切是可能实现的。他只觉得内心燃烧起来了一股火焰,照亮了他的道路。他不再是没有目的地生活,没有理想地工作了。他虽然还没有能够很好地领会这些经典著作,但是他已经接触到,不,接受了它们了。

十四

十五年过去,我们的画家还在敦煌。

敦煌千佛洞已成为新中国的一个美丽的,世界著名的艺术宝库。这小小的绿洲上,长着森林般的树木。从祁连雪峰消融下来的溪水奔流,经过丰美的草地和果园。春季里,杏花、梨花、桃花、李花、苹果花,轮番地开放。秋季里,来看画的人,衣兜里都装满了成熟的,芬芳的,多液汁的水果。大西北戈壁上的金黄沙土长出的瓜果好。他们种上了许多本地的和外来的好品种。到了冬天,著名的敦煌香水梨可以当汤喝。

它接受了全国和全世界的拜访。中央美术学院、北京画苑、南京画苑、广州画苑等等都经常派学生和教授来。著名的艺术家、作家、学者川流不息。敦煌已经建立了宾馆,可以招待石油工人、炼钢工人、码头工人、纺织女工、贫雇农出身的模范人物、社员和社主任社长、女拖拉机手、女司机、女民兵、战士以及诗人。它招待过国王、总统、首相、红衣大主教、外交大臣、活佛、元帅和将军。它向全国、全世界敞开了大门。

这是一座名不虚传的艺术展览馆。480个洞窟,每一个都经过整理,进行了建设。洞窟中,水泥地上,铺起了艺术家专门设计的地毯,其色彩、线条、风格与图案跟各个洞窟相调和。每一窟都装有刻镂精致的门户,平日上锁,要看时开了锁进去。进去时,带上电灯:立式的灯,聚光灯,水银灯。电线拉到洞外,洞外有插销。这里已建起电厂,日夜供电,开亮了灯看画时,光明灿烂。整夜可以在洞窟里进行临摹。

危危欲坠的洞窟,都已用钢骨水泥,浇筑了柱子支撑着。在敦煌千佛洞进行基本建设之前,从玉门油矿上调来几台钻机,探明了地层。一些加固石油油井井壁的先进的固井方法,用在这里,加固了这里的洞窟的基础。清华大学建筑系在这里实习时,几位教授会同了建筑工程部两个设计工程师,为千佛洞全区作了规划设计,绘出图纸。经中央文化部批准,拨了专款,施工了。所有洞窟已焕然一新。木建筑全部按魏、隋、唐、宋、元代旧制恢复,油漆得金碧辉煌。

壁画破损处,进行了必要的修补。自从书鸿接受他第一批学生时起,他就订立了这个条例:非经批准,任何人不得接触壁画面。因此,自他到千佛洞之后,全部壁画都按原样保存下来了,完整无损。书鸿和他的学生在十五年内进行了浩繁的工作。出版社精印了《敦煌壁画集》、《敦煌唐代图案选》、《敦煌粉塑》等等,受到国内外极大的欢迎。

敦煌艺术研究所已成立。现在,研究生都有很好的画室,而且生活在光亮的现代设备的建筑物中。戈壁上筑了大水库。社里开了荒。研究所建立了自己的牧场,他们能吃到牛奶和奶油。整个敦煌县,今天是一个巨大的产棉区。从陕县、灵宝来的棉农,三门峡水库库区的移民,在这里种出了纤维极好的白棉花。

这里也不像十五年前那样荒无人烟了。兰新路将通过西安,以后将有支线直通千佛洞,从那儿出当金山口,进柴达木盆地。这一路上出现了农场,工厂。

书鸿对敦煌千佛洞石窟艺术最后有了更加成熟的看法。

敦煌艺术,是我国劳动人民历第4世纪到14世纪的一千年,集体地创作出来的一宗无比珍贵的遗产。建筑，雕塑，绘画，三种造型艺术形式，彼此关连，交相辉映。它是中国美术史上从前没有提到过的无名的匠工们创作的。他们，古代的优秀的艺术大师，将当时千百万人所关心的主题，千百万人的社会生活，表现为一个人，几个人，几百人的大小不同的画面。朴实和绚丽，兼而有之，吸收了外来影响，而又发展了中国民族色彩。它们既有强烈的感染力，又提供了极有价值的历史科学资料。

敦煌艺术宝库的保存，使我们有可能来理解一千五六百年来的中国艺术的成长、演变和发展。它们被整理、研究、批判。它们全部是宗教主题，就该批判，它们的吸收，消化与再创造，使我们有可能继承，发展，创新，创造出灿烂的崭新的社会主义的艺术。

中国有两大艺术宝库。一在佛窟，一在皇室。汉武帝，梁元帝，隋炀帝，唐太宗，宋徽宗等等，都是大收藏家。但这些皇室的收藏无不毁于火，沉于水，散失在战争中，被盗窃，被掠夺。大聚则大散，只留下了目录和画谱。明清皇室，也是收藏甚富。但1860年、1900年两次外国军队侵入北京，它们被劫走了一批。1911年，溥仪退位，盗运走一批。1937年，日寇进北京，故宫的重要书画最初不知下落，后来却南运到了黔蜀。它们又在解放前夕，被盗运到了台湾。台湾的僵尸们竟把它们运到了美国！

现在，佛窟艺术，包含敦煌千佛洞，西千佛洞与安西万佛峡，赫色尔千佛洞等新疆的石窟，甘肃麦积山和炳灵寺的石窟，洛阳龙门，大同云冈和四川大足的石刻等，连同历代寺观壁画都得到了保护、整理和研究。敦煌千佛洞，最为丰富，保存得尤其好，研究也比较深刻。

可是，皇室的藏品现在还没有完全回到故宫博物院。溥仪携走那一部分和二百年来转辗在私人手中的古今巨作，已陆续收回来了。大量珍品则劫数未尽，还在帝国主义者的手上，还需要进行斗争！艺术应该归于人民！它们是一定要被收回来的！

十五年来,书鸿和他的学生主要是做整理、临摹和研究工作。创造精力,暂时得不到发挥。现在,社会主义建设生活蓬勃发展,创造的课题又提上了日程。他日益感到,人类社会的发展要求艺术家进行摹写、反映和创造。他们研究遗产,也就是为了新的创造。艺术家应该敏锐地感觉这个世界,深刻地理解并鲜明正确地反映人类的生活和他们的理想。当艺术家看得更透彻更远,思想得更为出众的时候,他们应该把他们所见和所思表达出来,大胆地描绘出来。什么也不能阻挡他们去创造它们。艺术家应该有一种高度的责任感,深入生活,发现新事物的萌芽,肯定它们,歌颂它们。他们不是为了自我陶醉而工作。他们是在进行创造,是不能不工作。他们绘画,是为人民服务。他们的画,是社会主义之颂歌,革命红旗之颂歌,无产阶级革命事业之颂歌。

绘画,本质上是再现典型环境中的典型人物的。中外古今的绘画并没有很好地表达绘画的这个本质。中国古代绘画已经有了杰出的成就,敦煌艺术也有了丰富的创造,但是最好地表达绘画的本质应该在我们这时代。看我们的艺术家了。现在,我们怎样来表现我们的人民、时代、革命和理想呢？

我们的画家最近又拿起了调色板,热忱地回到了创作生活中。一面创作,一面积极地参加社会活动。他今天要去北京参加最近这一届二次全国人民代表大会。他打算驰车去酒泉,从那儿换乘飞机前去。那第一批来到的学生中,用诚恳的眼光看他的女画家,现在是研究所副所长兼党委书记。她送他上了车。他的女儿,和他同行。几乎像是天意,但更多是由于努力的学习和辛勤的劳动,她已经成为一个优秀的造型艺术家。

他们驰车经过安西,桥湾,玉门,赤金,拐到了老君庙油田上。书鸿后来几次去那儿。每次去都发现老君庙的变化最惊人。现在,荒凉的石油河上,已出现了一座越来越大越雄伟的工业城市。

我们的地质学家,十五年后,也还在老君庙。

此刻,他在玉门矿务局管理大楼前面的公园中。在他的脚下,八瓣梅正盛开,颜色鲜丽。孙健初能看到白杨夹道的小径,在他的面前延伸。在公园外边,宽阔的沥青马路像棋盘一样布着。车水马龙的马路两侧,都是高大楼房。玉门市几十万人,是新中国的一个伟大的石油基地。

我们的地质学家现在举目四顾,他能看见东岗子和环绕的山头上,满是井架。千百座石油井架,从一个山头到另一个山头,只见井架如林,组成了雄伟的景色。的确,谁要没有见过石油城,谁就不知道现代工业的雄伟的气概!现在,孙健初在侧耳倾听,仿佛能听到千百个选油站上,原油呼噜呼噜的流动之声。巨大的炼油厂已在新市区矗立。银白的油罐,一座一座摆开,闪射银光。整个玉门市,整个矿区,整个河西走廊,气势浩荡,展开在我们高瞻远瞩的地质学家前面。

他看见,书鸿驰车而来。他又看见,书鸿在公园门口下了车,挽着他女儿的年轻的手臂,走上白杨小径。他看见他和她说了句话。她转身走上另一条小径。

我们的地质学家站在公园中,站在石座之上。

他是一尊铜像。

大理石碑上的金色字迹,说明了他的身世,他的成就。他在三年前,在祖国的第一个五年计划开始前一年,积劳成疾,不幸逝世。但他所献身的事业,却已发展得蓬蓬勃勃。前景无比壮丽,无论是地质勘探,黑色冶金,有色冶金,石油工业,机械工业,都一样。整个国民经济,整个国家,整个世界正是在这十五年内,特别是后五年内,发生了巨大的变化的。这一切,孙健初都看到了,从他的纪念碑座上,透过他那副玳瑁边眼镜。他看见了玉门的,祖国的,世界人类的辉煌未来。

这些年,傅吉祥一直在他身旁,帮助他工作,在困难的时候支持他,一直到他弥留的时刻。傅吉祥已是矿务局领导干部。他也要去首都北京。青年画家来了,找到了他。他们一起从管理局大楼中走了出来。

书鸿已在铜像底下盘桓了很久。当傅吉祥跑过来,呼唤他时,他正在构思一幅巨型油画的构图:

当年我们的地质学家来到这里,骑在骆驼的背上,他眯细两眼,露出雪白的牙齿,微笑着,神采奕奕。他逆着群山,逆着大风沙,逆着苍茫寥廓的河西走廊,逆着雪冠嵯峨的祁连山脉,望见了如林的井架将从这荒山上升起,他望见了新中国,一个更合理的社会,欢乐的社会。

1956年10月于云松巢

(原载《人民文学》1962年第2、3期)

火中的凤凰[*]

---

[*] 本文系节选的第三、四部分。另有第一部分《道岔》、第二部分《欧游》、第五部分《星陨》未曾发表,已根据原稿收入《徐迟文集》第二卷,长江文艺出版社1993年4月第1版。

劫　余

一

大火已经燃烧了几天几夜,他可以望到整个闸北地区被包裹在火焰中。从这边苏州河之南的所谓租界上,望到苏州河之北的战区,只不过一河之隔,却成了天悬地殊两个世界。那边是凄厉的修罗场,隆隆的炮声,轧轧的机声。炸弹下来,地震山崩,令人心肺为裂。而这边租界上,生活还跟平时一样,依然灯火一片!

"八·一三"前夕,郑振铎仓皇从苏州河以北的住家避难来到这里。一家老小,暂得安全。但他的珍贵藏书却还有一半留在战区里。前几天风声吃紧,马上捆载运走几批书,可是只有一半。啊,还说什么藏书,现在整个国家民族的命运都已处于危急存亡之秋。

但是,他又怎么能不记挂他自己的那些藏书呢?他现在是沪西一大学的文学院院长。身无长物,所藏的只是书。年将四十,别无嗜好,就好搜访书籍。他从巴黎伦敦归来,带回不少好版本。近二十年不断搜购,聚书六七万卷,还不包含"一·二八"淞沪之战时已经损失的几十箱书。那时他在北京。但就是人在上海也无法抢救。他的书都放在涵芬楼,却连涵芬楼都烧了。伤痛还未过去,灾祸却又临头。

一连多天,他眺望大上海的东北角,火光熊熊,黑烟升腾。只见天空中飞舞着无数的纸灰,给风一吹就送到这边来了。它们像一只只墨蝶,在嬉戏,在追逐,全不知人间伤心事。一会儿它们飘在这家屋顶,一会儿又落在那家晒台上。有一只坠落到他庭前。他拣起这只小小墨蝶,放置在手掌上,它还带着火焰的热气。凝视再三,隐约看到墨蝶翅上还有字迹。也许这就是他自家的藏书被焚化后,飞过苏州河来寻找他的。

二

然而战局的发展使他对自己这点损失看得比较淡薄了。大火不仅在上海烧,附近的城市,整个长江三角洲都没有幸免。它沿着长江往上烧,和黄河流域的火光相映。整个国家起了火。疯狂的日本帝国主义在干着一桩滔天罪行。从北方到南方,多少生命财产的损失!江南文化精华,被烧毁殆尽了。

仅仅一个很一般的消息,如常熟被炸,近郊罟里镇起火,他听到之后,心中已是多么沉痛!这是一个不幸的打击!这跟故宫博物院的几万件古物书画不知下落,汉代竹简和北京人头盖骨杳无踪迹,几乎是同样的严重。

虞山下这座小县城是中国文化的一个重要的集中点。常熟,连谐音也是藏书,正是一个藏书之县。罟里镇只是一个僻静小镇。就在万顷良田之间,一泓流水前面,一座拱形石桥,通往私人藏书最大的一家,铁琴铜剑楼。丧心病狂的敌人,不炸军事目标,却炸我文化宝库。经历了多少回水火兵灾保存下来的一楼宋元善本书籍,这一次竟成为日本重轰炸机俯冲投弹的目标了。

不熟悉我国藏书源流的人,大约只知道常熟是一个农产品高产区。常熟私家藏书,自宋代钱俣起。元代虞子贤开创了这个传统,明代又有杨梦羽的万卷楼,孔子羽的博雅堂,毛子晋的汲古阁,赵清常的脉望馆等等,藏书之富,名满江南。明末,这些书都集中到钱谦益的绛云楼上,大书柜73只,宋刊书籍达万卷。不幸绛云失火,精刊书本毁了不少。

但绛云之后,又有钱遵王的也是园,鱼振南的闲止楼,张海鹏的照旷阁,庞泓的步云楼,张金吾的爱日精庐,陈揆的稽瑞楼,张伯元的小琅环福地,席世臣的扫叶山房,赵宋建的旧山楼。其中以瞿镛的铁琴铜剑楼最为著名。

这美丽的县城,他曾几次访问,这些花木掩映的藏书楼或它们的遗址,他都寻访过。他游过曲径通幽的破山寺,登临过蕊珠飘拂的拂水岩,饮过王四酒家的桂花酒,尝味了山景园的名菜。为了寻找一部古典戏曲总集的下落,他专诚拜访过以小藏家著称的旧山楼。他憯然看到旧山楼在江浙齐卢之战时驻过兵,被糟蹋不堪了,竟有兵士将古书持作炊柴的。在旧山楼遗址上,已没有楼阁存在,只一枝红豆树,那年结了不少相思豆,映照在废园中。他煞费苦心找寻的古典戏曲总集,还是没有找到。

近百年来,中国图书书史的灾难,真使他痛心极了。凡是稍稍留意到藏书授受源流的人都知道,我国的珍贵古本书籍最后集中到了四大藏家之手。那是杭州丁氏八千卷楼,吴兴陆氏皕宋楼,聊城杨氏海源阁和常熟瞿氏铁琴铜剑楼。丁氏的书后来归国有了。皕宋楼书最令人痛心,十万银元卖到日本去了。海源阁又驻扎了一支用宋版书来烧饭吃的土匪部队,受到大破坏。在最后只存下瞿家这一楼书,保存得最好,但这样的一次轰炸底下,看来难免被毁了。

三

是的,他早已挺身而出,献身于抗敌救亡工作。冲锋陷阵,他是向来不落人后的。他参加了文化界救亡协会。他们出版日报,编刊物和丛书；这些组织还派遣了一队又一队的抗敌演剧队。他们捐款，募集药物，支援抗战。他几次勇敢地冒枪林弹雨，夜入刘行杨行前线，慰劳将士。

但是三个月的血战，并没有能守住防线。等到四行孤军的最后枪声停止下来，我军全线撤退了。血红色的太阳向西沉落。灰红的火焰渐渐熄灭。留下一片瓦砾场，断垣残壁。战事西移，日月失光。大上海成为孤岛了，一片黑暗笼罩。群鬼出现，百怪跳梁。

原来在一起从事救亡工作的同志纷纷离开了上海。他走不开身。文学院的工作，当时正编印《鲁迅全集》的工作，还有《西行漫记》、《联共党史》和《列宁文选》的出版发行工作，需要他留下。劫余藏书还是那么多，拖住了他的腿。他留下了，留下来看到多少伤心事。

江南啊，江南受到了最惨重的破坏！南京鼓楼十天的屠杀，令人发指。敌骑蹂躏了苏州和杭州。大火烧了多少城镇。但是有一个迟到的消息却叫他又惊又喜：常熟啻里那次是炸成了平地，但还留下了一幢楼房和楼前一桂一杉一茶花，留下的恰恰是铁琴铜剑楼，巍然独存。楼和书籍像奇迹一样地保存下来了。

他一向有两大间藏书之室。现在他住在沪西一座小楼上。一共只两间小房，一间还是卧室。他的劫余的书不能插架，只好装在箱子里。便这样摞上了一叠叠的书箱，斗室里就转不过身来。

这时他经常看到有人肩挑两筐篮书，沿街叫卖。街头巷角，又见不少用残书摆起的冷摊。他自己总算排拒了不时发现的好书的诱惑。但是每天从文学院授课回来，他还要上三马路四马路的来青阁、修文堂、上海旧书商书、中国书店等处走动。一些结交了十来年的书商不时告诉他书市消息。消息很不好。他最恐惧的是好书往国外流。但他的恐惧恰好是事实。

日本、美国、英国、德国等帝国主义者正在千方百计地收购如今正在大量流散的江南文物。日本以华北交通公司为收购中心。美国有哈佛燕京社和大同书店。英国通过一些香港驻沪的代理人,德国通过他们的传教士。他们买起书来,不惜高价。一见好书,抢了就走。

水往低处流,书本却往高价的地方飞。书市活跃,旧家珍藏陆续出现。自有一批书商,近走宁苏杭甬,远赴齐鲁豫晋,博采穷搜。他们唯利是图,以低价得到精品,以高价向外兜售,不少好书已流到国外。

有一天,他读到一条路透社华盛顿电,报道美国国会图书馆东方部主任公开宣称:从战火中保存下来的极可珍贵的中国古书,现纷纷运入美国。国会图书馆已购进几千种云云! 这人信口开河,竟说中国局势将与古罗马陷落后,欧洲发生四百年黑暗时代的情形相似。他还胡说道:今后研究中国文化,请到华盛顿来!

四

这个报道使他浑身震动:史在他邦,文归海外,百世也洗涤不净这样的耻辱!

抢救文物是不可推脱的责任。他开始感到,他一定要尽力而为之。个人力量有限,但是他可以发动一些社会贤达,争取大学校,学术机构,国家图书馆,研究院等等,一起来尽力而为之。好几个爱国的书店经理成了他热心的助手。好书一露面,他就知道了,他们就设法安排。

5月的一个晚上,空气十分潮湿。滂沱大雨,扰人心意。突然电话铃响,他从书箱堆中跑出来接电话。那是他多年老友,一位书店经理打来的。

在电话里也听得出,经理极为兴奋,说他刚才了解到,苏州一家书店发现了三十二册元剧。书刚到上海。三十二册里有刻本,有抄本。刻本有写刻的,如像《古名家杂剧选》,有宋体字的,不知何人所刻。

"而最主要的,"他说,"是抄本,多半有清常道人的跋。"

他听到这个消息,惊喜莫名,那经理也惊喜地急忙忙地加添道,"听说书是从丁家散出来的。"

"丁家散出来的!那恐怕就是旧山楼所藏那部古典戏曲总集了!"

"我也是这样想。我想这一定是你一再到旧山楼和丁家寻找的那部书。"

"真是那部书出来了吗?为什么又只有三十二册呢?恐怕还会有出来的。我们要注意这一点,应该有六十四册的。"

这是他永远不能忘怀的一个美妙的五月雨夜。这是太幸福了。这种幸福,没有书癖的人是不能体会的。这样好的消息简直不能相信。太好了!好极了!"这部书,"他说,"我一定要买下来。请你明天一清早就去接头。一定要买,要用一切办法把它买下来。万万不能给别人弄走了,绝对不可以外流。我明天上午就去筹一笔款子,中午,至迟下午带了钱来看你。上午我们再通个电话。"

挂上电话后,他喜欢得发疯似的。他是从来不知道失眠的人,可是今夜是再也不能睡着的了。他在那被书箱叠成狭弄堂的小楼上来回走动,兴奋得不知如何才好!雨声更大,他扑在窗上向外望。窗玻璃上像有海浪在滚动。他索性推开窗子,让冷雨淋湿他发烫的前额。这个孤岛似的大城市突然间变得十分的清新可爱。长街上没有什么行人,它的一盏盏的被雨水浇湿的街灯更加耀眼。不仅因为雨,还因为戒严,大街才这样坦坦荡荡。水花一圈圈的,好像在邀请他狂奔前去。若不是戒严,他早跑到那经理家里,连夜拉着他的手臂去看这部书了。下雨?下雨怕什么?他寻访此书,已有整整十年。

五

自从臧晋叔的《元曲选》传播了一百种杂剧之后，只有罗振玉和王国维发现的《元刊杂剧三十种》增加了臧选所无的十七种元剧。《元刊杂剧三十种》是黄尧圃旧藏。他在书签上题了"乙编"两字。当年王国维断定，有乙编必有甲编。因为黄尧圃自夸他的曲藏极富，应当不止这么三十种。再则那些著名藏书家，如祁氏读书楼，晁氏宝文堂，钱遵王也是园的书目中都有惊人的丰富的曲藏目录。《季沧苇书目》有一项"抄本元曲三百种一百册"，迄未发现。许多有心人寻找它们的下落，没能找到。

他从欧洲回国不久，无意间从一本冷僻的刊物上读到常熟藏书家丁氏的四首绝句。这诗说他曾从旧山楼借到一部古今杂剧六十四册，是清常道人赵琦美手抄，也是园旧藏，黄尧圃题跋。诗云，"此是清常编定本"，又云，"也是园中历劫来"，这说出了它的来历。又云："甲乙分题箧衍中"，可见这果然是甲编；又云，"散入黄汪又赵家"，那是说它由也是园散入士礼居的黄尧圃之手，又转入艺芸精舍的汪阆源之手，再又转入旧山楼的赵宗建之手。

一般人不注意的绝句，他看到时，却认为是出了一件大事。甲编确在人间！他打听到丁氏已迁居苏州，就去苏州找他。丁氏说他当时只借阅了三天，匆匆过目就归还了原主。于是他又到常熟，找到赵家后人，他们却一无所知。他很担心这一部伟大的戏曲总集已经给齐督军麾下兵士持作柴炊，烧了一锅稀饭吃掉。后来丁氏去世，这条线索也断了。

但是谁又想得到呢？在经过了这一场民族战争的浩天大劫之后，这部书忽然从瓦砾场中显露出来了。

灯火明而又灭，灭而又明。他起而又眠，眠而又起。听了一夜的淅沥雨声。那么，书是从丁家散出的。原来此人说的，什么只借三天，匆匆过目，早已归还原主，全是鬼话。他倚仗当年的官职权势，借到这部珍贵的书，就吃没了它。瞧他这样的秘密，想必是稀世之宝。

这是一个重大的消息，所发现的一定是这部书。好比发现汉代竹简，好比发现敦煌石窟中的珍藏，这将是近百年中的第三个大发现。

阴雨天的黎明来得比平日更迟，但他比谁更早地出了门。他自己一贫如洗，考虑了一夜，考虑好了告借的对象。最近为了抢救古籍，他借钱已多次，可以告借的都借到了。但到了大学里，出乎意外，同事们闻讯都极兴奋，校长也支持他，大家都说这是一个重大发现。他给武汉和香港发了电报，又和经理先生通了电话。昨夜的消息已证实了。书在一个书商处，三十二册索价一千元。

而且有更好的消息，另外的三十二册也发现了，在一个古董商人手上，索价更昂，听说是两千元。三千之数，他是可以筹划得到的。他整个上午冒雨奔走。钱凑齐了，三千。午饭也不吃，兴冲冲地跑到来青阁书店，见到经理先生。还没有脱雨衣，就看到他神色不对。

六

不幸事发生了！他们迟了一步，书店的三十二册书一清早归了那个古董商人。两者合一，成为全璧，正是六十四册！刚才经理先生已经去看那古董商人。可是他奇货可居，说此书是他的枕中秘藏，十分珍贵。不开价钱，他也不肯把书给他看。

此时他的失望，好比一块烧红的热铁突然浸入冷水中。他平生最恨商人把这一类国宝来做买卖,它们的价值岂是几个金钱所能代表的？现在,这部十年寻访的古典戏曲总集,虽然有了下落,却已落入商人手中,连看也不让看。这古董商人说的也是鬼话。什么枕中秘藏,这肥肥胖胖的老兄什么时候爱上了元明杂剧啦！他明明是待价而沽,在等一个好买主。最怕的是他把书卖给外国人。他知道这样的一些商人,你没钱就免开尊口,有钱他也陪你满口的爱国字眼。

又一个雨声淅沥的夜晚,又是一夜失眠,转侧不安,左思右想,他心中却总怀抱着希望。他有一个乐天性格,一辈子也没有丧气过。他有一种观念,认为人力无所不能,只是有时候,人力还没有及到罢了。任何力量都用尽,多少金钱都不计,必有办法得到它。

回电来了,国家图书馆决定要买这部书。手持来电,经理先生和那古董商人折冲樽俎了几天。后来终于开了口,索价一万元！

一万！亏他说得出口。他们再三议价。最后,对方让到了九千元。

点点滴滴,把大上海包裹在愁云底下的黄梅雨已经下了半个来月。这天,突然放晴,榴火鲜红。小天井里的草地上,小小的黄花怒茁,蔷薇笑容满面。一切仿佛都在笑。他和经理先生带了款子跑到古董商人家,代表国家图书馆付款取书。

寤寐求之十年,终于到了手上。一件国宝,归于国家。

他捧了这部书回家,兴奋得和战场上的一个将军收复了一座名城无异。

七

这是何等宏伟的一部戏曲总集！略一检点,他就发现,六十四册里包含了二百四十二种杂剧。

其中，元人著作，有二十九种是人间孤本。

你能想像吗？这是多么惊人的发现！仅仅发现了莎士比亚的一个签名，全欧洲为之骚动。如果发现的是莎士比亚的一个从未见过的剧本，你想，又将如何。

试想文艺复兴距今不过三四百年。我们的元代，至今却有六七百年之久。而这二十九种人间孤本之中，竟有关汉卿的杂剧四种，王实甫的一种，郑德辉的三种，高文秀和李文蔚的各两种，还有费唐臣，白仁甫，史九敬先，秦简夫，郑廷玉，朱凯，刘唐卿以及无名氏的杂剧。

这对于中国戏曲的研究来说，是惊人发现！他必须修改他的《中国文学史》中的这一部分。

他手捧着这部书，如醉如痴。现在，一切都清楚了。从清常道人的一篇篇题跋中，知道了他编辑这部书的经过。赵清常花了三年功夫编成这部书，因此，此书应该命名为《脉望馆抄校本古今杂剧》。

这部书经过钱谦益，钱遵王，季沧苇，何焜，黄丕烈，汪阆源，赵宗建和丁初我这些藏书家收藏，经历了三百年兵火大劫，最后收为国有。

他迫不及待地在灯下拟订了一个计划，要将它影印出版，使它广泛流传。过去那些藏书家只知私有，将它独吞。从今以后，它将大显于世了。

他捧着它，好像捧着一只凤凰！他感到欢乐，幸福。可不是吗？这是一只火中的凤凰，一只新生的凤凰。它在大火之中涅槃，却又从灰烬里新生，它的金赤的羽毛灿烂辉煌，它展翅发出万道霞光。

但是他不知道，这并不是那火中的新生的凤凰。并不是，并不是！至多只是它的一根羽毛罢了。火中的凤凰还没有飞起来。

但它将要飞起来的！

凤　　翔

八

十年已经过去,现在是 1949 年的秋天。郑振铎在这一年初春回到了北京。十来年前被迫离开北京的朋辈友好,差不多全回来了。他们有如天边鸿雁,联群而至。他们回来看到:古老的北京已经新生。文化古城,红旗飘扬。北京已是一座解放了的城,一座人民的城,一座无日不在闹花丛中,无时不在腰鼓声中的,载歌载舞,青春弥漫的城。

同志们见了面,欢呼,拥抱!他们有的是像他那样从南海扬帆,破万里浪而来的。他们有的是从中原,披星戴月,千里跋涉而来的。更多的同志是从茅坪,从叶坪,从长征路,从延河,从太行山,从塞前,从关外,从前方,从各条战线的第一线转战二十余年,舞长缨而缚苍龙,胜利归来的。

这是痛饮黄龙之日。解放区,国统区的旧友新知,重聚古柏下,芍药旁,谈天说地了。他们又伫立在天安门前,白玉桥上,望正阳门内,繁花怒放,红紫缤纷。他们在北京饭店聚会,在怀仁堂听大报告;又在中山公园来今雨轩和北海双虹榭饮茶,叙旧话今;又在隆福寺,东安市场,琉璃厂,把臂访书了。何等的十年,何等的变化!

历史写了新的一页。劳动人民推翻三座大山,翻了身,人民的新时代创始了!

这十年,在他个人的生命史中,也是惊风骇浪,太惊人了,太离奇了。

上海沦陷后,他留在上海,见到街有饿殍,狐兔与魍魉横行。江南文物流散,使他奋起抢救,抢出了《脉望馆抄校本古今杂剧》那样的珍本。后来,从一笔国家文化基金中,他得到了一些数目可怜的拨款,才能比较有计划地进行工作。两年之内,他就收了一万五千种近代史资料,古代文献和宋元版本。他本来也可以到内地去的,但为了图书,为了文物,为了民族文化,他下定决心不走。他在敌伪统治的恶劣环境里坚持下来了。

太平洋战争一爆发,大学校停办了。生活更加困难,处境尤其危险。他化名隐藏起来。在密密的罗网底下,真是度日如年。好不容易盼到了胜利,国民党接收大员自天而降。原先多少还存在着的一些幻想突然被那些"重庆人"粉碎无遗。残酷无情的现实使他大失所望。他借酒浇愁,十分消极,可是不几天后,另一些老朋友仆仆风尘地回来了。

只是听见了他们的声音,他就泣不成声。还没有说上几句话,他便像一团火似的燃烧起来了。生活用一只大手臂把他一推,推到了民主运动的最前线。他主编《民主周刊》,激烈地抨击美蒋挑起内战的罪行,用火热的语言呼吁和平。他喊出了这样的口号:为新中国而工作!为中国的文艺复兴而工作!为民主的实现而工作!不经年而刊物被封。这已不是新鲜事,早在"五四"时期,北洋军阀就曾封禁过他的刊物《新社会》。当时他愤怒,惊讶。这一次可是十分冷静。他懂得敌人的伎俩不过如此。斗争深化了。不幸的消息接踵而来。李公朴和闻一多牺牲了。不久后,一位地下党员通知他,他们获悉到他的名字也写入保密局特务的黑名单。无声手枪也在瞄准他。

又一次,他像在敌伪时期一样地隐蔽了起来。他不断地迁移,从一家转到另一家,许多相识的和不相识的同志轮流地掩护他,直到他安全地到达了香港。

九

在香港,他们热烈地响应了毛泽东同志提出的召开新政协的号召。1949年2月底,他们从南海出帆,直向北海而去。

行程六日。3月初,船到烟台。中国人民解放军的一位高级将领和烟台市市长登轮欢迎。他们足踏上了自由的土地,民主的土地,人民的土地。当天晚上,烟台市人民为他们举行了盛大的欢迎会。

一切都是新鲜的,热烈的。而使他特别兴奋的是,他发现在山东,在各个解放区,都建立有各级文物保管委员会。这真是怎么样也想不到的!

在中共华东局的一些负责同志陪同下,他们动身去莱阳、潍县,乘胶济路的专车,到了青州。由青州,经济南、天津,经过这样一条漫长的路程,经过了这样风起云涌的十年,他到达了北京。

一到北京,他被招待在北京饭店住。这一夜,他睡得真是有生以来从未有过的,如此之幸福和香甜。

次晨是重归北京的第一个早春的早晨。他推开窗子从高楼远眺。他看到白蒙蒙的雾气,轻柔如纱。红霞,云彩,炊烟,袅袅的浮在晴空。霞彩之下,晨雾之中,车马,行人都在树下。红日自朝阳门那儿升起,全城放光。环绕着春色氤氲的三海波光,伸展着这座八百年历史古城。

这是何等宏伟的气象!他多么庆幸,生逢这伟大的历史时代。

他多么光荣,能侧身于伟大的人民共和国的开国工作中!

一切都是新鲜的,热烈的,美妙的,光明的,欢乐的,振奋人心的,气势磅礴的。而尤其使他倾倒的,无比激动的,欢天喜地的,是他亲眼看到了,在共产党领导下的人民政权如何重视古文物。

一部《赵城藏》运抵北京。那是在抗日战争最艰苦的年代里,八路军战士奋勇从日寇魔掌下抢救出来的。当时他在上海,闻讯之下,写了《赵城藏考》,指出这四千多卷的金代刻本何等重要!现在看到了这件国宝,使他兴奋已极。但使他兴奋的事真多,东北文物保管委员会从各地搜集起来的珍品中,收回了溥仪带到关外去的一批清宫藏画。解放通化之战,曾抢救出一幅传奇式的名画,张择端的《清明上河图》,他一见之下,惊喜莫名。一位大学建筑系主任还告诉他,解放北京的攻城部队曾派人到清华园找他,要他把城内古建筑位置标明在地图上。他们说,万一在和谈破裂,而要动武时,他们可以避开它们,免得损坏了它们。进城以后不久,他们又来找他。这回是向他要全国古代建筑总目录,因为他们要解放全中国,向全国进军了!

这是世界史上从没有听见过的事,他想不到他看到了这样的党和这样的军队。他高兴他到了北京,见到了这般盛况。

十

在一夜之间,他已由一介书生变为一个社会活动家:

他几乎重游巴黎,但法国政府挡驾。他们到了布拉格,参加了世界和平大会。他亲眼见到中国人民的胜利,南京的解放,如何振奋了全世界人民。回来时,他参观了东欧和苏联的著名博物馆。回到北京,第一次全国文学艺术工作者代表大会举行了,他被选为全国文联委员。

紧接着，新政治协商会议筹备会在怀仁堂召开，他又被选为新政协的筹备委员。

他在文代大会期间，迁入西城一座精致的四合院。好极了，他很爱这种也许是住宅建筑中最美又最实用的四合院形式。朱红的门邀请你到葡萄棚架之下。四周是彩色飞金的回廊，朱红柱子，中间是小小的园林，典雅的布局，果木俱全。庭院上面，罩着绿叶的网。草地上铺着绿茵，白鸽蹒跚来去。伸手可摘盆中的梨桃、石榴和头顶的葡萄。五间相连的北房做了他的书房。最近从上海运来的三百多箱书全部开箱插架。

这年，他正好50岁。他终于可以过这样一种书籍盈屋，一管在握的生活。他心满意足，复无他求，奋笔投入了革命。就在这时，开国大典在望。

即将隆重成立的中华人民共和国的中央人民政府，已在筹备着，组织着。而筹备、组织的不只是一个政务院，还有它下面的各个部，院，行，署，它们的下面又还有司，局，处等等。大大小小的单位，都要把机构的架子搭起来，安排人事，规定制度，开展业务，要找房子，买家具，开饭，办公。

整个北京沉浸在这重大历史事件的热烈气氛中。全城沸腾。到处都能感觉到这一伟大的组织工作在进行着。前方捷报频传，解放军的步伐已迫近西南西北边疆。原先在北京饭店，六国饭店，翠明庄，永安饭店等处天天见面的朋友，渐渐分散到各自的工作岗位上了。他将要参加古文物保管的工作。临时办公室选择了北海的团城。

十一

啊，金鳌玉蝀桥，哪一个老北京不记得您，美丽的桥。您原来是腰身十分细长的。桥头两座精巧的彩色牌楼,现在已经看不到了。您并不属于北海公园,而是属于城市本身的。您不是园中一角,而是市街一段。在日常生活中,人们不用买门票,便能信步经过您。您比卖门票的公园还提供了更美的风景。团城高高耸立在您旁边,高出海面丈余。北京图书馆近在咫尺,白塔五龙亭尽罗眼底。谁要瞻仰中南海,承受它的光辉,以在团城最为理想。团城上,白皮松特别潇洒,柏树青青。一枝金代古松展开了苍翠欲滴的天然华盖。团城小巧玲珑,如那小亭中刻镂精致的玉瓮。承光殿上的羊脂玉佛含着微笑。他那办公室就在左侧的古籁堂。右侧余清斋是副局长的办公室。

他是多么幸福的一个人。他是当时所有幸福的人中间最幸福的人之一。当时所有人意气轩昂。但有人身经百战,百炼成钢,炉火纯青,喜于心而不形于色,在全国胜利面前战战兢兢,克勤克俭。也有的人得到了满足却没有得到幸福。却还有人悲从中来。也许他没有想到有这样的一天,可是到了这天,只想攀登高位,忘记了这是当人民的勤务员。有人因某种幻想没有达到,萌消极之志,赋归去来兮,意欲垂钓江边。也还有人,对统一战线不能深刻理解,看到自己要和某些人共事,心犹未甘。

可是他这幸福的人啊,平生大愿,如愿以偿。每一天都有好消息。工作还没有开张,事情已够他忙了。不断有古文物被发现,被抢救出来,归入国库,凡此种种,都使他喜欢得无法克制。

这个春天的最惊人的发现是长沙东南郊,陈家大山的周冢内,出土了许多楚文物,精美绝伦。一幅晚周帛画,墨笔画着一个细腰的楚女,装饰着一龙和一凤。这是我国也是世界最早的一幅画,极精品,极珍品啊!

而故宫里不断有发现。偶然移动了一个宫殿里的龙座上的坐垫,发现垫下压着几幅画。就这样,原藏清宫而久已不见踪迹的,唐代大画家卢楞伽的名作《十六小本罗汉图》中的六幅真迹,重见天日了。这样的发现真是太多了。他们甚至发现了故宫博物院的平面图上并没有标明,从来只有极少数人知道的一座地下库房。这才第一次标明在他墙头的那幅故宫平面图上。这库房打开,珍宝不计其数。精美贵重的文物,几座珍宝馆也陈列不了。

十二

　　故宫的清理,历史博物馆的建立,人类社会发展史的展览等等,工作很多,而且已经有一些私人收藏家向国家捐献他们的藏书和古物。解放大军正向大西北进军,甘肃全省快要解放,他焦虑万分地等着敦煌石窟的消息。他在巴黎时就结识的一位老友在那里工作,长久以来无音讯。忽然,捷音传来,敦煌解放。石窟无恙,老友健在!他的快乐,他的幸福,是不可描写的。手持电报,从古籁堂奔跑到余清斋去,大好消息,太好了!敦煌石窟从此可以见天日了。

　　自然也有一些不好的消息,仍有一些人不认识古文物的重要,毁损了一些不该毁损的古代建筑。

　　但是,现在这情形就完全不同于以前,大大不同于解放前了。以前,真好比愚公移山,精卫填海。他竟想以只手之力回天。他最多只能联系几个热心同道,来抢救偌大祖国的,这般丰富的文物。当时,又是这样的无能为力,欲哭无泪。怎样气愤,也不中用。然而又不能不有所为,不能不尽人事。太可怜,太可怜了,那时候啊!

　　可是今天,人是这样的无所不能,光芒四射,信心百倍。今天,即将成立的文化部、文物局,是以国家的力量(是这样的人民共和国啊!)以集体的力量(是这样六亿人紧密团结的集体啊!)来保护,收集,发掘,整理,研究,发扬祖国的文化遗产。如今啊,太兴奋了,太幸福了!

不久前,国家收回了一批流散到国外的名画,包括南唐顾闳中的《韩熙载夜宴图》在内,是用重价收购的。收购是秘密地进行的。一价即出,美术市场震动,竞相询问,哪来这样大的主顾?他们怎想得到这主顾是一个伟大的人民国家的文物机构?

他十分严谨地工作。他知道文物工作必须以百倍严肃细致的作风来对待。你略一疏忽,就造成不可弥补的损失,稍稍粗暴,将贻下永恒的追悔。他的工作很多,墙上有幅全国地图,画满了标志。北京的故宫,周口店的猿人遗址,安阳的废墟,西安的汉唐古迹,洛阳龙门,大同云冈的石刻,敦煌千佛洞和安西万佛峡的石窟艺术,五岳的庙宇,曲阜的孔庙孔林,各地宗教文物,以及许多的古代宫殿,陵寝,寺庙,城墙,桥梁,石阙,砖塔,木塔,以及桂林的岩洞,苏州的园林,南京等地的太平天国遗址,翠亨村的中山故居,广州的七十二烈士墓,绍兴的三味书屋,武汉的农民运动讲习所,瑞金和延安等等的革命圣地,这一切都在他心上,都属于他的工作。

而首先一个工作是和外国帝国主义进行斗争。他早已起草了一条法令,规定:"凡属于考古学、历史学、古生物学及其它文化有关之古物以及八十年以前之一切图书,均严禁出口运往外国,违者以盗窃论罪。"这条法令已由华北人民政府通令了各行署省府及天津海关。这件事关系重大。外国帝国主义已经劫走了我们多少珍贵文物。他们劫走了的有三代彝鼎,秦汉砖瓦,玉器铜镜,南北朝造像,隋唐泥俑,三彩器皿,唐以来最精的绘画,瓷器,家具,装饰物等,甚至还劫走了大件铜器至少在一千件以上。龙门宾阳洞的《帝后礼佛图》浮雕至今还在纽约和堪城的博物馆。西安的昭陵六骏中,最好的两块浮雕还在费城博物馆。垄断资本家洛克菲勒甚至斥资搬走我内蒙一整座喇嘛庙建筑。他们见到我们一头甜蜜地微笑的佛头,就用斧子砍它下来。他们见到一只雕琢得十分秀美的手也没有肯放过它。过去国民党,北洋军阀,奴颜婢膝,恨不得悉数将家珍送给他们的外国主子,惟恐送得不够多,不够好。

这个情形再也不会发生了。人民已有力量来进行斗争。他自己就要承担一部分这样的责任,他将怎样的奋发工作啊!

十三

1949年9月,气候高亢凉爽。天空是碧蓝碧蓝的。整个北京被打扮了起来。新华门前,焕然一新。天安门前,宏伟庄严。为了迎接伟大的节日,北京已装点成为一座地上的乐园。

9月21日,中国人民政治协商会议第一届全体会议开幕了。那天下午,他们驰车从新华门进入中南海怀仁堂。三十年前,当"五四"运动发展到最高潮时,他们曾露宿在新华门外,曾包围怀仁堂。历史的步伐何等迅疾!现在他们已坐在怀仁堂上。而怀仁堂也已经改建了。它原来是由正殿两侧的偏殿和宫门四个部分所组成的建筑,现在在三座殿和宫门之上又覆盖了一个屋顶,构成一座大厅,成为极为庄严华贵的大会场。水银灯将它照得通明。全体代表已经在座。而党中央的领导人也已登上主席台。

隆重的时刻到来了。炮兵部队的礼炮轰响。空中来了一场大雷雨。风神拂道,雨师洒地,雷电奔驰。整个北京,整个天空,整个宇宙立刻被荡涤掉污腥,冲洗得干干净净了。雨过天晴,星光灿烂,会议开始了,毛主席宣布:

"占人类总数四分之一的中国人民从此站立起来了!"

风暴般的鼓掌声和欢呼声,比雷声炮声更响亮。这是历史的声音,一百多年来,中国人民前仆后继,英勇斗争,所追求的理想,今天实现了。郑振铎在三十年前编过两个刊物,《新中国》和《新社会》,他们那时的理想,今天完全实现了。和所有参加这个大会的人一样,他浑身燃烧。欢乐的热泪盈眶,泪水模糊了眼镜片。

这是震撼全世界的十天,正像1917年10月革命时一样。他连日在怀仁堂开会,还没有放下自己的繁重的工作。就在会议通过中国人民政治协商会议组织法,中央人民政府组织法,定都北京,并确定国旗,国歌以及纪年之时,他在起草《关于规定古迹、珍贵文物及稀有生物保护办法》、《禁止珍贵文物图书出口办法》和《古文化遗址及古墓葬之调查发掘办法》等以后将由政务院正式颁布的法令。他的心灵完全沉浸在工作中,紧张而又幸福。

9月30日的夜晚,人民政协闭幕后,他参加了开国大典前夕的大宴。水银灯把北京饭店的大厅照得雪亮。风流人物看今朝,宴会上可以看到解放军高级指挥员和战斗英雄,工农模范,革命老干部,各民主党派的知名人士,科学家和文艺家,济济一堂。《东方红》和鼓掌声中,党中央领导人入席,宴会开始了。举杯祝了酒,全体鼓掌又欢呼。

酒过三巡,大家又都到中央领导人席上去敬酒。他心中真是跃跃欲试,但竭力克制了自己。他素来豪饮,而且量洪。和许多同志碰了杯,他喝了不少酒了。突然在一个自己也不明白的大冲动中,他向首席的圆桌跑过去了。他涨红了脸,向中央领导人举杯说:

"干杯!"

中央领导人一听,微笑了说:"干杯!"他一饮而尽。人民的领袖也喝了一口。这时,另一位中央领导人说起他那儿的文物工作的丰盛的收获,领袖又说了一句话:

"人民把文物工作委托你了。"

他这样说了,整个席上的人都起来和他干杯。他又干了一杯。他太兴奋了。这时,又有人前来敬酒。他回到自己的桌上。他从来不醉酒,可是这一次连心也醉了。

火中的凤凰

10月1日,天安门前,红旗如海。为了陪同法捷耶夫,他登上了观礼台,他瞭望着天安门广场,多少感想升腾在心头。这是"五四"运动的发祥地。这是人民中国诞生的摇篮。三十年前,他们就曾在这里多次集合,还曾在前门楼下和反动政府进行了一场大战斗。那一夜,有一千多学生被逮捕,包括他自己,被拘在这个广场上。历史的步伐何等迅疾!现在,歌声,欢呼声,口号声,乐曲声,礼炮声,鸽群拍翅声,荡漾在广场上。全世界听到了这音响。高出于这一切音响之上的,是宣告中华人民共和国中央人民政府成立的毛泽东主席的声音。

他看到由毛主席开动电钮而飘扬着升上旗杆的第一面中华人民共和国的国旗变成了一只五彩缤纷的凤凰,翱翔在旗杆顶上,在人海之上,在北京的蓝空中。金赤的羽毛,灿烂辉煌的新生的凤凰,终于带着鲜红的火焰飞了起来。它就是新中国!它就是新社会!它就是火中的凤凰!它就是新生的凤凰!凤便是火,火便是凰。翱翔,翱翔;欢唱,欢唱!看啊,凤凰展翅了!中华民族是这火中的凤凰!

写于 1952 年

(原载《长江文艺》1979 年第 4、5 期合刊)

附 录

关于报告文学问题的讲话

我今天讲关于报告文学的问题。讲报告文学的一般和特殊；也必然要讲到文学的一般和特殊。我主要是从我自己的创作体会讲起的，从特殊上升到一般。准备讲这样八个方面：思想、生活、借鉴、语言，这是属于创作准备阶段的，构思、细节、造句、修改，这是属于创作实践阶段的。这里的有些话已经在新华社的讲话中讲过一次了。这里会讲一些讲过的重复的话。但有些话是在这次以前没有讲过的，是最近自己的一些想法，是新添的。

先讲思想这一方面。当然，思想是第二性的，生活才是第一性，因为不是思想决定生活，而是生活决定思想。那么，为什么我不是一开始就讲生活这一方面，而先讲了第二性的思想这一方面呢？这是因为，我要讲的思想是毛泽东思想，是马克思列宁主义。毛泽东思想，是社会经济物质生活的实际反映，马列主义反映了生活的真理。他们可以指导我们更好地认识生活并指导我们创作。因此我先讲思想这一方面，然后再讲生活这个方面。（在这个讲话之后，我在沈阳的创作会上又讲了一次，就开头先讲生活，然后再讲了思想的。）

思想是灵魂，是革命的灵魂，也是文章的灵魂。思想是统帅，是革命的统帅，也是文学的统帅。我讲我自己的情况。我学习马列主义和毛泽东思想，是二十五岁才开始的，比很多同志都晚了。不过也不算太晚，一进入四十年代就比较自觉的学习马列主义和毛泽东思想了。但是,学来学去,不生根,留不住,不会用。开国以后,历次的政治运动,我一般没受什么批判,不是被批判者,而常常还是批判者。也不担任什么学习小组长,运动一来,我就读书,读经典著作。所以,搞一次运动,我就能读一次书,可是,没有什么进步,没有抓住马列主义毛泽东思想根本的东西,这样就到了无产阶级文化大革命了。到了无产阶级文化大革命,就进了"牛棚",靠边站。靠边站之后呢,那是很好了,关在一个楼上,不让下楼,也不能出去。下雨不用打伞,也不用穿套鞋,吃饭的时候,人家给你送来,吃完人家给你端走。没有事情做,就读书,想一些办法搞书,还是搞到了不少;偷偷地瞒过了一些造反派的耳目,读了不少书。还是读经典著作,因为当时对无产阶级文化大革命不理解,感到心慌,是怎么回事呀?到了"九一三"事件林彪摔死以后,才知道是路线斗争,也感觉到自己参加了路线斗争了。这是马列主义毛泽东思想的根本。以后就读得比较顺当了。

一九七二年、七三年,读的是《马恩选集》和《列宁选集》。通读,没有别的事情,反正就是读书,所以读得很快,两个半年把这四卷本的两部选集都读完了。以后就反复地读,还读起全集来了,没有别的事情可以做了,但是,却做了一件最重要的事情。越读心里越踏实,一直读到一九七五年,每天都读八个小时以上。读了《马恩选集》四卷,《列宁选集》四卷,毛主席的选集当时是四卷,现在是五卷了,还读了《资本论》。原来有一个感觉,已经到了社会主义阶段了,你还读《资本论》?对资本主义社会的分析,就不怎么重视,哪知道资本主义社会阴魂不散,连社会主义社会制度里头,还是非常猖獗的,还是要读《资本论》。所以当时我将三部选集十二卷,再加上一部《资本论》,十三卷,读了。《毛泽东选集》,当时只到一九四九年,可是,开国以后,主席的讲话公开发表的很多,也没有一个出版社来把它们收集起来编订出版。正式出版了的就是《关于正确处理人民内部矛盾的问题》一篇,《在中国共产党全国宣传工作会议上的讲话》一篇,再加上《人的正确思想是从哪里来的》。可是有大量的主席著作没有汇集起来,就靠手抄,搞手抄本,只要能找到主席的文章或讲话,哪怕是一句两句,我都抄了。主席每次接见国宾,有时报上说一两句,我都抄了,所以主席的著作也是不断学的。

这几年,就是学习,没做别的事情。除了学经典著作外,也读了其他一些书,如《屈原》、《史记》、《前汉书》、《后汉书》、《昭明文选》、《红楼梦》、《孔子》、《庄子》、《管子》。那个时期"四人帮"搞儒法斗争史,没有人讲《管子》,管子没有人管,我就专门学《管子》。这段时间都交给书本了,因为当时也不能出去。到干校,开始有一段劳动,后来也不搞什么劳动了,就是读书。到了一九七五年底,恢复工作了,还是搞专业创作。但是,那个时候写了文章也不能发表。我出来工作的时候,已经写了三十万字的东西了,到现在还没有拿出来。恢复工作以后,也是继续地写,不发表,也不能发表。因为一发表就有棍子打下来的,说你这个老家伙又冒出来了,发表是没有好处的。不发表还有人眼睛瞧着你,盯着你,还有人在管着呢!所以也没有发表文章,不过思想很稳定,神经很健康。

等着,憋着一股劲,直到一九七六年十月六号粉碎"四人帮",这就站起来了。但是,也还是有一个过程,因为长期不跟外界接触,只能看看报,听听广播,虽然也是在练笔,还是写不出来。但跑了很多地方,因为那时可以跑了,我是在湖北工作的,长江上下来回跑,在宜昌港跟一个码头工人一块生活。到了一九七七年年初,大年初一,跑到了一个油田去生活,还是有时间读书,经典著作是不可不读的。到一九七七年的夏天,《人民文学》打来了长途电话,就问我,是不是可以写关于李四光的文章,我当时就说可以试一试。

我就到北京来了。到了北京之后,思想就比较开阔了,而且在《人民文学》的帮助下,安排了我的活动,就去找李四光的家属和地质学研究所。过去跑过地质,那是跟着地质队跑到野外,其实是不懂的,但是多少有点基础。访问以后,拿到地质部整理的大量的李四光的讲话记录稿,把所有李四光的著作收集起来,既访问,又看材料。以后又到华北油田去了一次,解决了写作中的一些问题。这样就把《地质之光》写出来了。

在阅读李四光著作的时候,有一个特殊的感觉,李四光的著作里头是有思想的。李四光是一个早期的革命家,是孙中山先生革命时期的一个活动家。在一九一一年,辛亥革命成功以后,李四光曾经担任过孙中山所组织的政府的工业部长。他是老一辈的民主革命时期的革命家,这个人是有思想的。他原来是学造船的,后来改行,改地质学是经过思考的,是有理想的,是有思想的。他感觉到:首先要解决地质问题,找矿,你找不到矿,你造船工业学得再好,没有钢板给你焊接。李四光的著作里头有很多富有思想性的语言,是科学论文,但是有革命思想。我就特别喜欢有一篇文章叫做《被歪曲了的亚洲大陆》,结尾他讲了这样的话:"假如地球自转加速的话,亚洲站住了,东非、西欧破裂了,美洲落伍了。"我是非常喜欢这句话的,我感觉这里边不是讲地质问题。这明明是地质论文,讲的是地质现象,但是他讲的这话是有政治思想的,现在越来越能证明,他这句话是有深刻内容的。一个真正的科学家,即使不是马克思主义者,也是有正义感的,是正直的,正义感很强烈的,是有思想的。不仅李四光如此,我发现,陈景润、周培源、蔡希陶、孙健初都是有思想的。思想基础可能并不很高,像李四光早年的作品是没有马克思主义的,但是最少有爱国主义,而且是有民主主义的,尽管是旧民主主义的。这些科学家如果没有思想,绝不可能在学术上取得这样大的成就。当然,开国以后,这些科学家有了马克思主义,有了自然辩证法,像李四光那样,到了晚年,是有很高认识论的水平的。我写这个《地质之光》的文章,写得比较粗糙,地质学方面的术语用的也比较多,我估计很多读者是不大懂的,而且我也感觉到他们是不太喜欢的。但是没想到,还是有人喜欢。尽管这些地质方面的术语读了以后不是很清楚,但还是喜欢。我想还是思想的力量使一些读者喜欢的。写完以后我就回家了。

过了一个月《人民文学》又给我打电话,问我愿不愿意写陈景润。当时我对陈景润不太了解,后来是了解的。写这个文章的时候,写到了文化大革命。《地质之光》写完以后,有一位上海的读者给我来了信说:"你写了李四光的一生了,就偏偏跳过了无产阶级文化大革命,难道这是一个禁区,你不敢进去吗?"因此在写陈景润的时候,我就想了:这个禁区还是要进去的,但写到文化大革命一段时就卡住了,写不下去了,比较困难了。解决这个困难,还是经典著作,《马恩选集》的第一卷,里边有篇重要的著作,叫《路易·波拿巴的雾月十八日》。对文化大革命的态度,对文化大革命的理解,我是从马克思的这部著作里领会来的。《路易·波拿巴的雾月十八日》帮助了我怎样来写无产阶级文化大革命。

所以我想借这个机会来宣传一下,凡是从事宣传工作的,凡是从事文字工作的,从事新闻工作的,从事语言工作的,是不可以不学经典著作的。马克思、恩格斯、列宁、斯大林、毛主席的著作是一定要学的,这些人都是新闻学、语言学的大师。马克思是办报的,办过《莱茵报》、《前进报》、《德意志——布鲁塞尔报》、《新莱茵报》、《人民报》,而且有很多年,给纽约《每日论坛报》写稿子。所以他的全集四十本左右,其中大量的是给报纸写作的。列宁是给报纸写作的,在《真理报》上,一天两篇,两天一篇,三天、五天一篇,写得很多,所以《列宁全集》那么一大堆,主要的都是见报的。毛主席就不要说了,不但写文章,写专著,而且写新闻,有个单位曾经收集了主席写的新闻消息,出了一本书。我也弄到一本。中国人民解放军打下南京,这一消息是主席亲自写的。《人民日报》很多社论是主席亲自写的。因此,我说:搞新闻工作的人,搞语言工作的人,除了向经典作家学习政治思想和路线理论之外,还可以学一学,看一看,他们是怎样替报纸写文章的。

学习经典著作有一个好处,它能够使你感觉到一个力量,给你增加信心,使你看得远一点,站得高一点,精神旺盛。学习是可以改变精神状态的。一个精神气爽的人,跟一个疲疲沓沓的人是两个人,完全不一样。一个人在精神气爽的时候,所做的事情,跟他在灰心丧气,疲疲沓沓的时候所做的事情,效果完全不一样。我们经常或有时闹情绪,有时候不高兴。要改变。为什么老是要这样颓唐下去呢?能解决你思想问题的是经典著作。学马列之后,有一个耳目一新的感觉,事情在他们看来,都是清清楚楚的。我学了以后,也多少明白清楚一些。这一清楚,思路一畅通,人的精神状态就不一样了。学了马、恩就觉得什么事情都非常清楚,哪有什么糊里糊涂的?学了列宁,有时就简直坐不下来了。列宁有鼓动的力量,使你想站起来,想活动。毛主席著作,我们有亲身体会了,更加亲切了。所以这一点,我感觉我们的出版界,毛选编选委员会搞得慢了,当然这是不大容易做的。《毛泽东全集》还没有出来,到了一九七八年我们才读到毛选五卷,读到了主席一九五七年以前的东西。我看到了日本一九七六年出版的也叫《毛泽东选集》,实际是上半部《毛泽东全集》。十本,编辑得非常好,主席的早年著作都收起来了。收集起来后,还做了研究比较。原来刊物上发表过的文章,跟现在毛选上的文章有什么不同;主席改动了,是怎么改动的。它有七八种符号,来说明主席是怎么改动的。当然,那是日本人搞的,不可能是很精确的。我很希望我们的全集早一点出来。

我一个总的意思,就是要学习经典著作,一天吃三顿饭,再加上一顿精神食粮。经典著作非学不可。很多同志都在学,尽管在座的同志比我学得好,我还是要说,我们要下很大功夫,来钻研和学习马列和毛著。原来没有这样强烈的感觉,就是在文化大革命后期,读了些书,才感觉到非学不可。所以我出门也好,在家也好,总是每天都要读一点的。时间不多,我读它一百行,读一页,太忙时,我读它一段。所以我现在写文章,跟以前是不一样的。

《人民文学》打来了电话给我,让我写陈景润,当时,我就有点摇摆,写不写?跟家里人一说,家里就反对:这个人不能写,你别写他。湖北有一些作家也劝我:这个人不太好写,是个是非之人,数学研究所是个是非之地。到底陈景润是不是又红又专,还是走白专道路,还搞不清。有一位好朋友,专门写一封信给我说:我听说你要写陈景润的文章了,我劝你不要写,你《地质之光》还不错,不要因为写陈景润,栽一个斤斗。但是,我还是要研究研究,为什么不能写?我想解决一下这个问题,就到北京来了。到北京后的第一个晚上,在家吃饭,坐了一屋子人,他们听说我要写陈景润,全部反对,说这个人是不能写的,其中有一个是科学院的,也是强烈地反对。他并不反对陈景润这个人,并不反对他的钻研精神,就是觉得这个人不好写,恐怕写不得。现在,关于他的谣传是少一些了,但是,去年这个时候还是流言蜚语非常多的。大概同志们也有听到过的,"科学怪人"了,"吝啬"了,"白专"了,种种流言蜚语。后来我就问了一位老同志,我说:我想写陈景润,能不能写?因为他熟悉情况,所以非常肯定地说:"写,陈氏定理了不起。"我就决定写了,决定写之后,我就到中国科学院数学研究所去了。

我必须解决这样一个问题:我能不能写这个人,敢不敢写这个人。这个问题还是在学习中解决的。马克思有一本书叫《数学手稿》,已经出版了的,其中用大量的数学公式和大量的政治性的语言,来评价微积分的问题。在某一条说到某一个微积分问题的时候,他说,这个必定会激起传统派数学家的恼怒,要受到传统数学家的反对。但是,为新事物开辟道路,马克思认为,这是必然的。我原来打算把马克思这段话放在《哥德巴赫猜想》前面做扉语的。后来,我把它改掉了,因为这个话要刺痛很多的传统数学家。恰好《人民日报》发表了一个元旦社论,指出陈景润这样的人为革命钻研技术,分明是又红又专,被攻击为白专道路。后来就用这句话作扉语了。流言蜚语是很多的,所以写这个文章,事实上是跟流言蜚语做斗争的。明明是中央领导同志都肯定了的,但是科学院还是有人在反对他。越接触这个人,越觉得流言蜚语非常可恶。当然,那我也是分了善意的误解、无知的嘲讽、恶意的诽谤、热情的支持,这么四种态度。善意的误解是可以谅解的;无知的嘲讽也是可以谅解的;恶意的诽谤那是可恨的。解决这个革命精神的问题,解决这个写不写陈景润的问题是花了一番功夫的。《人民日报》元旦社论里的一句话,"为革命钻研技术,分明是又红又专,被他们攻击为白专道路。"解决了我写文章的主题思想。所以,我们做一些事情、或写一些文章,就是要解决生活中存在着的思想问题,就是要解决生活中的思想路线的问题。对陈景润的热情支持和恶意诽谤,是两条路线的斗争,而且还要斗下去。在创作全过程中间,要解决思想问题,路线问题,就要学习马列、毛著。我们的作品,是受他们指导的,是受他们所推动的,是从他们那里来的。我现在比较胆大,因为我觉得我有靠山,靠山就是经典著作。这是我所要讲的第一个问题,一定要很好地学。我现在学得不够好,很多马列著作的东西,都还不懂。底下讲生活问题。

生活是源泉。物质生活是意识形态的源泉。社会物质生活,社会经济生活,是政治、文艺等意识形态的最根本的基础。主席讲了的,社会生活、人民群众的生活是源泉,是源、是源头。我们生活,我们劳动,我们学习,出来采访,就是接触生活。我们是一面镜子,是一面能动的镜子,就是要反映我们国家我们人民群众沸腾的战斗生活。那么,怎么接触生活?主席已经讲过有三种:下马看花,走马观花,安家落户。根据不同情况,根据工作上的要求,或者走一走,看一看,或者住得长一点,或者长期在一个地方生活。这后一点我做得很差,我是一个满天飞的作家,到处跑,并不深入,很不深入。但是因为长期跑来跑去,跑的都是建设工地,对建设工地的认识程度也稍稍地深入一些。我一般搞得比较快,李四光花了一个月就写出来了。陈景润也只花了一个月就写出来了,我在数学研究所只住了一个星期。后来写蔡希陶的文章到昆明去了一下,花了三个星期,就写出初稿来了。

这是各人有各人的方法。我一般找一个集中点,找一个焦点,一个生活的焦点。

去年大年初一,我就到了一个油田,油田的面是很广的。到了那里,油田的领导就问我:"你愿意到哪里去?你愿意看什么?都可以满足你的要求,你提出来吧。"我说:"我只提一个要求,我只要看一个井口,一台钻机的井口。"他们很奇怪,噢?你只要一个井口?我说是的,一个井口,一台钻机,一个井场,一个井队。他们同意了,给我安排一个井队,守着一个井场,一台钻机,一个井口,守了五个月。后来,石油部开电话会议,那时的康部长即现在的康副总理在电话中讲了:"全国各油田的党委书记,现在在什么地方?你们是在工地上还是在办公室里面,恐怕多半是在办公室里面吧。我讲完话之后,你们党委就开个会,把工作都安排一下,留一个在家里守机关,其余的党委书记、局长、部长,通通到钻井上去守井口。因为井口是石油工业的火车头,井口不出油,后面的采油、输油、炼油、油田建设,都是空的。只有井口出了油,你才能采油,你才能炼油,你才能够搞油田建设。"我这次是碰上了。为什么碰上了呢?因为我写了一些关于大庆油田的作品,写完以后,我发现,缺一个井口。所以,我到这个油田,提出这样一个要求,让我守一个井口。经康副总理这么一讲之后,我很受启发。下去或长或短你总得有一个焦点,要选择好一个点。

我到云南去,云南是很大、很丰富的一个省。但是我有一个目标,就是蔡希陶这个人物。到了昆明以后,到了西双版纳,外面吸引我的东西是很多的。我和《人民文学》编辑部的周明同志一块去,他就非常高兴,这儿也想看,那儿也想看,这儿也想去,那儿也想去。我说:可不要这样子,吸引你的东西永远是很多的,但是你必须明确,你是干什么的,你得有个集中点,你得有个焦点。深入生活,你能够找到一个集中点,坚持下去。不过这个点是比较难选的,你得选一个合适的点,你选中了这样一个合适的点,坚持下去,这个对创作是有好处的。

我们湖北有一个老作家叫黄碧野。他跟我做法不一样,他在汉水中游的丹江口水利工程,深入生活,一住二十年。有时他也回家,他回家心也是在工程上。文化大革命中间,他也是靠边站的,不能到哪里去的。后来又到丹江时,那里的书记、干部、技术人员、工人,各工种的工人,到火车站去接他的有二百多人。他跟他们相处得非常好,写了一部长篇小说,不久就要出版了。这个可以说是一个长期生活,安家落户的典型,这是一条比较好的深入生活的方法,但是也并不是让所有的人都这样做。我还可以举一个比他更深入的例子。我们湖北有一个工人诗人,叫黄声笑,是个码头工人。从小就当码头工人,拿一副杠子,一副扁担,两根绳子,童年时代做游戏就学码头工人。现在快六十了,五十多年的真正的码头工人,这是真正有深厚的生活基础的。他的诗都是从生活中来的。我跟他一起交谈后,就深深感觉到,只有受苦最深的阶级,才能写出我们时代最好的诗来。那种深入生活,比黄碧野还要厉害。像我这样一个满天飞的作家,那真是看了他都惭愧,望尘莫及。总之,搞创作要有生活,生活是源泉。创作要深入生活,越深越好,半深就半好,不深根本不要写文章。当然,有很多本身是工人,多少年是工人,他写东西很困难,写得不好。他有另外一个问题,就是借鉴的问题,我等一下要讲的。

我自己也还有一个特点,我喜欢跑,我喜欢出门,我喜欢到工地去,我愿意做工地的代言人。所以一有机会我就要出去,我是满天飞的。今年,春天到了昆明,到了西南边疆,夏天到了新疆,到了喀什和伊宁,现在又跑到东北来了。我是见缝插针的,有机会我都是要出去的。有一年我还在北京工作,过年了,三十号下班就放假了,三十一号大概加上一个礼拜天,又有一个元月一号,又有二号,反正有三整天。要利用这三整天,打定主意,我就先买好了车票。三十号一下班,也不回家了,背个包就上火车站,就上火车了。傍晚,就从北京到了保定。到保定一下火车,立刻奔公路卖票的地方,去买第二天三十一号早晨的车票。第二天早晨我就上车了,到饶阳县的耿长锁的初级社。三十一号上午十点钟,到饶阳县。正好碰到五公村的初级社副主任,要赶车到五公村去,我就搭她的车。不到十二点,就到了五公村。一到五公村就访问了耿长锁,下午就跟我谈话了。我做梦也没有想到,这耿长锁的五公村的初级社,第二天早晨即元月一日要转高级社。饶阳县有五百个初级社,都要集中到五公村来,参加元月一日五公村转高级社大会,听县委书记做报告。我想真是好极了,赶上了。从黄昏开始就不断地有骡马大车开来了,一直到半夜。因为五百多个初级社都集体到这儿来,五公村就盖一个芦席棚子,准备开大会,整个五公村热气腾腾的。这样到了第二天早晨,都来了,县委书记也来了。然后,耿长锁上台把他白色毛巾揭下来,向毛主席鞠躬,然后宣布,转高级社的大会开始。县委书记做报告,很详细地讲了关于从初级社转高级社的过程和方针、政策,还有很多典型例子。这是大年初一了,下午这个会就完了,都纷纷离去了。然后我在五公村活动。初二又活动了一天,到了下午四五点钟,有一辆车开往石家庄,我就坐这个车,到了磨头。由磨头立刻就搭了一个车到石家庄,到石家庄赶紧又买了车票,连夜就回到北京了。到达的时候,是早晨七点钟,不回家,就到我那个机关去上班了。我非常得意,这三天可真是充分利用了。不过这种经验是需要很大的精力的,现在恐怕办不到了。

我并不能够深入生活,但是我总是愿意接触生活的。有一年,也是作家协会组织了三十几个作家,到生活中间去,我参加了。结果那一次从北京到了武汉,在长江大桥工地活动了一段时间,然后到武汉钢铁公司的工地活动了一段时间,然后我准备到西北去,到玉门油矿去。但是,碰上了天津的方纪同志,他一定要我到长江上去。我被他吸引了,就从武汉到了宜昌,由宜昌进了三峡,在三峡里面上上下下地跑。然后到重庆。我到了重庆以后,本来预备到兰州去,到玉门油矿去,但是方纪同志还拉着我到昆明去。结果,我又被他吸引了,又到昆明去。到了昆明之后,住了一个月,感受很多,然后就坐了飞机,一直飞到兰州。在兰州住了一个星期,人家安排了让我上酒泉,从酒泉到玉门油矿。再从玉门油矿到了敦煌,从敦煌进柴达木。从柴达木的西北部,到了青海,由青海到兰州,再由兰州回北京。这一趟我奔走了七个月。回到北京,自己觉得非常饱满了,就关起门来写东西,写得就很流畅了。总之,是证明你要有生活,有形象,有人物,有群众的语言,你的创作是很不困难的。生活是第一性的,生活是源泉。

当然还有一个分析生活的问题。分析生活就依靠思想路线,学习马列、毛著。在动笔写的时候,是会遇到困难的。你接触生活很丰富,要写的东西很多,但是你写出来,就是不满意,所谓"眼高手低"。"眼高手低"实际上是眼也低手也低。并没有眼高手低的问题,只有眼低手低的问题。我们要求是眼高手高,这里我要讲借鉴了。毛主席说了有借鉴和没有借鉴不一样,有文野、粗细、快慢、高低之分。有的文章写得高,有的文章写得低,是有差别的,这跟借鉴有关系。他写得很粗糙,你写得很精细,你是得力于借鉴的。又有文野之分,或者是很有文采,或者写得很野,很粗野,借鉴和不借鉴是大不相同的。我侧重的要讲一讲借鉴:多读一点书。文学工作者总要懂得一点美术,懂得一点音乐,懂得一点舞台艺术吧,还要懂一点外文等等,我学了一种外文,就是英语,能看书。

要借鉴的一般说来,是借鉴中外古今的文学艺术之流。主席讲,外国的和古代的文学作品是流。生活是源,作品是流,要有源有流。我呢,是经常考虑这个问题,怎么能让我们多读一点书呢?除一些经典著作之外,还要学很多文学艺术作品。我现在开了一张单子,我正在研究,还没有发表,在这里还是第一次抛出这个东西。我准备开一百个作家的名字,他们的作品是必须读的。这一百多个作家里我分了三等,一种叫上游,像长江啊,有上游,有中游,有下游嘛。有上游,一部分作家属于上游的,一部分属于中游的,一部分作家属于下游的。当然不完全是品味他们的品高品低,不是讲品味,也包含一点品味的意思。主要是讲时代,按时代的先后来分的。这一百个作家上游的是十二个人,中国作家五个,外国作家七个。我念一念这个单子,中国作家五个:屈原、司马迁、曹雪芹、鲁迅、郭沫若。外国作家七个:荷马(希腊诗人)、但丁(文艺复兴时期意大利最早的一个诗人)、莎士比亚(英国戏剧家)、塞万提斯(西班牙小说家)、巴尔扎克、托尔斯泰、高尔基。这样十二个人,是上游作家。应该要读的,都不太好读,比较难读。关于屈原,毛主席有一句话,"屈原高居上游",一九五九年讲的,有文件的。这个作家,他的一部作品叫《天问》,讲了宇宙发展史,基本上是正确的。讲了地球史自然史也不错,也是唯物的。讲了人类社会发展史,讲了蒙昧时代、野蛮时代,进入到文明时代,他的《天问》是这样的。《离骚》《九歌》《九章》,都是写奴隶社会到封建社会过渡时期的阶级斗争的,所以屈原是一个了不起的作家诗人,该读。他的诗美得很,包含着很大的智慧,又有科学的精神,分析阶级斗争,写了路线斗争。你们看《离骚》的头一部分,它有二十几个地方,谈到两条道路的道路问题。我是做了研究的,我是最爱他的。第二个司马迁是散文家、史学家,文章写得非常漂亮,思想性很高。他也是写了三王五帝原始公社社会的崩溃,奴隶社会的兴起,奴隶社会的全盛时代;然后,奴隶社会的衰落,封建社会的兴起;一直到秦汉,汉武帝的时候,写到他自己。他的列传七十篇,全书一共是一百三十篇。七十篇列传是一本很了不起的文学作品,这是写了我国社会发展史的。我们今天写我国社会发展史,所能根据的材料,主要是用《史记》的。其次,曹雪芹是写封建社会没落,资本社会萌芽,写了资本主义萌芽的意识形态,是一部划时代的作品。毛主席对他的评价是非常高的,说中国地大物博,人口众多,历史悠久,文学上有部《红楼梦》。中国是有四个优点,三个属于物质基础的,一个属于意识形态的。毛主席把《红楼梦》跟中国的地大物博,人口众多,历史悠久相提并论。了不起的作品,在世界文学史上恐怕是最好的一部小说。其次是鲁迅,他从旧民主主义革命,到新民主主义革命,是无产阶级革命的作家,这个就不需要多说了,主席称之为中国文化革命旗手,思想家、文学家、政治家。还有就是郭沫若,郭老已经逝世了,他逝世以后,我就越来越感到他的伟大。一九一八年,郭老的第一首诗,诗集《女神》里的第一首诗,头一句话:"我是无产者的诗人。"这个时候,一九一八年,"五四"运动还没有起来。郭老是中国革命浪漫主义的代表者。正像鲁迅先生,他是中国的革命的现实主义的旗手。鲁迅的著作,主要是革命现实主义的,但是也有革命浪漫主义,因为他有社会主义革命的理想。郭沫若同志的著作,主要是革命浪漫主义的,但是也有革命现实主义的基础。由于历史的限制,鲁迅、郭沫若分别成为一个是革命现实主义的大师,一个是革命浪漫主义的大师,留给我们宝贵的财富,让我们来创造出革命现实主义和革命浪漫主义相结合的作品。我对郭老越来越感觉到他伟大。他活着,我们曾经生活在一起,经常可以见到,往往还不能够感觉到他的伟大;死了以后越来越感觉到,这是一个伟大的作家、思想家、政治家。所以这样,中国这五个作家得好好研究,得读一点屈原,读一点司马迁,看看《红楼梦》,看看鲁迅,看看郭沫若的作品,这个实际上大家都已经做了。不过我这里要强调一下。

中国这五个作家是上游的。鲁迅是中国文艺革命的旗手,在一九三六年逝世了。一九三七年郭沫若从日本回来,写了一首诗,振奋全国。他在一九二七年大革命时期写过一篇《请看今日之蒋介石》,是有名的文章,当时也是震动全国的。鲁迅逝世以后,从一九三七年开始,一直到今天,四十二年间,郭沫若,可以说是旗手。向他们学习,他们是最宝贵的精神财富。所以他们是上游,在各个不同的历史时期,他们是居上游的人物。

外国的荷马呢,是一个盲诗人,写了两部作品,一部叫《伊利亚特》,还有一部叫《奥德赛》,傅东华翻译的,是史诗。他是写原始公社的灭亡,奴隶社会兴起的历史时期的。但丁,是意大利文艺复兴时期最早的诗人,他把古代的和他同时代几百人,分了一分,其中一部分人该下地狱,一部分人该上天堂了,其中还有一部分人该去净土,就是要去改造的,改造好了,可以上天堂,改造不好,还要下地狱。这部书不大好读,有王维克的译本。但丁是文艺复兴,就是资产阶级萌芽时期,黎明时期的第一个大诗人。他在政治思想上,在文学艺术形式上,都是了不得的,是今天意大利语言的首创者。莎士比亚大家都知道,最近我们中国文学艺术界有一个很光荣的事情值得大嚷大叫,《莎士比亚全集》出版了。三十几个剧本,几个诗集,全译出来了。这个译本译得很好,是在朱生豪的译本基础之上加工修改提高了的。你读一点莎士比亚,你肯定要有所提高。塞万提斯,是一个西班牙作家,写了一部书叫《唐·吉诃德》。大家知道这唐·吉诃德是一个侠客,中世纪的骑士,好打抱不平。但是他替一个没落时代打抱不平,结果遭到很大的损失,吃了很多亏,闹了很多笑话。这部书是了不得的作品,唐·吉诃德这么一个落后的、时代的反面人物,不仅在当时的西班牙找得到,今天,在国外找得到。我们中国也有的是,有的是这一类的唐·吉诃德。在社会主义时期,这样的人还有的是。所以,我把塞万提斯归做上游了。另外,巴尔扎克是马克思、恩格斯充分肯定了的。马克思、恩格斯他们说:他们从巴尔扎克的作品里学到了比所有其他一切历史学家、社会学家更多的经济的细节。这样高的评价!而且他的主要的作品都翻译过来了,翻得比较好。托尔斯泰是经过列宁批判肯定的,一半是宗教家,一半是现实主义的大师,他的作品反映了俄国革命,是俄国革命的一面镜子。最后,还有高尔基,是社会主义的现实主义的大师,是斯大林同志肯定了的作家。

这样十二个人,他们的著作我认为是必读的,不过有的不大好读,读起来比较吃力。但都是了不得的文学作品,哪一个同志要是把这十二个作家的作品都啃过了,再有生活的话,就很可能写出震撼我们全国人民心弦的作品。

现在再看一个中游名单,我就不详细解释了。中国十个,外国十八个,一共二十八个,加上上游十二个一共四十个人。下游是六十个人,下游的我就不念了,因为很多名字还要重新考虑。

中游的第一部作品是《诗经》,孔子主编,无名诗人的总集。第二个是庄子,大文学家,文章写得漂亮极了,而且是个思想家,主席多次引用庄子的语言,文章写得是最好了。枚乘,主席也是多次讲到他的。班固是汉书的作者,前汉书的作者,不妨也读一点后汉书。李白、杜甫这个不需要讲了,不过杜甫能不能属于中游,我还在考虑。郭老的意见好像很多人都表示不太同意的,认为把杜甫贬得过低了。从杜甫的诗来看,诗很好,人很差劲,人很灰。我这样的话可能会引起争论,现在把他摆在里头了。还有罗贯中、施耐庵。另外还有两个还活着的人,我的意思一个是茅盾、一个是巴金。这样就是十个人,《诗经》、庄子、枚乘、班固、李白、杜甫、罗贯中、施耐庵、茅盾、巴金,这是中国的中游的十个。

外国的中游的十八个中,一部《圣经》是希伯来诗人的作品。《圣经》里有一个雅歌,是希伯来民族的文学作品,爱情诗,非常了不得。当然我们现在反对宗教了,对这个《新约全书》、《旧约全书》,对这个《圣经》是根本不看的,也买不到的。图书馆里可能会有,那也是人类的一个精神财富。另外是阿拉伯的,无名诗人的作品《一千零一夜》,现在翻译出来了,比较容易买到。希腊悲剧家,叫埃斯库罗斯,希腊的喜剧家,阿里斯托芬,都是了不起的作家,有极丰富的古代社会生活的反映,也是人类共同的精神财富。罗马的诗人,维吉尔,这个人是写罗马开国史的,还有一个叫波罗塔克,他的一部作品叫《希腊罗马英雄传》是外国的《史记》、《汉书》,极好的散文作家。英国有一个诗人叫弥尔顿,这个人是革命家克伦威尔的秘书,英国大革命的诗人,写了一部书叫《失乐园》。司各特,是写英国大革命的一位历史作家,英国的两个人。德国的两个人,一个叫歌德,《浮士德》的作者。还有一个叫海涅,马克思的好朋友,革命诗歌的作者。法国的两个人,司汤达,《红与黑》的作者,他写了不少作品,其中很重要的两部,翻译出来了。还有一个叫福楼拜,《包法利夫人》的作者。俄罗斯的三个,普希金,果戈理,契诃夫。美国的一个惠特曼。印度的一个泰戈尔。还有毛主席肯定的法捷耶夫,这些是中游的,也都不是很容易读的,但是都是比较好的作家,有代表性的,是各自的历史时期的反映者。

下面下游呢没有完全定,包括:宋玉、嵇康、鲁迅最喜欢的作家;白居易、李贺、柳宗元、陆游、关汉卿,到我们近代的闻一多、朱自清,包括我们当代的已经逝世的老舍、杨朔、柳青、郭小川。还有几个也还活着,不写进去了。中国一共是二十五个人。外国作家就很多了,大部分都翻译过来了。莫里哀、雨果、雪莱、拜伦、马克·吐温、狄更斯、安徒生、易卜生、罗曼·罗兰、屠格涅夫,等等,人数较多,不容易选定,一共要有三十五个名字,正在研究。反正总的一个意思,我们就是要借鉴。我们要尽可能地读世界文学中的好的作品。如果同志们能够在借鉴上下一点功夫,多看一点外国和古代的作品。可以有自己特别喜欢的,受他的影响较深的,各人可以选择各人的对象。有这样一些文学借鉴,然后又有生活,又有思想,大体上可以把作品写好。再说一遍,我是这个意思,我们要有借鉴,有借鉴跟没有借鉴是完全不同的。下面,我讲一讲语言问题。

语言现在很少人讲了,人家都讲文字。文字是从语言出来的,文化大革命以前,我们经常讲语言。就是文化大革命中间,给"四人帮"搞乱了,这个语言就不大讲了。语言和文字是有分工的,语言是口头上的,文字是印刷到纸上的,文字比较固定,而语言是活的,会变的,是要过时的。我们看过去的作品,就能感觉到有些作品的语言过了时。我们今天的语言,口头上的语言,也不断在发展在变化的。

我认为,我们国家有三个语言大师,一个是曹雪芹,近代语言是从《红楼梦》开始的。《红楼梦》中一些人物的对话,用的是一直到现在为止,我们大家都在用的北京话。这个语言非常精炼,非常精彩。两百多年前的作家,写的语言我们今天还在用。例如,王熙凤的语言,晴雯的语言,尤三姐骂贾琏,这都是非常精彩的语言。

他是第一个开创我们国家近代语言的作家。我刚才已经讲过了，《红楼梦》是资本主义的宣言书。"四人帮"那个时候，都讲《红楼梦》是封建社会没落的镜子，从来不提资本主义萌芽。《红楼梦》是宣告资本主义要来了的这样的一部作品。他通过贾宝玉、林黛玉、晴雯，包括平儿，说出资本要来临了。《红楼梦》就是这样一部书，封建社会要滚蛋，资本主义要来。《红楼梦》的语言，可以看一看，我们把主要的奴隶——就是丫鬟的语言看一看，真是一个语言大师。第二个大作家，语言的大师是鲁迅，看一看鲁迅的全集，特别是他自己的著作，他的语言是丰富极了，他吸收了中国古代的语言和外国来的语言，较之《红楼梦》又有了提高。鲁迅在接受外来语言的时候，搞了五百万字的翻译。他要把外国的语言，变成为我们中国人能接受的语言，花了很大的力气。但是，鲁迅并没有能够完成。把外来语言，变成中国语言这项工作鲁迅并没有完成，完成这项工作的是毛主席。在文化大革命中，我靠边站以后，有一个时期什么书也不让看，只让看一本语录。我就背那本语录，我发现，主席的语言，精炼准确，是任何一个作家也赶不上的。毛主席发展了曹雪芹、鲁迅的语言。我们今天讲话的语言，我们今天思考所用的语言，都是毛主席给我们定下来的。毛主席的语言，把古代含有生命力的语言，完全掌握了。外来的语言，特别是马克思主义的语言，从外文翻译过来，变成中文，这是主席完成的。主席的诗词是中国古典文学的最高峰了。现在我们写信也好，记日记也好，写文章也好，都用从主席那里学到的今天的语言的。这样三个语言大师，把我们的今天的语言确定下来了。现在我们中国的语言和文字，确实是很完美的，是从曹雪芹到鲁迅，然后，到毛主席才完成的。

语言有三种，一种是人们的口头语言，一种是外来的可以移植的语言，一种是古代的尚有生命力的语言。我在写《地质之光》的时候，用了大量的外国语言。为什么呢？李四光在开国以前，写的地质学论文，都是用英文写的。地质学很难划分国界，你不能只搞中国地质学，不搞世界地质学。地球是一个整体，所以李四光用英文写。在解放前，是有理由的。我写的时候，是大量用了李四光的材料的。我喜好用材料，我写那些东西都是用了材料的，用很多材料，大量材料，而且是照材料抄的。写完以后，我送给李四光的女儿看。关于地质学的部分，李四光的女儿很不放心。她问：在地质学上来讲，是不是正确的？看来，李四光的女儿就不怎么看她爸爸的著作。我就告诉她了，我都是从李四光的著作中间原文照抄的。我有一个用材料的本事。在《哥德巴赫猜想》里，那6加6，5加5，3加2，1加6，1加5，1加4，这我并不熟悉，我都是用材料的。那么，李四光的原文是用英文写的，他的中文，是他自己翻译过来的。他外文好，中文也好。为了我的整个文章，语言上比较统一，所以，我写的时候，也用了英文的语气，有时也用英文的构思。我原来以为，这个作品大概不大被群众所接受的，因为我用外国的语气，用得比较多了。但是发表以后，我们的读者，也是能够接受这些外国的可以移植的语言的。

古典的语言，我也用得不少，有两句，我写进《地质之光》里面去。写中南海，轻尘不飞，纤罗不动。轻尘不飞，就是水上很轻的灰尘都不飞的，纤罗不动，就是在勤政殿前一些微小的水草、树木都不动的。描写这一天，天气比较好。这八个字，是晋朝一个作家叫木华，写了一篇《海赋》，从《海赋》里面抄出来的。《哥德巴赫猜想》里我还用了一个拂钟无声。我知道这四个字很多人恐怕是不懂的。我描写十月六日一举粉碎"四人帮"的时候，那样锋利的宝剑，往钟上一拂，没有声音，这个钟就劈成两段了。形容这个宝剑的锋利，我想很多人恐怕读不懂。这是从《汉书》里面看来的，从《汉书》里面抄来的。我总想找一个字，找一句话，找一种方法，来描写这个锋利的宝剑，我就找了这么四个字，而且当时用的时候,就知道读者不一定会看懂。但是后来,有一个十七岁的高中一年级的学生,写封信来问我:你这四个字是不是说一把宝剑轻轻地从一个大的铜钟上拂过去,就把这个大钟劈断了。我很高兴十七岁的一个高中生他懂,他想了半天,还是想出来了。我们古代的语言是很精彩的。

我写了一篇《石油头》。写玉门时代的王"铁人"。当时我企图用群众语言来写,我在群众语言方面比较差,因为跟工农兵接触的不是很多。但劳动人民的语言,古代尚有生命力的语言,和外国的可以移植的语言,我们都要掌握。掌握了语言,就可以把思想传送过来,把形象传送过来了。你没有语言,你无法去传达思想,你无法传达形象。文学作品是离不开语言的,今后也应该大讲语言,在语言上下点功夫。我们要有仓库,要有群众语言的仓库,听到有些很形象,很生动的语言时,记它下来,免得忘掉。我们很多作家,记录群众语言是有小本本的。这些是创作的准备工作。还没有进行创作,这是准备而已:思想、生活、借鉴、语言这四个方面,然后就可以进入创作了。

你有生活了,你也能分析生活了,你也看了很多外国的、古代的、当代的、可以借鉴的作品,你也有一个语言的仓库,就可以动手写了,写起来比较顺当了。在创作实践上,想讲一讲构思、细节、造句、修改。首先是构思。我在写《哥德巴赫猜想》,写陈景润的时候,经过构思,我想集中写他攀登。因为他的过程,就是一个攀登的过程,所以来龙去脉,集中点还是在攀登上。为写攀登高峰,想写得像样点,我就找了一本国家登山队攀登珠穆朗玛峰的报告文学集,人民文学出版社出版的,我就从这里头找了很多的描写登山队员攀登的语言。解决1加2的问题,整个是一个攀登的过程。那么我的具体的集中点集中在什么地方呢?集中在水果上头。一袋水果,周大姐李书记送上去,他不收,退回来;然后再送上去,他收下了。准备上楼梯,忽然又跑下来,把水果又送回给李书记,然后李书记再把水果送上去,他才拿了水果上楼去了。这个既有构思的过程,又有细节的描写,我比较详详细细地写了一袋水果的来来去去。这一个细节,也是构思,构思往往集中在一个细节上。一袋水果有什么了不起呢,但是这一袋水果代表了党对科学工作者的关怀,花钱并不多,一块钱,两块钱最多了,可能是几角钱,而且送过来送过去,为什么要花了很大的笔墨,来写这么一个构思中间的这个细节呢?就是它有一个典型性,我写它,拿了这个水果上楼把房门一关呢,他又去攀登了。这第二次怎么攀登可以不要去写,所以一过春节他一上班就把《哥德巴赫猜想》交卷了。主力点放在水果上面。

我写周培源的文章时,我先是写三十年代他怎么样,四十年代怎么样,五十年代、六十年代怎么样,最后写到七十年代,写流水账。写完了,自己一看,觉得还是不行,读者不会感兴趣的。记流水账有什么意思呢?当时我想不出一个办法来,就把它搁下了,放下来了。另外就去云南,写蔡希陶的文章了。写完蔡希陶的文章,回来已经过了一个多月了,再回来考虑怎么写周的文章,也还是想不出办法来。后来,我打电话给臧克家同志,臧克家就在电话里问我,你云南的文章写完了吗?我说写完了。他问写多少字,我说写了两万三千字。他说哎呀,你怎么写文章越写越长了,本来写了李四光一万五,写陈景润两万字,写蔡希陶,一下子怎么写了两万三千字,不行不行,你越写越长了。这样下去不好,你来,我已经挑好两篇文章,准备给你看看的。你来吧,我们一块念一念这两篇文章。我就去了,去了以后,臧克家把这两篇文章都给我讲了,现在就讲其中的一篇文章。明末清初,有一个大官,叫左光斗,他晚上骑着马到了一个古庙。那个时候,读书人没地方住,往往住在古庙里。到庙里头一看,旁边有一个房间有灯光,他就走近这个房间去把门推开,有一个读书人靠在桌子上睡觉呢。在他面前,有一篇文章,显然是他刚刚写完的。左光斗把这篇文章读完,把他的皮大衣脱下来,轻轻地披在这个趴在桌子上睡觉的读书人的身上。然后就退出去了。他问庙里的人,这个人是谁?人说叫史可法。这一段他一共写了六十三个字。这篇文章的作者叫方苞,六十三个字把气氛都表现出来了。接着就是那一年大考考完之后,考卷都已经判好了,然后考官就向左光斗汇报,某某某文章写得怎么样,怎么样,怎么样,某某某文章写得怎么样,怎么样,怎么样。这个左光斗闭着眼睛不做声,然后就汇报到史可法,左光斗一听到这个名字,两只眼睛就睁开了,他说,拿笔来。人家把笔递给他了。他把考卷拿来,文章也不看,就在上面写了第一名这三个字。因为他知道就是那个庙里的读书人,他已经知道这是一个有才能的人。这一章四十二个字,两段一共只写了一百零五个字。然后就跳过去了,左光斗被坏人陷害,抓起来了,关了以后,受了一种炮烙之刑。大概是很残酷了,火烧,烧得这个人不像样。史可法在外面很着急,得到消息之后,花了五十块金子,买通了管监牢的人,走进牢房去探监。一进去,看到左光斗躺在地上,浑身都烂了。然后他赶到他的面前,跪在他的面前,叫了他一声。左光斗的眼睛都已经睁不开了,他很不容易地把手拿到眼睛上,把眼皮扒开,看了一看,是史可法。立即就说,你到这个地方来干什么,这是什么时候,国家这样危险,你还跑到这个地方来。你身负重任,你这样不爱惜自己,如果你不走,我就用我的刑具砸死你。史可法一听,就掉了眼泪退走了。这是第三段。第四段是行军作战中间,史可法到部队里头去,到士兵中间去,士兵对他说:你应该很好地休息,你不要来看我们。史可法说,这是我的恩师左光斗告诉我的,我一定要和士兵共甘苦。就是这样一篇文章,四百八十一个字,很短的文章。读完以后臧克家同志对我说,你看看,人家怎么写得这么精炼呢?你怎么写得那么啰嗦？

我很受启发，回去再构思，三十年代，四十年代，到六十年代，都不要了，只写七十年代的一个晚上。所以文章得有一个构思的过程，主题是构思中间提炼出来的。"四人帮"不是搞一个主题先行论吗？他先有主题，然后再找材料，他们没有生活就写出来了。这样写文章，怎样行呢？我们要研究社会，研究生活，只能选择一个目标，选择一个地区，选择一个公社，下去生活。有生活了，分析了它，然后，进行构思，提炼主题。若按"四人帮"那套，是颠倒的，你不能一上来把你的主题就确定的，你一定要在接触了生活之后，分析了生活之后，你才能明确提炼你的主题。这也是构思中间很重要的一个部分。另外，这个文章怎样写法，你总要打腹稿，要动脑筋，这是要下功夫的。

现在写总理的文章比较多，但往往写到最关键的时刻，细节写得不细，而总理这个人恰恰又是最细致的。人民大会堂建成以后，总理检查人民大会堂的工作。在十周年国庆的前夕，人民大会堂就要使用了，总理说我要去检查一下，看看人民大会堂和宴会厅，看到底搞得怎么样了。他进了大会堂下了一道命令，把全部电灯打开。于是，整个人民大会堂，宴会厅，灯都开了，灿烂辉煌。然后从门口一路走进去，走走走，一个灯一个灯地看，最后发现一盏不亮的灯。你看，这怎么不亮呀。于是工作人员立刻上去，把这个灯泡换过，亮了。他是检查人民大会堂的一个局部，他检查到了一盏灯没有亮。像这样的细节很多，总理处理事情这个细致呀，是有很多很多这样的事迹的。斯诺跑到中国来了，斯诺跟他的夫人要到延安去看一看。总理跟他谈了话，完了以后，问穿什么衣服去呀？他们说：我们就这身衣服呀。不行，天气冷，你这个衣服不行，天气冷，有皮大衣没有？没有？总理说：要给你们做。谈话完了以后，斯诺和夫人回到宾馆，做衣服的裁缝师傅已经在那里了。说总理吩咐要给你们两个各做一件皮大衣。像这样的事情讲起来是很多的,我过去讲过了的。现在再讲一个,一九四九年开国的前夕,新政协的筹备会议要开了,宋庆龄副主席,那个时候都叫她孙夫人,从上海坐火车到北京参加这次大会。总理给她安排了住的地方,几次检查接待宋副主席的工作做得怎么样,并提了意见。这个该换了,那个要重新布置。都换了,都弄好了。宋副主席到达北京的当天,总理要到车站去接她。在接她之前,总理又到那个地方,在宋副主席居住的地方最后再检查一次。他把所有的房间都看了,认为比较好了,都满意了。然后总理说:拿一把剪刀给我。于是他们就拿一把剪刀给总理,不知道总理要干什么。总理来到一盆菊花的前面,看了菊花半天,拿剪刀把菊花的叶子剪掉几个,使这盆菊花显得更加完美,更加好看。然后将剪刀交还工作人员,上车到车站接宋副主席。你说总理这个细呀,细到何等程度。所以我们在访问的中间,就是要注意一些细节。我到周培源同志的家里去,在他的客厅里坐着的时候,我把他房间里每一个细部都看了。后来我写的时候,他墙上挂了一幅山水画,一个明代的画家,叫文徵明的画的,我就把它写进去了。后来送稿子给他审查的时候,他夫人看到这个地方就笑了说:你写得真细呀,连这幅画都写了。我还看了周培源书房里头主席的像,主席的半身塑像和总理的像,怎么挂的。然后写到他们喝酒的时候,是走到主席相片、塑像和总理的相片底去喝下这一杯酒。反正我们要尽可能地做到细致。要注意细节,要细心一点,细节是最能感动人的,你离开了细节,你要想感人,就不能感人了。

我想比较多地讲一讲造句的问题。我们中国古代有一个很好的传统,那时三家村的老学究,给你上课,教你背书,还教你一种技巧,叫对句。他说天,你就说地;他说上,你就说下;就是搞对子。五言律诗、七言律诗,都是有对仗的,第三四、五六句是讲对仗的。

比方说，主席的长征诗："五岭逶迤腾细浪，乌蒙磅礴走泥丸。"五岭对乌蒙，逶迤对磅礴，腾细浪对走泥丸。"金沙水拍云崖暖，大渡桥横铁索寒。"这都是对着的，金沙对大渡，水拍对桥横，云崖对铁索、暖对寒。这个传统我们现在用得比较少，但是主席用得是比较多的。马克思的文章也是这样的，是成对的句子。鸟飞的时候，也是两个翅膀，都张开才能飞的。马克思、恩格斯、列宁、斯大林、毛主席他们用这些对句的时候，是作为辩证法来用的。马克思说："无产阶级以哲学作为自己的精神武器，哲学以无产阶级作为自己的物质武器。"这是一对。毛主席说："在普及的基础上提高，在提高的指导下普及。"是一对。我们要讲造句，主要是讲我们可以进一步搞对句，也只有你能够掌握对句的时候，符合辩证法则，你才不是片面的，是比较结实的。曹雪芹说，"但凡家庭之事，不是东风压了西风，就是西风压了东风。"这是辩证法，我很早就感觉到经典作家有这样一种造句的方法，是辩证法在写作中的运用。可是自己想学呢，总是学不来。只是比较注意，最后还是慢慢地学会了。我写了一篇《向着二十一世纪》，我就是从头到尾用对句的。是今年大年初一写的，所以我开头是辞旧岁，迎新年，这是一对；时间的流速快，生活的发展猛，也是对句；昨天还是一九七七年，今朝已在一九七八年了，这也是一对；本世纪末，即新世纪初，等等吧，我都是用对句的。最近我看《人民文学》杂志，最近这一期有一篇小散文，有那么个作者，我不认识他，他从头到尾，都是运用对仗的，写得比较好。我写陈景润的时候，善意的误会，我就找了一个对立面。写了无知的嘲讽，写了恶毒的诽谤，找了一个对子，热情的支持。陈景润最后这一段，我是尽量用对仗，被冷酷地逐出世界的人，被热烈地召唤回来，这是一对；帮派体系打击迫害，更显出党的恩惠温暖，也是一对；这对于他好像是个坏事，也是好事，他得到锻炼而成长了，也是一对；病人恢复了健康，畸零人变成正常，正直的人已经成了政治的人。在《人民文学》发表时,只写了这么三句,后来出书了,我又加了一句,把它对上了,就是多余的人为国争了光。这是我尽量用对句把它对下来的,我要讲造句主要是讲这个。希望大家能在学习经典著作的时候,注意一下这个问题。而且这是中国古典传统中的好方法,也是用辩证法来进行创作的好方法,搞对仗,成双,作对,来造句。当然,并不一定全部都是如此,如果你这样写一些,效果是会比较好的。

最后再讲一下修改,文章一定要修改。不修改的文章有没有?有!有的时候是达到了这样一种境界,你一写出来,就可以不再改了。巴尔扎克只花了一个星期写出了《高老头》,但是多半不能达到这样好的境界,都是要改一次三次五次的,无数次,改不完的改。我那几篇文章都是改了又改的。人在写完了一篇文章之后,总觉得这篇文章写得好得了不得。有这么一个共同的毛病,你刚写完,觉得自己的文章写得好极了。等你放一放,再看,你就发现是不行的,还是要改。我们现在写文章,还有一个请人家提意见的过程。这个做法在外国没有,外国作家可能是没有这个福气的,没有这个幸福的。我们写文章请老同志看一看,请领导看一看,请有关的人看看。我写陈景润请他自己看了,又请李书记看一看,请周大姐看一看,请张光年看一看,给科学院的秘书长送审了看一看。都看了,都提了意见,都改了,也有个别不改的,大多数都是很好的意见,都改了。在写陈景润的时候,还征求了陈景润对立面的意见,他们也提了意见,也改了。千万不要自己写完一篇文章,认为这是了不得的,我已经写了好文章,自己读起来非常得意,人家提了意见,就发脾气。有这样的人,甚至还有这样的作家。有的大作家也一听意见就脸红,这样的大作家有点危险。因为我也当过编辑,我就知道,你要改他的文章,他火了。但是还是要改,文章总是要改的。我现在是达到了这个程度了,写完了文章,首先编辑部看一看,提了意见就改。编辑部一关初步通过了,送给本人看。周培源也看了,陈景润也看了。蔡希陶没看,因为他当时病了,我请了蔡希陶的那个研究所里的吴所长,一个大植物学家,请他看了。给周培源看的时候,周培源就说,关于文艺的我都不管了,但是关于科学的,政治的,我是要看的。关于科学的,他看了以后,提了意见,还不满意,他按照我的要求,自己写起来了,替我重写了。所以,我虽然是外行,不太说外行话,因为所有关于地质学的,关于数论的,关于流体力学的,关于植物学的,我都是请专家检查过的。另外,在政治上,比如写周培源的文章,原来没有送给北大的党委书记看。因为我想了,北大的校长他自己看过了,就不一定给书记看了,书记正忙着搞北大的运动,忙得一塌糊涂,没有给他看。然而,有问题还是送给北大的党委书记看了。然后,接受了他的意见,做了改动,才发表的。这不是麻烦,这是我们的幸福,我们写文章要大胆又要慎重。文章一定要改,文章不改是不行的,有时候是要改坏的,改坏了你再把它改好。《人民文学》上发表了《哥德巴赫猜想》之后,就收到许多许多读者的意见,有的读者很细致地对我整个文章的文法、语法进行了检查,给我提出了很多意见,我都考虑了,该改的都改了。《人民日报》转载发表的时候,就改了很多,后来印出单行本的时候,又改了。现在我自己还准备了一本,叫做自用校订本,我还是在改着,还要改,有朝一日还要再版的话,就再改。文章是改不完的,你要尽量地把它改好。有些技术上的错误,如我写两个画家,画了同一题材的画。一个画得好,一个画得不大好,结果我写错了,把两个人倒过来了,本来画得好的那个,我把他说成画得不大好了,本来画得不大好的那个,我把他说成画得好的了。结果文章一出去,立刻就有信来。这也是我们社会主义制度的优越性,就是有那些热心的读者,他给你查资料,他告诉你,你这个错了,把两个人颠倒了。而且有一个读者拿来一本书——他的根据，跑来给我看，你看看是不是你错了。我说：是我错了，现在已经来不及了，已经印到书上面了，只能等再版时再改了。总之，我们要在思想，要在政治思想和路线，在学习经典著作上下功夫；要在深入生活上下功夫；要阅读外国的、古代的和我们同时代的作家的作品，要在借鉴上下功夫；语言上要下功夫，要积累仓库；构思要下功夫，提炼主题是最重要的；细节要细，当然也要下功夫，还要不断地修改，永远也不要认为我自己已经写了最美最好的文章了，那是不可能的。客观世界是不以人的意志为转移的，你只能够尽力地接近它，尽可能去认识它，尽可能去描写它，使它达到像主席所说的，艺术上尽可能完美的地步。

今天讲的，也差不多是创作的全过程了。同志们都是搞文字工作的，专业创作、业余创作，都是搞创作的，那么把我自己的一些创作的特殊情况，我个人的体会讲一讲，也讲到了特殊的报告文学，写科学的报告文学和一般的报告文学，也讲到了文学的一般和特殊的问题，请大家批评指正。

(原载《武汉师院学报》1979年第3期，本书收录时有个别删改)